Blutleere
Dieter Stiewi

Schätze

„Neeeiiinnn!"
Sein Schrei hallte durch die Nacht. Er achtete nicht auf die gleichaltrigen Jugendlichen, die um ihn herumstanden und sich nun zu ihm umwandten. Er rannte los, in die Richtung, in die vor wenigen Minuten erst Julias Fahrrad gefahren war. Die Bremslichter des Autos erloschen, das Rücklicht von Julias Fahrrad brannte noch, unmittelbar über dem Boden. Er sah, wie die Fahrertür des Autos geöffnet wurde, wie eine Gestalt ausstieg, um den stehenden Wagen herumging.
Er schrie und rannte weiter. Im Scheinwerferlicht des Wagens konnte er die Gestalt erkennen, wie sie sich kurz bückte, wieder aufrichtete und zu ihm hinüberblickte. Ihre Gesichtszüge waren im Licht der Heckscheinwerfer zu erkennen. Nachdenklich schien der Fremde einen Augenblick zu verharren, zu überlegen, was zu tun sei. Dann stolperte er ein paar Schritte rückwärts, wandte sich um und rannte zur noch immer offenen Fahrertür zurück. Er konnte Stimmen hören, während er weiterlief, hektische Stimmen, die zur Eile gemahnten. Sie kamen aus dem Wagen vor ihm, aus dem Wagen, der noch immer mitten auf der Straße stand.
Die Bremslichter erloschen, der Motor heulte auf und, kurz bevor er den Wagen erreichte, schoss dieser mit quietschenden Reifen davon. Zurück blieb das einsame Fahrradrücklicht, nur wenige Zentimeter über dem rot erleuchteten Asphalt.
Doch er achtete nicht darauf, sondern sah sich suchend um. Dann hörte er das Röcheln. Es kam vom Bürgersteig. Er sah den Körper liegen. Julia. Er rannte zu ihr hin, kniete nieder, nahm die Freundin in den Arm.
„Julia. Was ist mit dir?"
„Mein Bein. Es tut so weh …"
Er sah am Hosenbein seiner Freundin hinunter. Erst jetzt bemerkte er den dunklen Fleck, im schwachen Licht der Straßenbeleuchtung kaum zu erkennen. Er wurde größer. Das Blut pulsierte aus der Wunde. „Eine Arterie", schoss es ihm durch den Kopf. „Was …?"

Eile war geboten. Er musste die Blutung stillen. Er musste das Bein der Freundin abbinden. Er musste ... Hektik überkam ihn.

Der Stoff der engen Jeans hob und senkte sich im Rhythmus von Julias rasendem Atem.

Da war dieser Punkt, mitten auf der Bügelfalte, den er drücken musste. Warum hatten Julias Jeggins keine Bügelfalte? Wo verlief die Beinaorta? Wo war der Punkt, den er drücken musste? Wo war dieser verdammte Punkt?

Hektisch sah er sich um. Niemand war da. Er war allein mit Julia. Autos fuhren vorbei, doch niemand hielt an, um ihm zu helfen. Weiter die Straße hinunter, dort, wo sie nach links abbog, konnte er im Licht der ankommenden und abfahrenden Autos Menschen erkennen. Doch sie konnten ihn nicht hören. Er musste es selber tun.

Er fühlte Julias Atem. Der ging bereits schwächer, war kaum noch wahrzunehmen. Dann atmete er tief durch, legte die Verletzte gerade auf den Boden und richtete ihr Bein aus. Julia stöhnte auf, doch sie bewegte sich nicht. Vorsichtig fuhr er mit der Linken von der Hüfte ab das Bein hinunter, legte den Daumen auf die Stelle neben dem Muskel und drückte mit aller Gewalt zu. Er hörte Julia aufschreien, doch er reagierte nicht darauf, schaute nur auf den dunklen Fleck auf der Jeggins. Das Pulsieren wurde langsam schwächer.

Er hatte es geschafft, doch spürte er bereits, wie sein Arm ermüdete. Er musste den Muskel entlasten, musste etwas finden, um den Druck auf die Aorta aufrecht zu erhalten. Hilfesuchend sah er sich um.

Ein Gürtel, schoss es ihm durch den Kopf. Julia hatte einen schmalen Ledergürtel. Er verlagerte sein gesamtes Gewicht auf den Daumen der rechten Hand, während er vorsichtig die Linke wegnahm, um mit ihr den Gürtel zu öffnen. Dabei ließ er den Blutfleck auf dem Bein nicht aus den Augen. Das Pulsieren war nahezu verschwunden. Die Arterie war abgedrückt. So hatten sie eine Chance.

Er löste die Gürtelschnalle und zog den Gürtel vorsichtig aus den Schlaufen ihres Hosenbunds, bis er frei war.

Dann hörte er die Stimme: „Was machst du da? Du Schwein."
Ein kräftiger Arm legte sich um seinen Hals und riss ihn nach hinten. Er kippte um, landete auf dem Gesäß. Doch der Arm hielt nicht inne, zerrte ihn weiter zurück, bis sein Rücken flach auf der Straße lag. Ein Knie landete schwer auf seiner Brust, drückte ihm die Luft aus den Lungen. Er hustete.
„Habt ihr gesehen, was er mit dem Mädchen gemacht hat?!"
Eine weitere Stimme war zu hören.
Er sah sich um. Es mussten drei oder vier Gestalten sein. Junge Männer und Frauen, den Stimmen nach zu urteilen. Er wollte etwas sagen, doch nur ein Röcheln verließ seine Kehle.
„Das war eine Vergewaltigung!"
„Wie geht es dem Mädchen?"
„Den Gürtel hat das Schwein ihr bereits ausgezogen."
„Wollte sie wohl damit fesseln."
„Warte mal. Da ist Blut!"
„Wo?"
„Auf ihrem Bein ... Das pulsiert!"
„Scheiße, Mann. Der wollte sie abstechen."
„Was sollen wir mit ihm tun?"
„Die krepiert."
„Mann, das ist creepy. Lass uns abhauen."
„Weg, hier. Schnell."
Mit einem Mal war er wieder frei. Seine Lungen füllten sich mit Luft. Er hörte sich entfernende Schritte. Dann war es wieder still. Mühsam kroch er zurück zu Julia, suchte die Stelle auf dem Oberschenkel, um die Arterie abzubinden, die Blutung zu stoppen. Doch ihm war noch schwarz vor Augen. Immer wieder flimmerten wie Glühwürmchen kleine, helle Punkte durch die Nacht. Schließlich fand er die Stelle an ihrem Oberschenkel und drückte mit aller Kraft zu. Die Glühwürmchen wurden mehr. Dann waren sie alle verschwunden. Mit einem Mal. Alles war dunkel, klar und leicht.

*

Der junge Mann mit dem kurzen, rotblonden Haar lachte hell auf. Er hob sein gefülltes Bierglas, prostete seinen Begleitern zu und stellte es wieder auf den Tresen. Mittlerweile war es halbleer.
Einer seiner Begleiter, ein Mann mit dichtem, schwarzem Vollbart, stellte sein Bierglas ebenfalls zurück. „Das stimmt. Und wir haben letztendlich Recht bekommen."
„Das heißt aber nicht, dass wir im Recht waren", entgegnete eine junge Frau.
„Wir wissen, dass du Jura studierst, Karin. Für dich ist das alles immer wesentlich komplizierter. Aber erinnere dich: Du hättest deinen Job auch an den Nagel hängen können, wenn das bekannt geworden wäre. Und letztlich kommt es nur auf das Urteil an. Und das war eindeutig."
Karin wollte noch etwas erwidern, als der Rotblonde beschwichtigend einfiel: „Nicht so laut, Lars. Wir wollen das noch nicht alles publik machen." Mit einem Kopfnicken wies er auf einen älteren Mann, der etwas entfernt im Schankraum saß und schnell beiseite blickte, als Lars und Karin sich gleichzeitig zu ihm umwandten.
„Kennst du den?" Lars schaute wieder zu seinem Gefährten, während Karins Augen weiterhin auf dem älteren Mann hafteten. Er trug einen weißen Vollbart, einen weißen Leinenanzug und den dazu passenden Panamahut, was so gar nicht in die spätsommerliche Atmosphäre des Wilhelmsplatzes passen wollte.
Der Rotblonde antwortete nicht. Karin erwiderte jedoch: „Irgendwoher kenne ich den. Es will mir aber nicht einfallen …"
„Echt?" Der Rotblonde wandte sich ruckartig um und betrachtete den anderen Gast ungeniert. Dieser schien gerade sehr intensiv damit beschäftigt zu sein, die Speisekarte zu studieren. „Also, ich habe den noch nie gesehen."
„Doch, doch", meinte Karin, mehr zu sich selbst als zu dem Sprecher gewandt.
„Vielleicht ist das ein Fernsehsprecher vom HR."
„Nein."
„Oder ein Schauspieler."

„Quatsch."
„Oder ein berühmter Musiker."
„Blödsinn!"
„Weißt du was?" Der Rotblonde drückte den Rücken durch. „Ich geh einfach mal zu ihm rüber und frag ihn."
„Lass den Unsinn, Dominik", erwiderte Lars und hob sein Bierglas. „Der ist sicherlich nicht erbaut davon, wenn er versucht, hier in Ruhe ein Bierchen zu trinken, und jeder Depp ihn anspricht."
„Willst du damit sagen, dass ich ein Depp sei?"
„Unsinn, Dom. Lass den Mann einfach in Ruhe sein Bier trinken."
„Kaffee", verbesserte Karin.
„Was?" Dominik wandte sich der Sprecherin zu, die wieder zu dem unbekannten Gast hinübersah.
„Kaffee. Er trinkt Kaffee."
Dominik rutschte von seinem Barhocker und drehte sich nun völlig zu dem fremden Gast um, der immer noch die Speisekarte zu studieren schien. Dann meinte er, ohne den Fremden aus den Augen zu lassen. „Und er hat ein Schnapsglas vor sich stehen."
„Cognacschwenker", berichtigte Lars.
„Besserwisser."
Lars grinste zu Karin, die mittlerweile ihren Blick endgültig von dem Fremden gelöst hatte und ihren Begleiter mit lachenden Augen ansah.
„Also, ein Musiker ist das nicht. Dafür ist er zu alt", sinnierte Dominik.
„Mick Jagger ist auch schon über 70", erwiderte Karin.
„Na ja. Der sieht aber nicht gerade aus wie ein alternder Rockmusiker."
„Vielleicht ist das seine Verkleidung ..."
„Gut", erwiderte Dominik schließlich. „Ich gehe rüber und frag ihn."
„Lass den Quatsch, Dom!"
Doch Dominik hatte sich bereits auf den Weg zu dem Tisch mit dem Fremden gemacht. Dieser sah erst auf, als Dominik vor ihm stand und sich räusperte. „Entschuldigen Sie",

meinte er gerade so laut, dass seine Begleiter ihn hören konnten, „meine Freunde wollen wissen, ob Sie Mick Jagger sind?"

Der Fremde sah zuerst überrascht, dann ein wenig irritiert auf, ehe er lächelnd erwiderte: „Ich glaube kaum, dass Ihre Freunde das gesagt haben." Er sah zu den beiden Zurückgebliebenen, die die Szene erwartungsvoll und ein wenig unsicher beobachteten. „So einfältig sehen mir Ihre Begleiter gar nicht aus."

„Wenn Sie wüssten …" Dominik spürte, dass er aufpassen musste, um am Ende nicht als der Klassenclown dazustehen. „Also mit Rockmusik liegen Sie auf jeden Fall völlig daneben."

„Dann sind Sie also Musiker", hakte Dominik nach.

Der Fremde lächelte vielsagend.

„Ach. Wissen Sie was? Kommen Sie doch einfach zu uns rüber. Dann können Sie meine Freunde gleich kennenlernen. Und so spricht es sich doch viel angenehmer."

Der Fremde nickte, erhob sich und ergriff die Untertasse, auf der seine Kaffeetasse stand, mit der einen und den Cognacschwenker mit der anderen Hand. Dann folgte er Dominik zu der Stelle des Tresens, an der dessen Freunde standen.

Dominik grinste siegessicher, als er das ablehnende Gesicht von Lars sah. Es war ihm klar: Lars hatte bereits begriffen, dass Dominik wieder recht behalten hatte. Hätte er den Fremden zu ihnen eingeladen, wenn der kein Musiker wäre? Bestimmt nicht!

„Also, Lars, unser Freund hier macht tatsächlich Musik. Aber es ist nicht Mick Jagger", fügte er mit einem Lächeln hinzu.

„Ach, jetzt. Ehrlich?" Lars grinste ebenfalls.

Dominik wandte sich zu dem Neuankömmling. „So sagten Sie doch, gell?"

Der Mann lächelte. „Ich sagte, dass Sie mit Rockmusik auf jeden Fall daneben lägen."

„Aber Klassik wäre ebenfalls falsch", setzte Karin hinzu.

„Wie kommst du auf diese Idee, Karin? Bei dem Outfit", entgegnete Lars.

„Es ist immerhin ein Anzug, Lars", versuchte die Angesprochene sich zu rechtfertigen.
Der Mann lächelte, während Lars nachsetzte: „Schon. Aber Leinen ... weißes Leinen ..."
Dominik spürte, wie die Unterhaltung abdriftete. Deshalb wechselte er schnell das Thema. „Was trinken Sie da eigentlich, Herr ...?"
Der Fremde schaute auf den Cognacschwenker, den er noch immer in der Hand hielt. Dann wanderte sein Blick zu der Kaffeetasse auf dem Tresen. „Meinen Sie den Kaffee?"
Dominik schüttelte energisch den Kopf und der Fremde sah ihn lächelnd an.
„Einen Remy."
„Kenn ich nicht."
„Wollen Sie auch einen?" Er hatte den Barkeeper bereits auf sich aufmerksam gemacht, ehe Dominik etwas erwidern konnte. „Einen Remy für meinen Freund hier. Oder ..." Er schaute sich zu Lars und Karin um. „Darf ich Ihnen auch einen anbieten?"
Die beiden schüttelten einhellig die Köpfe.
„Vielleicht etwas anderes? Was trinken Sie? Bier? Oder einen Cocktail?"
Erneut lehnten sie ab. „Wir müssen noch fahren", fügte Karin ein wenig halbherzig hinzu.
Der Fremde schaute sie an, lächelte und meinte: „Das ist klug, Karin. Es ist viel zu gefährlich, Auto zu fahren, wenn man getrunken hat. Und wie sieht es mit Ihnen aus?" Er hatte sich Lars zugewandt und sah ihn nun auffordernd an. Doch dieser schaute nur irritiert zu dem Sprecher. „Woher ... kennen Sie unsere Namen?"
„Wie meinen Sie?"
„Sie haben Karin gerade beim Namen genannt ..."
„Aber Lars", erwiderte der ältere Mann mit einem väterlichen Lächeln. „Sie haben mir ihren Namen doch gerade selber erst genannt. Normalerweise sagt man doch, dass es die älteren Menschen sind, die schnell vergessen, was sie sagten, nicht wahr?" Er sah sich zu Dominik um, der gerade

den Cognacschwenker ergriffen hatte, den ihm der Barkeeper hingestellt hatte.
Dominik schaute auf und nickte.
Als der Fremde sah, dass Dominik sein Glas bereits in der Hand hielt, hob er sein eigenes, prostete jedem der drei zu und meinte: „Santé!" Er beobachtete, wie Dominik das Glas mit einem Schluck leerte, dann jedoch den Cognac ein wenig durch den Mund rollen ließ, ehe er ihn hinunterschluckte. Er selber hatte nur einen kleinen Schluck des Weinbrands genommen, spülte diesen dann mit ein wenig Kaffee nach, ehe er Dominik fragend anschaute. „Und?"
„Sehr weich. Angenehm." Dominik starrte nachdenklich in seinen leeren Cognacschwenker.
„Stimmt. – Eigentlich ziehe ich ja schottischen Whisky vor. Ein wenig rauchig."
„Rauchig? Ich kenne nur Jack Daniel's." Dominik sah den Sprecher an, als ob dieser von einer anderen Welt käme.
Der Fremde lachte hell auf. „Sicher! In Cola. Anders können Sie den auch nicht trinken. Da müssten sie mal einen …" Er brach ab, während seine Augen das Regal mit den Flaschen absuchten. Dann meinte er zu dem Barkeeper: „Geben Sie dem jungen Mann hier doch bitte einen Johnny Walker Black Label auf meine Rechnung."
Er sah, wie Dominiks Augen aufblitzten, während Lars meinte: „Dom, meinst du nicht, dass es jetzt reicht?"
„Unsinn, Lars. Wenn der Herr darauf besteht …"
„Selbstverständlich", warf der Fremde ein.
„Selbstverständlich bestehe ich darauf, Dominik. Wobei der Johnny Walker allerdings ein blended, also ein verschnittener Whisky ist. Leider haben sie hier keinen Talisker. Das wäre dann die Kür."
„Talisker?"
„Ja, das wäre ein sehr rauchiger Single Malt."
„Single Malt?"
„Ich sehe, Dominik, wir müssen da noch einiges nachholen."
Dominik nickte grinsend, während Karin meinte: „Ich glaube, wir sollten jetzt Schluss machen, Dominik."

„Wieso? Morgen habe ich erst nachmittags Vorlesung. Ich …"
„Dominik!" Karins Stimme war etwas lauter und sehr bestimmt.
„Was?"
„Du solltest jetzt wirklich …"
„Bleiben Sie doch noch ein wenig, Karin", versuchte der ältere Mann die Sprecherin zu beruhigen.
„Das ist leider nicht möglich." Karin trank ihr Glas leer, stellte es auf den Tresen und legte abgezähltes Geld dazu.
„Darf ich Ihnen wirklich nichts bestellen?"
Als die Angesprochene den Kopf schüttelte, schaute der Mann zu Lars. „Aber Sie leisten uns sicher noch ein wenig Gesellschaft, nicht wahr, Lars?"
Er sah, wie der Angesprochene zuerst Karin, dann Dominik, danach ihn und dann wieder Karin ansah und schließlich den Kopf schüttelte. „Für mich wird es jetzt leider auch Zeit."
Dominik runzelte die Stirn. „Aber Lars? Du …"
Abwehrend schüttelte Lars erneut den Kopf. „Ich denke, ich sollte jetzt wirklich gehen, Dominik. Und du solltest uns besser begleiten."
„Lars. Ich denke, ich …"
„Es ist schade, dass Sie bereits gehen müssen, Lars. Ich hätte Ihnen gerne noch ein Gläschen spendiert."
„Nein, danke."
„Schade. Ich wünsche Ihnen und Ihrer reizenden Begleitung trotzdem noch einen schönen Abend. Man sieht sich."
Karin ließ sich zu einem verhaltenen „Das glaube ich eher nicht" hinreißen, ehe sie Lars folgte.
Die Augen des älteren Mannes folgten den beiden, als sie die Lokalität verließen, jedoch nicht ohne sich noch einmal zu Dominik umzusehen und ihn mit ihren Blicken aufzufordern, ihnen zu folgen. Ein Lächeln huschte über seine Züge, als er leise zu sich selbst meinte: „Oh, ich denke schon."
Dann wandte er sich wieder seinem Gast zu: „Lassen Sie uns einmal schauen, womit wir dann am besten beginnen, Lars. Der Jameson dort drüben ist ein irischer Whiskey. Den brauchen wir gar nicht erst zu probieren. Aber dort haben

sie einen Glenfiddich. Für den Anfang sicherlich gut geeignet. Und dann sehe ich noch einen Glen Grant und einen Laphroaig. Ja, Dominik, ich denke, wir werden hier noch einiges probieren können – sofern Sie mir so lange Gesellschaft leisten wollen."
„Natürlich. Ich werde sicherlich …"

*

„Rufus!" Die Stimme der Frau mittleren Alters hallte über die monotonen Fahrgeräusche der Personenwagen, die sich auf den beiden stadtauswärts führenden Spuren des Autobahnzubringers für den Weg nach Egelsbach oder nach Oberursel entschieden. „Rufus! Bei Fuß!"
Der schwarze Labrador ging einen Schritt rückwärts, zog den Kopf aus dem Gebüsch, das ihn gerade beschäftigte und betrachtete sein Frauchen halbwegs interessiert. Dann war er wieder in dem dichten Unterholz an der Böschung zur Autobahnauffahrt verschwunden. Die Frau konnte nur noch die Hinterläufe und die aufgeregt schlagende Rute erkennen. Sie kannte diesen Weg, der hinter der Bushaltestelle den befestigten Bürgersteig verließ und zwischen dem Autobahnzubringer und dem kleinen Wäldchen abwärts führte. Sie wusste, welche Routen sie mit Rufus laufen musste, damit dieser genug Auslauf für den Tag hatte. Und sie kannte ihren Hund.
„Rufus! Bei Fuß!"
Wenn der Labrador etwas gefunden hatte, das seinen angeborenen Fresstrieb ansprach, dann gab es nichts, was den Hund aufhielt. Und sie musste sich beeilen, damit er das Etwas, was er gegebenenfalls gefunden hatte, nicht verschlang, was sicherlich zu Übelkeit mit Folgen führen würde, die ihrer kleinen Zwei-Zimmer-Wohnung bestimmt nicht guttaten.
„Rufus! Pfui! Komm sofort da raus!"
Sie konnte sich noch gut daran erinnern, wie lange ihre Wohnung das letzte Mal nach Hundekot gestunken hatte. Darauf hatte sie wirklich keine Lust.

Nur noch das Hinterteil von Rufus war in dem dichten Unterholz zu erkennen. Der Schwanz wedelte unaufhörlich. „Rufus! Pfui! Raus da!"
Die Rufe schienen den Labrador nicht zu interessieren. Der massige Körper zuckte nicht einmal. Sie musste zu härteren Maßnahmen greifen! Vorsichtig ging sie näher an das Gebüsch, schob die vorderen Zweige beiseite. Der Kopf von Rufus steckte so tief im Unterholz, dass sie ihn nicht erkennen konnte. Die Schultern des Hundes bewegten sich unaufhörlich. Er schien nach etwas zu graben. Was für einen Müll hatte er da wohl wieder gefunden?
Vorsichtig und ein wenig angeekelt in Erwartung dessen, was ihr Hund da wohl wieder zum Vorschein bringen würde, ergriff sie mit der Rechten den Karabiner der Hundeleine und tastete dann nach dem Halsband. Hoffentlich war die Öse nicht wieder nach unten gerutscht. Sie hatte keine Ahnung, ob es ihr dann noch gelingen würde, die Leine einzuhaken, in Erwartung dessen, in das sie greifen konnte, wenn sie dem Maul des Hundes zu nahe kam. Oh, doch. Sie konnte. Sie musste nur an das denken, was eine Magenverstimmung von Rufus mit ihrer kleinen Wohnung anrichten würde. Die Härchen an ihren Unterarmen richteten ich auf. Da war die Öse. Es klickte leise. Der Karabiner war eingehakt. Sie trat einen Schritt zurück, zog leicht an der Leine. „Rufus! Bei Fuß!"
Natürlich kam Rufus nicht.
Mit einem weiteren „Rufus! Bei Fuß!" begann sie, mit Leibeskräften die Hundeleine einzuholen. Sie spürte, wie der Labrador sich wehrte, sah, wie die Hinterläufe des Hundes wegrutschten, nachfassten, sich gegen sie stemmten. Rufus knurrte mittlerweile vernehmlich, während er mehr und mehr aus dem Unterholz gezogen wurde.
Plötzlich begann sich der ganze Busch zu bewegen. Dann gab es ein vernehmliches Knacken wie das Brechen eines großen Astes und Rufus rutschte auf den Weg. Sie atmete tief ein, ließ die Leine locker. Geschafft!
Dann sah sie zu Rufus hinunter. Irgendetwas unförmiges Weißes hatte der Hund im Maul. Doch er kaute nicht, zum

Glück. Wahrscheinlich hatte er auch nichts verschlungen. Sie beugte sich zu ihm hinunter. „Rufus! Aus!"
In diesem Moment drehte der Labrador den Kopf und sah sie an. Sein Schatz veränderte ein wenig seine Lage – und die Frau stieß einen spitzen Schrei aus. Vier lange, weiße Finger legten sich um den Unterkiefer des Hundes, dessen Augen sie stolz ob seines Fundes, aber mit einem Hauch von Verständnislosigkeit, anblickten.
Mit einem weiteren Schrei schrak sie zurück. „Lass das ... das da fallen!", heischte sie Rufus an, während sie ihm mit der Leine auf die Kruppe schlug. „Fallen lassen! Sofort!"
Gehorsam ließ Rufus seine Beute auf den Boden gleiten, achtete aber darauf, dass sie ihr nicht zu nahe kam.
Sie ging einen Schritt vor, stieß mit dem Fuß gegen dieses ... weiße Etwas. Es ließ sich anheben, fiel allerdings sofort wieder auf den Weg zurück, als sie den Fuß wegnahm.
„Scheiße!" Was war zu tun?
Hektisch kramte sie ihr Mobiltelefon hervor. Unkontrolliert hasteten ihre Finger über das Display, bis „110" darauf zu lesen war. Eine ruhige Männerstimme meldete sich. Sie nannte ihren Namen.
„Was können wir für Sie tun?"
„Ich ... also Rufus ... das ist mein Hund ... Er hat eine Hand gefunden. Eine menschliche Hand."
„Und Sie sind sicher, dass es sich um eine menschliche Hand und nicht um die einer Schaufensterpuppe handelt?"
„Ja. Ich ... man kann die Knochen sehen."
„Gut. Ich schicke einen Kollegen vorbei. Wo befinden Sie sich?"
„Auf dem Weg, der von der Bushaltestelle Buchrainweg neben dem Taunusring hinunterführt."
„Und die Hand?"
„Liegt vor meinen Füßen."
„Dann bleiben Sie bitte dort und fassen Sie nichts mehr an. Die Kollegen werden in wenigen Minuten dort sein."
Instinktiv schaute sie auf die Zeitanzeige ihres Telefons.

„Ich habe nur noch 25 Minuten Zeit. Dann muss ich zurück nach Hause. Dann kommt mein Mann. Und ich muss noch aufräumen. Ich ..."

Partytime

„Durmaz!"
Kriminaloberkommissarin Saliha Durmaz sah auf. Fast automatisch wanderte ihr Blick zu der alten Wanduhr, deren Zeiger sich bereits seit Jahren unermüdlich drehten und ihr und ihrem Kollegen die Uhrzeit anzeigten.
„Sie brauchen gar nicht auf die Uhr zu schauen. Ich weiß, dass es bereits 17:00 Uhr durch ist."
Manchmal fragte Durmaz sich, woher ihr Chef, Hauptkommissar Walter Schulze, wusste, was sie tat, ohne dass er sie oder ihren Schreibtisch sehen konnte. War er ein Geist, der unerkannt durch das Büro schwebte? ...
„Ich bin kein Geist, ich warte in meinem Büro."
... Oder konnte er gar Gedanken lesen? Irgendwann – da war sie sich sicher – würde sie sein kleines Geheimnis knacken.
Durmaz hatte gerade ihren Computer heruntergefahren. Nun atmete sie resigniert durch, stand auf und ging durch die stets offene Verbindungstür in den kleinen Nachbarraum, in dem Schulze hauste.
Dieser saß am Ende des Büros hinter einem Schreibtisch, der mit Stapeln von Akten belegt war. Er hatte gerade den Telefonhörer auf die Gabel gelegt und betrachtete einen Zettel, auf dem er sich Notizen gemacht hatte. Als Durmaz eintrat, hob er den Kopf, sah dann aber sofort wieder auf den Zettel.
„Durmaz. Haben Sie heute Abend noch etwas vor?"
Durmaz überlegte hektisch: Was konnte ihr Chef mit dieser Frage bezwecken wollen? Sollte sie für irgendwelche Sonderaufgaben Überstunden machen? Eigentlich hatte sie dazu keine Lust.
„Nicht? Gut. Wo wohnen Sie eigentlich?"

„Blumenstraße", antwortete Durmaz ohne nachzudenken. Fast hätte sie sich daraufhin die Zunge abgebissen.
„Ist das nicht …"
„Bonzenberg", fügte Durmaz lächelnd hinzu.
„Ich dachte, am Buchrainweg."
Durmaz nickte schnell. „Ja, ja. Dort in der Nähe. Suchen Sie eine Mitfahrgelegenheit, Chef?"
„Das passt gut", sinnierte Schulze, ohne auf ihren Kommentar einzugehen. „Dann übernehmen Sie den neuen Fall, Durmaz."
„Wie …?"
„Leichenfund am Taunusring. Das müsste dann unmittelbar bei Ihnen um die Ecke sein."
„Ja, aber …"
Schulze lächelte. „Mit Arbeit sind Sie und Villeroi ja gleich gut bedacht. Aber wenn ich Villeroi in den Taunusring schicke, dann ist der nachher im Feierabendverkehr noch anderthalb Stunden unterwegs. Sie schaffen den Heimweg in zehn Minuten zu Fuß."
„Warum sollte ich zu Fuß nach Hause gehen, Chef?"
Schulze zog lächelnd die Schultern hoch.
„Dann erzählen Sie mal, worum es geht, Chef." Durmaz schaute Schulze resigniert an.
„Ey, horsche Se ma, Durmaz. Sie haben ja nicht einmal was zum Schreiben dabei."
Nun lächelte Durmaz.
„Also gut. Eine Frau und ihr Hund haben in der Böschung neben dem Taunusring eine Leiche gefunden. Mehr wissen wir noch nicht."
„Ein Hund?" Mit Entsetzen erinnerte Durmaz sich an den Fall eines folgenschweren Einbruchs, bei dem nur der Haushund zu Tode kam.
„Er lebt noch. Er wartet auf Sie kurz hinter der Bushaltestelle Buchrainweg. Kennen Sie die?"
Durmaz nickte erneut. „Stadtein- oder -auswärts."
„Stadtauswärts. Nehmen Sie am besten den Buchrainweg. Und nehmen Sie Ihr Auto."

Durmaz lächelte. Während ihrer Anfangszeit in Offenbach hatte sie des Öfteren den Dienstwagen von Schulze bekommen, da sie selber noch keinen gehabt hatte. „Klar, Chef."

„Und fahren Sie mir ja keine Beule hinein."

„Klar, Chef." Sie wandte sich um und ging zurück zu ihrem Schreibtisch.

Stefan Villeroi, dessen Schreibtisch dem ihren genau gegenüberstand, hob fragend die Augenbrauen. Offensichtlich hatte er von dem Gespräch mit Schulze nichts mitbekommen.

Durmaz lächelte. „Ein neuer Fall."

„Soll ich mitkommen?" Er klappte den Aktenordner zu und wollte sich bereits erheben.

Doch Durmaz winkte ab. „Nicht nötig. Du bräuchtest dann anderthalb Stunden für den Heimweg. Und das wären zu viele Überstunden."

Villeroi zog die Stirn kraus.

„Tja", entgegnete Durmaz. „Hat der Chef gesagt." Dann kontrollierte sie, dass der Monitor ausgeschaltet war, ergriff ihre Outdoorjacke, die sie wie immer ein wenig salopp über die Rücklehne des Schreibtischstuhls geworfen hatte, und rief Villeroi ein „Schönen Feierabend!" zu, ehe sie die Bürotür hinter sich ins Schloss fallen ließ.

Durmaz war froh, dass sie an diesem Morgen mit dem Dienstwagen zur Arbeit gekommen war. So stand ihr Astra auf dem kleinen Parkplatz vor dem Präsidium. Sie ließ die Zentralverriegelung klacken, öffnete die Fahrertür und stieg ein.

Als sie den Parkplatz des Polizeipräsidiums verließ, bog sie nach rechts in die Geleitstraße ein. Danach ging es wieder nach rechts und unter dem Bahndamm hindurch am Neubau der Leibnitzschule vorbei. Als sie ein wenig später an der Einmündung der Blumenstraße vorbeikam, konnte sie weiter oben im Buchrainweg bereits die Blaulichter sehen, die eine Fahrspur der Autobahnauffahrt absperrten. Sie fuhr langsam auf die rote Ampel zu, setzte den Blinker nach rechts und

fingerte ihren Dienstausweis aus einer der Taschen ihrer Jacke. Einige uniformierte Kollegen regelten den Verkehr. Auf dem Taunusring hatte sich eine Schlange gebildet, die über die eine noch freie Fahrspur nur sehr zögerlich abfloss. Die Ampel stand noch immer auf Rot. Durmaz hielt an. Sie wollte gerade ihren Ausweis hochnehmen, um ihn dem Kollegen zu zeigen, der die Fahrzeuge aus dem Buchrainweg zurückhielt, als dieser sie erblickte. Er grüßte kurz, ging ein paar Schritte in den fließenden Verkehr hinein, um die Wagen zu stoppen. Dann winkte er sie herbei.
Durmaz drehte die Seitenscheibe hinunter.
„Guten Abend, Frau Kommissarin. Sie werden erwartet", begrüßte der uniformierte Beamte sie.
„Wo kann ich den Wagen hinstellen?"
„Fahren Sie nur an der Absperrung vorbei. Weiter vorne, vor dem Transporter der SpuSi, steht ein Kollege, der die Pylonen beiseite nehmen wird, damit Sie hineinkommen. Ich halte so lange den Verkehr zurück."
„Sehr nett", erwiderte Durmaz lächelnd. „Heute ist aber auch besonders viel los."
„Normaler Wahnsinn." Der Uniformierte grüßte und trat wieder zurück, um den an der Haltelinie der Ampel stehenden Fahrzeugen zu verdeutlichen, dass sie noch nicht fahren durften. Durmaz konnte sich gut vorstellen, dass einige davon ziemlich erregt ob der unerwarteten Störung waren. Sie war gespannt, ob dieser Aufwand sich lohnte.

Im Rückspiegel sah Durmaz bereits die ersten Personenwagen anfahren, als sie ihren Astra um die Pylonen vor den weißen Transit lenkte. Die Böschung zwischen dem Fahrweg und dem Autobahnzubringer war an dieser Stelle noch flach und von Unterholz befreit. Sie schaltete den Motor aus, zog den Zündschlüssel ab und stieg aus. Der Kollege, der die Pylonen wieder an ihren Platz stellte, grüßte freundlich und zeigte mit einer Kopfbewegung, dass man sie jenseits der Böschung im Wald erwartete.
Als Durmaz das Stück Wiese überquert hatte, konnte sie bereits die Menschen erkennen, die mit der Sicherung der

Spuren beschäftigt waren. Langsam ging sie näher, bis eine in einen weißen Overall gehüllte Gestalt den Kopf hob, sie erblickte und rief: „Achtung! Die Kommissarin kommt. Sichert eure Bereiche!"

„Schon klar, Sandro. Kümmer' dich um deine Arbeit. Ich mache meine." Durmaz erinnerte sich noch sehr gut daran, wie der Leiter der Spurensicherung ihre geliebte Outdoor-Jacke zerschnitten hatte, um Gewebeproben zu erhalten, weil er der Ansicht gewesen war, sie habe damit seinen Tatort kontaminiert.

„So lange Sie auf dem Weg bleiben, kann nichts passieren, Frau Durmaz. Den haben wir als Erstes gesichert." Sandro Kubic sah Durmaz noch eine Weile nach, ehe er sich wieder auf „seinen Bereich" konzentrierte.

Ein wenig weiter konnte Durmaz eine Gruppe von weiß Bekleideten erkennen, die mit verschiedenen Dingen beschäftigt waren, sich aber dennoch offensichtlich sehr angeregt unterhielten. Sie steuerte auf eine Frau zu, die an dem dem Wald zugewandten Rand des kleinen Weges stand und dem ganzen Treiben desinteressiert zuschaute. Ein mittelgroßer, schwarzer Hund hatte sich zu ihren Füßen auf den Weg gelegt und beobachtete die Beamten argwöhnisch.

Durmaz reichte der Frau zur Begrüßung die Hand. „Sie haben den Leichnam gefunden?"

„Ja. Nein. Eigentlich hat Rufus den Toten gefunden."

„Rufus?"

Die Frau nickte und wies auf den Hund zu ihren Füßen.

„Ja." Ein Kollege war herbeigetreten und sah die Frau vorwurfsvoll an. „Es war der Hund. Er hat den Leichnam ziemlich ... beschädigt."

„Aber er hat ihn gefunden. Wo?", hakte Durmaz nach.

Der Beamte wies zu einem Gebüsch auf der anderen Wegseite. „Die Leiche wurde dort gefunden, quasi hinter dem Unterholz, von oben gut verdeckt."

„Aber vom Weg aus konnte man sie sehen."

Der Beamte sah die Kommissarin irritiert an. „Natürlich nicht, sie war ja verdeckt."

„Für Sie schon", erwiderte Durmaz. „Nicht aber für einen Hund. Und da – Wie war der Name? Rufus? – da Rufus kein ausgebildeter Leichenhund ist, können wir wirklich froh sein, dass wir den Leichnam so schnell gefunden haben, nicht wahr, Herr Kollege?"
Der Beamte nickte ein wenig gezwungen.
„Na, des kannste glaabe!"
Durmaz und der uniformierte Kollege schauten sich um. Der Mann in dem weißen Overall, der auf der anderen Seite des Weges über den Leichnam gebeugt hockte, sah zu ihnen hinüber.
„Da hadde mer abber e Mordsgligg."
Ohne weiter auf die Frau mit dem Hund zu achten, ging Durmaz auf den Mann zu. „Oberkommissarin Saliha Durmaz", meinte sie und reichte ihm die Hand, zog sie aber schnell wieder zurück, als dieser seine behandschuhte Hand irgendwo vom Körper des Toten zog und sie ein wenig fragend betrachtete. „Und sie sind?"
„Dogdor Brandtner, isch bin de Baddologe."
Durmaz sah den Mann ein wenig unsicher an.
„Ei, de Baddologe, halt. Der, wo sisch die Leische aagugge tut."
„Ach. Der Pathologe. Klar."
„Sach isch doch."
„Können Sie bereits etwas über den Toten sagen?"
„Logisch", erwiderte der Pathologe in seinem unverkennbaren hessischen Akzent. „Der heißt Klaus-Egon Müller, ist sechsundzwanzig Jahre alt, Maschinenschlosser, Sternzeichen: Hahnebampel, wohnt in Bieber, Ascheberger Straße 17A. Noch Fragen?"
„Und woran ist er gestorben?", fragte Durmaz ein wenig irritiert.
„Hat sich totgelacht. Frolleinsche, ich kann auch nicht zaubern. Das kommt alles in den Bericht!"
Durmaz betrachtete den Pathogen nachdenklich. Er hatte wirklich einen ... seltsamen Humor. „Was wissen Sie denn bereits?"

„Frolleinsche. An der verlorenen Hand ist er nicht gestorben. Die wurde ihm quasi post mortem abgebissen."
„Von Rufus."
„Was weiß ich, wie der Hund heißt. Ich hab ihn nicht gefragt. Ich hätte gedacht, dass Sie den Hund fragen."
Durmaz schüttelte den Kopf und betrachtete den Toten. Ein junger Mann, etwa 25 Jahre alt, mit dichtem, rot-blondem Haarschopf, den eine intensive Blässe auszeichnete. Sie überlegte, ob sie es wagen konnte, den Pathologen darauf anzusprechen, während sie sich vorbeugte, um einen Blick auf den Armstumpf zu werfen. Sie konnte Knochen, Haut und Muskelgewebe erkennen. „Da ist ja gar kein Blut …"
„Ei Frolleinsche. Post mortem heißt ja: Der war schon tot."
„Aber müsste man nicht …" Durmaz konnte sehen, wie die Augen des Pathologen zu funkeln begannen, als eine bekannte Stimme die beiden anrief:
„Frau Durmaz?"
Die Kommissarin drehte sich um. Ein weiterer Mann in weißem Overall kam auf sie zu. Er schien zu lächeln. „Frau Kommissarin. Schön, dass man sie auch hierher beordert hat. Übernehmen Sie den Fall?"
Durmaz nickte. „Klar, Herr Becker. Aber was machen Sie denn hier. Soweit ich sehen kann, sind keine Autos an diesem Todesfall beteiligt."
„Und auch keine Computertechnologie!" Becker lachte. „Aber die Kollegen haben Reifenspuren im weichen Untergrund neben der Fahrbahn, oben, gefunden." Becker wies mit dem Kopf in Richtung des Dienstwagens der Kommissarin.
„Da steht mein Wagen."
Becker lachte, während er sich umdrehte und die Kommissarin zu der Stelle geleitete, an der die Spuren gefunden wurden. „Also, dass es nicht die Spuren Ihres Wagens sind, kann ich Ihnen schon beim ersten Hinsehen bestätigen. Zum einen sind die älter. Zum Zweiten stammen die von einem Transporter. Ich würde sagen: Baustellenbereifung. Und zum Dritten sehe ich, dass sie sich Mühe gegeben haben, den abgesperrten Fundort der Spuren nicht zu kontaminieren."

„Da ist Ihr Chef aber offensichtlich anderer Meinung", erwiderte Durmaz mit einem Seitenblick auf Sandro Kubic, der mit der Sicherung von anderen Spuren beschäftigt war.
„Kubic? Keine Sorge, Frau Kommissarin. Der hat alles vergeben."
„Nur vergessen tut er nichts, oder?"
Becker schüttelte den Kopf. „Nö. Aber das macht doch die Arbeit erst lustig, gell?"
Eigentlich hatte der Forensiker ja recht, schoss es Durmaz durch den Kopf. Aber sie musste ja nicht unbedingt das Opfer des Leiters der Spurensicherung sein. Sie nahm sich vor, nach einer Möglichkeit zu suchen, um Sandro Kubic Paroli bieten zu können.
„Der Leichnam wurde also mit einem Transporter hierher gebracht?", wandte sie sich schließlich an Becker.
Doch der Forensiker zog die Schultern hoch. „So exakt ist die Spurenlage leider nicht. Wir haben hier neben der Fahrbahn des Autobahnzubringers diese Transporterspuren gefunden", meint er, während er der Kommissarin die entsprechende Stelle am Fahrbahnrand zeigte. „Wir haben auch Fußspuren gefunden, die von der Fahrbahn auf den befestigten Fußweg führen. Mehr ist leider nicht drin."
Nachdenklich betrachtete Durmaz die tiefen Eindrücke im Seitenstreifen. „Können Sie mehr über das Fahrzeug sagen?"
Becker schüttelte bedauernd den Kopf. „Das wird noch etwas dauern. Wir müssen das Profil durch die Datenbank laufen lassen."
„Aber es ist sicher, dass der Wagen hier nicht nur zufällig von der Fahrbahn abkam."
Becker lachte. „Das ist sicher, Frau Durmaz. Die Bruchstücke aus den Profilrillen zeigen, dass die Antriebsräder hier vorne ein wenig durchgedreht sind, ein Stück weiter gegriffen und den Wagen wieder auf die Fahrbahn gebracht haben. Nein. Da sind wir uns sicher. Allerdings sind die wahrscheinlich aussagekräftigsten Teile der Fußspuren leider alle auf asphaltierten Teilen der Wege. Schade."

Der Wagen, der für den Abtransport des Toten gerufen worden war, war mittlerweile rückwärts einen Teil des Fußwegs zum Fundort hinuntergefahren und Durmaz konnte beobachten, wie Brandtner dem Verladen des Zinksarges beiwohnte.
Dann fuhr der Leichenwagen wieder an, drehte über dem Grasstück und fuhr auf die Autobahn Richtung Oberursel. Wahrscheinlich würde er die A661 über die nächste Abfahrt wieder in Richtung Offenbacher Innenstadt verlassen.
Wie würde sie selbst nachher nach Hause fahren? Eigentlich musste sie den gleichen Weg nehmen. Somit war alles, was Schulze über die Nähe des Fundorts zu ihrer Wohnung gesagt hatte, hinfällig: Die Straße, auf der ihr Wagen stand, würde sie genau in die entgegengesetzte Richtung, weg von Offenbach auf die Autobahn führen. Ein großer Umweg stand ihr noch bevor. Die Frage war nur: Welchen Weg sollte sie am sinnvollsten wählen?

*

Es klingelte. Florian Busche sah auf den Wecker, der auf seinem Nachttisch stand. 18:05 Uhr. Er hatte den Wecker extra so aufgestellt, dass er ihn von seinem Platz am Schreibtisch sehen konnte. So wusste er immer, wie lange er bereits geübt hatte. Und ob er überhaupt vorwärtskam. Er brauchte nicht die Seiten seines Lehrbuches nachzublättern, um zu erkennen, dass dies heute nicht der Fall war. Er war unkonzentriert.
Es klingelte ein zweites Mal an der Wohnungstür. Seufzend erhob Florian Busche sich und ging durch den kleinen Windfang, der seiner Wohngemeinschaft als Flur, Kleiderschrank und Küche fungierte. Ein kurzer Blick durch den Spion reichte ihm, um die Tür zu öffnen. „Hei. Komm rein, Silvio."
Der junge Mann mit dem schwarzen Kraushaar und dem dichten Bart trat ein, warf seine Umhängetasche an die Wand neben der Eingangstür und seine Jacke über einen freien Haken an der Garderobe. Er schaute in Busches Wohn-

Schlafraum und erblickte den mit Büchern belagerten Schreibtisch. „Du hast schon angefangen, Flo?"
Florian schüttelte den Kopf. „Ich hab's versucht. Aber ich kann mich nicht richtig konzentrieren."
Der Neuankömmling nickte. „Okay. Dann lass uns loslegen."
„Willst du was trinken?"
„Jap."
„Was?"
„Egal. Was du hast." Er räumte ein paar Bücher aus einem Sessel, der beziehungslos vor dem Schreibtisch stand, auf den Boden davor, setzte sich und öffnete seine Umhängetasche. Auf dem Deckblatt des Blocks, den er daraus hervorholte, stand in großen Lettern „Silvio Smolek's Notizen. Finger weg!" Er schlug den Notizblock auf und suchte die Seite mit den entsprechenden Bemerkungen. „Was üben wir heute?"
„Hämatologie", erwiderte Florian und setzte sich auf den Stuhl hinter dem Schreibtisch.
Silvio nickte. „Viele Formeln."
„Ein paar."
„Dann schieß mal los." Silvio sah seinen Gastgeber auffordernd an.
Fahrig blätterte Florian durch die Bücher, die aufgeschlagen vor ihm auf dem Tisch lagen. Er stellte seinem Gast eine Frage nach der anderen, die dieser sämtlich ohne viel Nachdenken beantwortete.
So ging es eine Zeit lang, ehe Smolek Busche unterbrach. „Stimmt, Flo. Du bist nicht bei der Sache."
Florian nickte abwesend.
„Lass mich mal sehen. Vielleicht ist diese Aufgabe etwas für dich. Bei Halsschnittverletzungen spricht folgende Beobachtung an der Leiche am ehesten für eine Selbsttötung: A, Beschädigung der Kleidung durch einige Schnitte. B, Durchtrennung der Karotiden sowie multiple, tiefe Schnittspuren an der Wirbelsäulenvorderseite. C, mehrere annähernd parallele ..."
„Willst du mich verarschen?"

Silvio sah seinen Gastgeber, der vor Zorn bebend aufgesprungen war, überrascht an. „Das ist eine Prüfungsaufgabe, du Idiot. Was ist mit dir los?"
„Warum hast du gerade diese ausgesucht? Was willst du mir damit sagen, Silvio?"
Doch Silvio blieb ruhig. „Komm mal wieder runter, Alter."
„Sag mal, dich lässt die ganze Geschichte wohl völlig kalt, was?"
„Welche Geschichte?" Langsam schien Silvio zu begreifen, was seinen Freund beschäftigte. „Du meinst doch nicht etwa ..."
„Selbstverständlich meine ich das. Es war ein großer Fehler, den wir da begangen haben, Silvio."
Nachdenklich betrachtete Silvio den Bogen Papier in seiner Hand. „Lass die Toten ruhen, Flo. Es bringt niemandem etwas, wenn wir das Thema immer und immer wieder durchkauen."
„Doch, Silvio. Es war Unrecht!"
Silvio schüttelte energisch den Kopf. Das Lächeln war aus seinem Gesicht verschwunden. „Nein, Flo. Es ist alles gut. Es war ... ein Unfall. Niemand wird uns deswegen belangen. Es war einfach nur ... Pech."
„Ein Pech, wegen dem wir irgendwann verurteilt werden. Irgendwann werden sie uns kriegen. Irgendwann werden wir dafür zur Rechenschaft gezogen werden."
„Vergiss es, Flo. Es ist vorbei, erledigt, Geschichte."
Florian, der mittlerweile ruhiger geworden war und sich wieder gesetzt hatte, schüttelte weiterhin den Kopf. „Es darf nie herauskommen, Silvio. Niemand darf davon erfahren. Versprich mir das, Silvio. Ansonsten können wir unser Studium vergessen."
Der Angesprochene betrachtete den anderen eine Zeit lang, ehe er langsam meinte: „Nein, Flo. Niemand darf jemals etwas davon erfahren. Das haben wir uns damals geschworen, erinnerst du dich?"
Florian nickte, wesentlich ruhiger mittlerweile. „Ich erinnere mich."

„Also gut." Silvio war aufgestanden und legte seine Rechte auf Busches Schulter. „Das wird schon wieder. Wir werden alle dichthalten. Egal, was dein Bauch dir sagt, denk immer daran: Es war ein Unfall. Keiner von uns hat Schuld daran. Auch du nicht. Und jetzt lass uns endlich wieder zu den Prüfungen zurückkommen. Da kommen solche Fragen halt vor. Und dann kannst du dem Prüfer auch nicht erzählen: Diese Frage kann ich leider nicht beantworten, weil ... vor einem Jahr ... da war dieser Unfall ..."
Florian nickte noch einmal. Er hatte verstanden, worum es Silvio ging. Er hatte verstanden, dass er nicht immer über jenen Vorfall nachdenken konnte, dass das sein Leben zerstören würde. Und dennoch war es unsäglich schwierig, sich selber von dieser Schuld freizusprechen.
Silvio betrachtete seinen Freund noch eine Weile versonnen, ehe er meinte: „Weißt du was? Wir hören jetzt erst einmal auf mit Üben."
Überrascht schaute Florian auf.
„Genau. Wir hören erst einmal auf. Morgen ist auch noch ein Tag. Und die Examen laufen uns schon nicht davon. Stattdessen bestellen wir uns zuerst einmal eine Pizza. Ich habe richtig Kohldampf."
„Und dann?"
„Dann warten wir, bis es Abend ist."
„Du meinst ..."
Silvio nickte. „Genau. Dann treffen wir uns mit den anderen und wir machen wieder einen drauf. Partytime!"

Noch ein Bier

Als Saliha Durmaz ihren Dienstwagen endlich in die kleine Parkbucht in der Nähe ihrer Wohnung bugsiert und den Zündschlüssel abgezogen hatte, atmete sie tief durch. Der Umweg hatte nur zehn Minuten mehr in Anspruch genommen, als wenn sie die fünfhundert Meter direkt hätte fahren können: Ein kleiner Abstecher über das Offenbacher

Kreuz und dann die Sprendlinger Landstraße hinunter. Zumindest hatte sie jetzt endlich Feierabend.
Sie stieg aus, schloss den Wagen ab und ging hinüber zum Hauseingang. Der Briefkasten war voll mit Hauswurfsendungen und Werbung. Das meiste davon sortierte sie bereits aus, während sie die wenigen Stufen zu ihrer Wohnung hinaufstieg. Der Rest bestand aus einer Rechnung und einem Informationsschreiben ihrer Bank. Wahrscheinlich war auch das Werbung, nur besser verpackt.
Sie öffnete die Tür zu ihrer Wohnung, trat ein, warf die Werbung ohne einen weiteren Blick in den Sammelbehälter für Altpapier und ihren Schlüsselbund und die beiden anderen Briefe auf das Regal in dem kleinen Flur. Dann zog sie ihre Outdoor-Jacke aus, hängte sie über einen der Bügel an der Garderobe und entledigte sich der Schuhe.
Durmaz trat an die kleine Küchenzeile und dachte kurz über ein mögliches Abendessen nach. Ihr Blick wanderte über die sorgfältig aufgereihten Flyer der Lieferservices. Doch keiner sprach sie an. Im Gefrierfach ihres Kühlschranks lag noch eine Tiefkühlpizza. Sie holte sie hervor und schob sie in den Backofen. Dann ging sie in den kleinen Raum, den sie als Speisekammer nutzte, und holte eine Flasche Grauburgunder aus dem Regal. Jetzt noch den Fernseher starten und die Füße hochlegen – zumindest, sobald die Pizza fertiggebacken war. Dann konnte der Feierabend beginnen!
Ein kurzer Blick in den Ofen – es war noch etwas Zeit – dann schaltete sie den Fernseher ein.
Der Nachrichtensprecher berichtete von drohenden Ernteausfällen in Niedersachsen, Einfuhrzöllen auf türkischen Stahl in die USA und einem Schiff voller Flüchtlinge im Mittelmeer, das weder italienische noch spanische Häfen anlaufen durfte, weil es unter der Flagge von Gibraltar unterwegs war. Von dem Toten in Offenbach wurde nicht gesprochen. Vielleicht hätte sie die Nachrichtensendung eines lokalen Radiosenders verfolgen sollen. Aber bisher war noch kein offizielles Statement an die Presse gegangen – zumindest, soviel Durmaz wusste. Aber es gab ja immer Reporter,

die, ohne informiert worden zu sein, mehr wussten als die ermittelnden Behörden …

Ein Hauch heißer Salami machte sich in der Wohnung der Kommissarin breit. Er drang durch die Atemwege unmittelbar bis zum Magen vor, verstärkte das latent vorhandene Hungergefühl und zwang es, sich lautstark bemerkbar zu machen.

Durmaz stand auf, während der Nachrichtensprecher an den Sportreporter übergab, ging zur Küchenzeile zurück und spähte in den Ofen. Der Käse war bereits goldgelb. Sie schaltete die Heizspiralen ab, ergriff ein Küchenhandtuch und zog das Blech mit der Pizza heraus. Noch auf dem Blech schnitt sie sie in acht annähernd gleichgroße Stücke, bevor sie sie auf den Teller schob und mit diesem zurück zu ihrem Platz vor dem Fernseher ging. Besteck brauchte sie keines. Wer aß schon Pizza mit Besteck? Eine Rolle mit Küchenkrepp sollte reichen.

„Ein Vampir?"

Überrascht sah Saliha Durmaz auf. Auf dem Bildschirm war ein höchstens 25 Jahre alter Johnny-Depp-Verschnitt gerade in ein emotionales Gespräch mit einem seriös wirkenden, älteren Mann in der Uniform eines US-amerikanischen Sheriffs verwickelt.

Der Sheriff antwortete gelassen: „Die Leiche war blutleer. Wir haben nur zwei kleine Einstiche in der rechten Halsbeuge gefunden." Irgendetwas an dem Gespräch zwischen den beiden weckte die Aufmerksamkeit der Kommissarin. Sie hoffte, dass der Dialog bald eine andere Wendung nahm. In was für einen Film war sie da hineingerutscht?

„Und das bedeutet, dass ein Vampir sie ausgesaugt hat?" Die Stimme des jungen Manns war nahe der Grenze zur Hysterie.

Der Sheriff nickte, ohne eine Miene zu verziehen. „Das ist die einzige Erklärung, die wir noch haben, Paul."

„Vampire in Arizona? Das ist Humbug, Sheriff. Es muss eine logische Erklärung geben!"

„Ich sprach nicht von Vampiren, Paul. Ich sprach von einem Vampir. Wenn es mehrere wären, müssten wir schon einige blutleere Leichen gefunden haben."
Oder sie sind gerade erst angekommen, schoss es Durmaz durch den Kopf.
„Oder sie sind gerade erst angekommen", erwiderte Paul.
Oder ihr habt die anderen Leichen nur noch nicht gefunden, weil sie zu gut versteckt wurden, dachte Durmaz.
„Oder Sie haben die anderen Leichen nur noch nicht gefunden, weil sie sie zu gut versteckt haben", ergänzte Paul.
Die Augen des Sheriffs verengten sich für einen Moment, ehe er meinte: „Das könnte sein, Paul."
„Ich werde mich darum kümmern", erwiderte dieser. Die Kamera fuhr ein wenig um Pauls Kopf herum und zeigte in einer Seitenansicht, wie sich Pauls Gesicht in das eines Wolfes verwandelte. In der nächsten Einstellung verschwand der Wolf im Dickicht des nahen Waldes, während der Sheriff ihm nachsah, sichtlich zufrieden.
„Was für ein grottenschlechter Film." Die Worte hatte sie so laut gesprochen, dass Durmaz nahezu selber erschrak. Mit so etwas wollte sie sich wirklich nicht den Abend verderben. Ob der je seine Kosten eingespielt hatte?

Durmaz griff zur Fernbedienung und wollte gerade umschalten, als ein Szenenwechsel ihre Aufmerksamkeit erregte. In einem dunklen, aus Stein gemauerten und von Kerzen erleuchteten Raum standen und saßen einige blasse Gestalten beiderlei Geschlechts zusammen.
Einer von ihnen, der aufgrund seiner Körperhaltung und des Schmucks seiner Kleidung als der Anführer zu erkennen war, meinte: „Hatte ich nicht gesagt, dass wir uns unauffällig verhalten sollen?" Dabei ließ er seine Finger nahezu zärtlich über die Spitze eines Holzpflocks wandern.
Die Kamera schwenkte zu einer der Frauen, die einem anderen Jüngling einen lasziven Blick zuwarf.
„Das gilt auch für dich, Genevieve. Warst du es, die dieses Mädchen ausgesaugt hat?"

Genevieve, die gerade erst Blickkontakt zu einem anderen Mitglied der Runde hatte, erwiderte: „Auf keinen Fall, Sire. Ich würde nie gegen Eure Befehle verstoßen." Alleine der Blick, den sie dabei weiterhin dem Unbekannten zuwarf, strafte sie Lügen.

„Allerdings haben wir beobachtet, wie Arthur sich immer wieder in ihrer Nähe herumtrieb", fügte der Unbekannte mit dem gleichen Blick hinzu.

Die Kamera wechselte wieder auf eine Totale und zeigte, wie der Anführer als Schatten durch den Raum schoss und erst Angesicht zu Angesicht mit einem vierten Mitglied des Zirkels wieder zu erkennen war. Er schien zu lächeln, während die Augen des anderen vor Schreck weit geöffnet waren.

„Ich …", stieß er noch hervor. Dann wanderte die Kamera nach unten und verharrte an dem Holzpflock, den der Anführer noch umklammert hielt, während er bereits tief in der Brust von Arthur steckte.

„Lasst euch dies eine Lehre sein. Niemand widersetzt sich meinem Befehl!"

Die Blicke, die Genevieve und ihr Partner zuwarfen, waren siegessicher, während der Anführer fortfuhr:

„Es sind nicht nur geweihte Kreuze und Knoblauch, die uns hier bedrohen. Wenn die Werwölfe von Arizona wissen, dass wir hier sind, werden sie Kräfte mobilisieren, die weit schrecklicher sind als alles, was wir bereits kennen. Wir müssen das Rudel vernichten, bevor sie wissen, dass wir gekommen sind."

„Doch dafür ist es jetzt leider zu spät", entgegnete Durmaz und schaltete den Fernseher aus. „Der Film ist so schlecht, dass er einem den Appetit verdirbt. Da muss man Prioritäten setzen!"

Dann schenkte sie sich ein Glas Weißwein ein, ergriff ein Stück ihrer Pizza und lehnte sich zurück.

*

„Da sind sie ja endlich!" Klara Benetti war von ihrem Barhocker aufgesprungen und winkte heftig. Es war nicht so, dass sie stehend größer und damit besser zu sehen gewesen wäre. Im Gegenteil, sie war eigentlich die Kleinste der illustren Runde, die sich vor dem Tresen der Kneipe am Marktplatz versammelt hatte. Sie war nur so froh, dass die beiden jungen Männer, die gerade das Lokal betraten, endlich da waren, sodass die junge Frau aufspringen und die beiden umarmen musste.

„Hei", meinte Silvio Smolek, erwiderte die Umarmung und zog sich einen der leeren Barhocker zurecht, sodass er zwischen Klara und den anderen zu sitzen kam.

Man konnte die Erleichterung in Klaras Gesicht erkennen. Sie ergriff den Hocker neben Silvio und setzte sich. Florian Busche nahm auf der anderen Seite der Gruppe Platz.

„Ein Pils", meinte Smolek zum Barkeeper gewandt.

„Heute Bier?" Einer der anderen lachte.

„Klar. Florian fährt. Dann kann ich Alkohol trinken, Hannes", erwiderte Silvio.

„Ein Bier, Silvio. Davon hast du keine 0,5 Promille." Hannes lachte erneut auf.

„Das ist egal. Ich möchte auf keinen Fall meinen Führerschein riskieren. Den brauche ich noch."

Florian nickte. „Für mich nur 'ne Cola", fügte er an den Barkeeper gewandt hinzu.

Der Angesprochene holte ein Glas hervor und füllte es.

Klara betrachtete Florian nachdenklich. „Siehst heute ein wenig durchgekaut aus."

„Ja. Heute läuft es nicht", erwiderte Florian Busche nachdenklich, ergriff das Glas, das der Wirt vor ihm auf den Tresen gestellt hatte, und nahm einen tiefen Zug.

Klara sah den Freund fragend an.

Silvio winkte ab. „Wir haben uns heute getroffen, um für die Klausur zu üben."

„… zumindest wollten wir üben …", fügte Florian hinzu und nickte bestätigend.

„Genau. Aber er hat sich nicht konzentrieren können."

„Ich habe nix gewusst."

„Du hast dich nicht auf die Fragen konzentrieren können", wiederholte Silvio, an den Sprecher gerichtet.
Klara schaute Florian eindringlich an. „Was ist los?"
„Es ist nur …"
„… Quatsch." Ohne Florian anzuschauen, fiel Silvio ihm ins Wort. „Nur Quatsch. Lasst uns über etwas Sinnvolles reden."
„Und das wäre?"
„Die Prüfung."
„Was?"
„Die Prüfung?"
„Und das nennst du sinnvoll?"
Silvio sah den Sprecher, der Hannes genannt wurde, überrascht an. „Natürlich. Das ist doch das Naheliegendste. Immerhin steht die Prüfung bald an."
Nachdenklich betrachtete Hannes das Glas, das vor ihm auf dem Tresen stand, ehe er antwortete: „Also. Wenn ich das so betrachte, dann steht das Pils hier näher als jede Prüfung."
Sie lachten. Klara schaute auf die Stelle vor sich auf der Theke. Dort war nichts. Sie ließ den Blick durch die Kneipe schweifen. An einem der Tische saß ein Pärchen und sah sich tief in die Augen. Sie hatten sicherlich nichts von dem Gespräch mitbekommen. Auf einer Bank ein wenig abseits saß eine ältere Dame und hielt einen bunten Cocktail in der Hand. Sie fing Klaras Blick auf und prostete ihr zu. Schnell sah sie weg und entdeckte einen alten Mann mit weißem Haar und einem ebenso weißen Anzug. Er schien sie beobachtet zu haben, sah allerdings schnell weg, als sie zu ihm hinüberschaute. Klara kannte den Fremden nicht. Ob dieser jemanden aus ihrer Gruppe kannte? Florian vielleicht? Er saß schweigsam unmittelbar neben Silvio, der gerade zum Barkeeper meinte: „Gib mir noch ein Bier!"
Ehe Klara etwas Spitzes sagen konnte, erwiderte der, den sie Hannes genannt hatten: „Das geht aber heute schnell, Silvio."
Der Angesprochene nickte zur Bestätigung.
„Hast du noch etwas vor?"
„Mich volllaufen lassen."
„Das Üben muss dir ja ziemlich schwergefallen sein."

„Ich denke", entgegnete Klara mit einem Seitenblick auf Florian, „Silvio ist das Üben weniger schwergefallen als der Umgang mit dem Wissen seines Sparringspartners."
Schlagartig richtete Florian sich auf. „Sparringspartner? Meintest du mich damit?"
Während Klara den Sprecher anlächelte, meinte Hannes: „Stimmt das denn etwa nicht? Habt ihr euch denn nicht gemeinsam durch den Prüfungsstoff gekämpft? Was war das noch einmal?"
„Hämatologie. Und ja. Wir haben uns da durchgekämpft. Aber gemeinsam und nicht gegeneinander. Und außerdem …"
„Naja. Das hat sich eben aber ein wenig anders angehört. Von wegen gemeinsam." Hannes sah zu Silvio, der versonnen in sein Bierglas lächelte.
„Ich denke nicht, dass man gegeneinander üben kann. Und außerdem …"
„Nun ja", unterbrach Hannes ihn erneut. „Ich habe es schon einmal erlebt, dass jemand ‚gegen mich' geübt hat."
„Und wie soll das funktionieren."
„Ist doch klar: Er hat die ganze Zeit versucht, mir klar zu machen, dass ich keine Ahnung von dem Thema hätte, während er die Weisheit mit Löffeln gefressen hatte."
Silvio sah Hannes mit regloser Miene an. „Hatte er die Weisheit mit Löffeln gefressen?"
Der Angesprochene zog die Stirn kraus und betrachtete den Sprecher fragend.
„Na ja. Ich meine: Dir klar zu machen, dass du von einem Thema keine Ahnung hast, ist ja nun auch nicht so schwer. Immerhin bist du ja stets kurz davor."
„Vor was?"
„Kurz davor, NICHTS zu verstehen", prustete er hervor.
Die anderen fielen in sein Lachen ein.
„Dann warst du also der Sparringspartner", meinte Florian schließlich ein wenig nachdenklich. „Immerhin ist dieser der Schwächere, der nur dazu da ist, damit der Champ etwas hat, auf dem er herumprügeln kann und das sich auch bewegt. Aber außerdem …"

„Wer war denn der Champ, der auf dir herumgeprügelt hat?", fiel Silvio ein. Und dann zum Barkeeper: „Machst du mir noch eins?"
„Kevin", meinte Hannes und die anderen lachten erneut schallend auf.
„Dann hat Florian aber recht und du warst der Sparringspartner. Kevin weiß doch wirklich alles", meldete Klara sich zu Wort.
Erneutes Gelächter.
„Na ja", fiel Silvio ein. „Zumindest tut er so, als ob er alles wüsste. Erinnert ihr euch an seinen Kommentar in der Vorlesung?"
Weiteres Gelächter.
„Und wer war der Besserwisser bei euch beiden gewesen?", lenkte Hannes ab.
„Natürlich Silvio. Der weiß doch sowieso alles besser." Klara lachte.
„Zumindest tut er immer so. Manchmal frage ich mich, ob er in den Vorlesungen stets den Mund hält, weil ihm sonst das Gleiche widerfahren würde wie Kevin."
„Aber ich weiß es doch", versuchte Silvio, sich zu rechtfertigen.
Hannes lachte. „Is klar. Und damit ist dann auch klar, dass du, Flo, tatsächlich Silvios Sparringspartner warst. An deiner Stelle würde ich mir das nächste Mal jemand anderes zum Üben aussuchen."
Plötzlich erhob Florian sich. „Wisst ihr. Ich habe keinen Bock mehr darauf. Mir ist egal, ob ihr auf Kevin herumtrampelt oder auf mir. Ich bin eigentlich nur mitgekommen, weil Silvio meinte, ich soll mich mal ein wenig ablenken. Aber ihr seid genauso bescheuert drauf wie damals."
Mit einem Mal war die Stimmung am Boden. Nur Hannes griente noch vor sich hin. „Damals? Was damals?"
„Damals, halt", wiederholte Florian ein wenig genervt.
Hannes sah einen nach dem anderen fragend an. Alle starrten niedergeschlagen in ihre Gläser. „Was ist los?"

Silvio nahm einen tiefen Schluck aus dem Bierglas, das der Barmann ihm hingestellt hatte, und meinte: „Damals, halt. Du Idiot."
„Ich glaube, ich gehe mit dir." Klara erhob sich ebenfalls. „Immerhin haben wir ein Stück weit den gleichen Weg. Kannst du mich mitnehmen?"
Florian nickte, wandte sich dann an Silvio: „Und du?"
Der machte jedoch nur eine abwehrende Handbewegung. „Is klar. Ich komm schon nach Hause."
„Wir wollten noch in die Disco am Hafen", ergänzte Hannes.
„Ihr wollt auch schon weg, wo ich gerade ein neues Bier bestellt habe."
„Wir können noch ein paar Minuten warten …"
„Ach vergesst es. Für in die Disco habe ich heute wirklich keine Lust." Er setzte sein Glas erneut an.
Klara sah erst Hannes dann Silvio an. „Red keinen Unsinn, Silvio. Komm mit."
Doch der wehrte energisch ab. „Auf keinen Fall, ihr Langweiler. Ich bleib. Schenk mir noch einen ein?"
Florian wandte sich an Klara. „Lass ihn. Vielleicht braucht er das jetzt."
Sie nickte. „Wo steht dein Wagen?"
„Vorne. Auf dem Wilhelmsplatz." Florian wies in Richtung der Eingangstür. „Viel Spaß heute Abend", meinte er an Hannes und die anderen gewandt. Dann legte er abgezähltes Geld auf den Tresen, trank aus und ging in Richtung des Eingangs.
Klara tat es ihm gleich. Ihr Blick wanderte noch einmal durch den Schankraum, als sie Florian zum Ausgang folgte. Das Pärchen hatte sich nicht bewegt. Für einen Moment überlegte Karin, ob die beiden nur Schaufensterpuppen waren. Doch dann ergriff er ihre Hand. Klara lächelte. Der Mann in dem weißen Anzug hatte seinen Hut aufgesetzt. Wahrscheinlich wollte er auch gerade gehen. Die ältere Dame mit dem Cocktail war nicht mehr da. Klara hatte nicht bemerkt, wie sie verschwunden war. Seltsam.

„Machste mir noch eins, Basti?" Die Stimme des Mannes, der vor dem Tresen auf dem Barhocker saß, hatte bereits einen melodischen Unterton, der anzeigte, dass dies an diesem Abend nicht das erste Bier des Sprechers war.
Der Mann hinter der Theke schüttelte lächelnd den Kopf, während er eines der Gläser abtrocknete und wegstellte.
„Wassen los, Basti?", maulte der Gast und legte sich ein wenig weiter über den Tresen.
Bastian Schwarzfuß, von seinen Stammgästen vertraulich Basti genannt, machte einen Schritt auf den Gast zu, blieb stehen und blickte ihm ins Gesicht. „Zum einen hattest du bereits genug, heute Abend, und zum anderen habe ich bereits geschlossen."
Unsicher sah der Mann auf dem Hocker sich um. „Aber isch bin doch noch da."
Schwarzfuß lächelte den Gast an. „Weil ich dich noch nicht rausgeworfen habe."
„Und jetzt willste misch rausschmeißen?"
Schwarzfuß schüttelte den Kopf. „Aber du bekommst hier nichts mehr. Sperrstunde."
„Spärrschunne. Spärrschunne", maulte der Gast.
„Es wäre besser, wenn du jetzt gehst." Schwarzfuß wandte sich um und ging auf die Stelle zu, an der eine Klappe im Tresen einen Durchgang ermöglichte.
„Is ja gut." Der Fremde ließ sich vom Hocker gleiten, hielt sich einen Moment am Tresen fest und wandte sich dann um, um in Richtung des Ausgangs zu schwanken.
„Vergiss deine Jacke nicht", meinte Schwarzfuß, ging zur Garderobe und ergriff das letzte dort verbliebene Kleidungsstück. Dann reichte er es dem Gast und begleitete ihn zum Ausgang. Einige Minuten blieb Schwarzfuß im Eingang seiner Kneipe stehen und beobachtete seinen letzten Gast, der quer über den leeren Platz nach Hause torkelte. Für einen Moment überlegte er, ob er ihm den Autoschlüssel hätte abnehmen sollen. Was, wenn er nun in seinen Wagen einstieg?

Schwarzfuß machte zwei Schritte auf den Bürgersteig, als ein anderes Auto seine Aufmerksamkeit auf sich zog. Mit mäßigem Tempo fuhr ein Transporter die enge Straße herauf und hielt unmittelbar vor dem Eingang zu der Kneipe am Anfang des Wilhelmplatzes.

‚Da wird wohl der letzte Gast des Herrn Nachbarn abgeholt', schoss es Schwarzfuß durch den Kopf. ‚Dann hat jener auch gleich Feierabend.'

Er beobachtete, wie der Fahrer ausstieg, die Tür des Transporters zuschlug und auf den Eingang der Kneipe zuhielt. Der weiße Anzug des Mannes leuchtete im Schein der Laternen auf dem Parkplatz. Und unter seinem weißen Panamahut waren die ebenfalls weißen Haare des Mannes zu erkennen.

Während er noch darüber nachdachte, was für eine seltsame Erscheinung der Fahrer des Transporters im nächtlichen Offenbach bot, erschien der Fremde wieder. Er hatte einen jüngeren Mann untergehakt, bugsierte ihn vorsichtig in Richtung der Beifahrertür seines Wagens, öffnete diese und setzte den jungen Mann auf den Beifahrersitz.

‚Wird wohl sein Sohn sein.' Obwohl Schwarzfuß für einen Moment der Gedanke kam, dass der Alte vielleicht einen jungen Liebhaber abgeschleppt … Das war natürlich Unsinn! Immerhin schien der Alte Geld zu haben. Seinem Sohn ein Taxi zu rufen, dazu hätte es allemal gereicht. Doch sicherlich waren die Offenbacher Taxifahrer dem alten Mann dafür dankbar, dass er niemandem von ihnen diese Fahrt zumutete.

Schwarzfuß beobachtete noch, wie der Fremde die Beifahrertür zuschlug, um seinen Wagen herumging, einstieg und losfuhr. Dann ging er zurück in seine Kneipe, verschloss die Eingangstür von innen und begann, die Stühle auf die Tische zu stellen. Zum Glück war die Pfeffermühle keine große Kneipe. Für ihn jedoch reichte sie. Er hatte sie nach dem Unfall vor etwa einem Jahr erworben. Damals war sein ganzes Leben aus den Fugen geraten. Er hatte alles hingeschmissen und es hatte Monate gedauert, bis er sich wieder so weit gefangen hatte, dass er seine Wohnung verlassen konnte. Doch in seinen alten Beruf konnte ... wollte er nicht zurück. Also hatte er sich umgesehen. Dabei war ihm die Verkaufsanzeige der Pfeffermühle untergekommen. Bastian Schwarzfuß hatte nicht lange überlegt und zugegriffen. Und bis heute hatte er es nicht bereut.

Es dauerte nicht allzu lange, bis sich alle Stühle und Hocker auf den entsprechenden Tischen befanden. Dann ging er in die kleine Abstellkammer im Gang zu seinem Büro und holte den großen Besen und das Kehrblech hervor. Innerhalb weniger Minuten war der Schankraum durchgekehrt. Besenrein.

Als er die Utensilien zurückstellte, verharrte er kurz auf dem Flur. Die Erinnerungen stiegen in ihm hoch. Bilder erschienen, Bilder von damals, Bilder vom Unfallort. Er erinnerte sich daran, dass seine Therapeutin ihm gesagt hatte, er müsse sich seinen Ängsten stellen. Und es hatte geholfen. Sie hatte ihm auch gesagt, dass die Bilder immer wieder zurückkommen würden, immer weniger, immer seltener, aber immer wieder.

Schwarzfuß zog die Tür zur Abstellkammer zu und ging die wenigen Schritte ins Büro. Er setzte sich an seinen Schreibtisch und betrachtete nachdenklich sein Telefon. Die Therapeutin hatte ebenfalls gesagt, wann immer das passiere, könne er sie jederzeit anrufen. Die Therapeutin ...

Sein Blick fiel auf die Digitalanzeige des Telefons.

„0:24 Uhr." Nein, diese Uhrzeit hatte sie sicherlich nicht mit „jederzeit" gemeint. Außerdem musste er damit alleine fertig werden. Er würde alleine damit fertig werden!

Er öffnete die Tür im Schrank hinter sich und holte einen dicken Ordner hervor. „Tag 0" stand auf dem Etikett auf dem Rücken. Vorsichtig legte er ihn auf die Schreibtischunterlage und schlug ihn auf. Die erste Seite bildete ein ausgeschnittener Zeitungsartikel, der auf ein Blatt geklebt und in eine Prospekthülle geschoben worden war. In großen Lettern stand über dem Artikel: „Tödlicher Unfall auf dem Goethering".

Ein weiterer Toter

Der junge Mann mit den langen Haaren blickte sich gehetzt um. „Mach schon", stieß er hervor und hielt seine Hand seinem Gegenüber ausgestreckt hin.

„Chill mal dein Gesicht, Alter", entgegnete der andere, dessen Sixpack durch das hautenge T-Shirt und die schwarze Kunstlederjacke zu erkennen war. „Hektik gibt's keine. Und hier gibt es auch keine Bullen, Alter."

Doch die Hektik in den Bewegungen des Hageren blieb. Nervös tippelte er von einem auf das andere Bein. Während seine Augen immer wieder wegschweiften und die Umgegend absuchten. Der morgendliche Verkehr auf der Sprendlinger Landstraße irritierte ein wenig. Ein paar frühe Pendler standen an der Bushaltestelle und hatten dem kleinen Dreieck den Rücken zugekehrt. Und Buchrainweg und Dreieichpark waren nahezu menschenleer. Nur eine Frau lief mit ihrem Hund am Rande des Sichtfeldes entlang.

Mittlerweile hatte der andere einen kleinen, durchsichtigen Beutel hervorgeholt. „Was darf's sein, Alter? Ich hab erstklassiges Dope."

„Egal. Schmeiß rüber. Die Knete hast du schon bekommen. Ich brauch was zum Spritzen!"

Das Muskelpaket lachte. „Hast du dein Besteck dabei, Alter?"

Der Angesprochene schüttelte den Kopf, während er ein kleines Päckchen mit weißem Pulver in Empfang nahm. „Hab ich in der Wohnung. Gleich da vorne." Er wies mit dem Kopf in Richtung des Isenburgrings.

„Das schaffst du nicht, Alter. Du siehst echt scheiße aus."

Der Hagere sah den Sprecher verständnislos an.

„Hier. Schmeiß dir ein paar von denen ein. Dann siehst du auch die Autos, die da vorne entlangfahren. Wahrscheinlich bevor sie in der Straße sind", fügte er leise hinzu.

„Ekstasy?"

Das Sixpack nickte grinsend.

„Nehm ich nicht."

„Solltest du mal probieren!" Das Sixpack hielt dem Hageren einen Beutel voller bunter Pillen entgegen. „Is billiger und wirkt schneller!"
Doch der schüttelte den Kopf, ergriff sein Päckchen und wandte sich zum Gehen, den schmalen Weg hinunter in Richtung Sprendlinger Landstraße.
„Die Bullen!", rief Sixpack plötzlich.
Mit einer schnellen Handbewegung schleuderte der Hagere den kleinen Beutel in den nächsten Busch, während Sixpack in schallendes Gelächter ausbrach.
„Du Arsch", stieß der Hagere hervor, ging zu dem Strauch und begann, das Unterholz nach dem Päckchen abzusuchen. Das Sixpack kam langsam näher, immer noch lachend, während der Hagere fast bis zur Hüfte im Geäst verschwunden war. „Na. Suchst du was?"
„Du kannst mir ein neues Päckchen geben", kam es aus dem Busch. „Es ist deine Schuld, dass der Stoff weg ist. Du könntest wenigstens suchen helfen, du Armleuchter, anstatt hier blöd rumzulabern. Oder gib mir einen neuen Beutel. Schließlich hab ich dafür bezahlt. Ich … Aaaah!"
Erschrocken sprang der Hagere zurück.
„Hat dich der böse Strauch gepikst?"
Doch die Augen des anderen waren geweitet und starr auf das Gehölz gerichtet, während er in einem weinerlichen Ton wiederholte: „Scheiße … Scheiße … Scheiße …"
„Na? Was gibt's? Willst du mich jetzt verarschen?"
„Da! Scheiße … Scheiße … da …" Dabei wies er auf den Strauch.
„Klar. Darauf fall ich nicht rein, du kleiner Spinner", lachte Sixpack, ging aber dennoch, von Neugier getrieben, näher heran. Nachdem er ein paar mit Blättern bewachsene Zweige beiseitegeschoben hatte, konnte er einen hellen, weißen Fleck im Unterholz des Strauches erkennen. Zweifelsohne der Plastikbeutel mit dem Dope.
Er lachte hell auf. „Wer ihn gefunden hat, darf ihn behalten."
Vonseiten des Hageren war nur ein Wimmern zu vernehmen.

*

Sixpack wollte gerade nach dem Beutelchen greifen, als seine rechte Schulter ein paar weitere Zweige beiseiteschob und den Blick auf das Unterholz oberhalb des Beutels freigab. Ein bleiches, menschliches Gesicht starrte ihm entgegen. Wie von der Tarantel gestochen, sprang Sixpack zurück.
„Scheiße!"
„Sa ... sag ich doch."
„Was ist das?"
Der Hagere zuckte mit den Schultern.
Vorsichtig ging Sixpack zurück zum Busch, schob die Blätter zurück und betrachtete das Gesicht. „Das ist eine Leiche!"
„Ein Toter?"
„Das sind Leichen meistens. Du musst ihn melden."
„Quatsch!"
„Natürlich. Sonst denken die Bullen, du warst das."
„Wieso?"
„Weil dich sicherlich jemand hier gesehen hat. Und die Bullen werden denjenigen finden. Und dann wird der singen wie ein Vögelchen. Besser, du meldest das sofort!"
„Gibst du mir dein Handy?"
„Spinnst du, dann haben die meine Nummer. Dann fliege ich auf. Von wem willst du dann deinen Stoff bekommen?"
Man konnte sehen, wie der Hagere nachdachte, ehe er meinte: „Aber ich hab kein Handy. Ich geh schnell nach Hause. Von da ..."
„So ein Blödsinn. Was meinst du, wie das aussieht? Du bleibst hier." Sixpack dachte einen Moment nach, ehe er fortfuhr: „Das Kiosk, da vorne. Ruf von da aus die Bullen an. Sag dem Besitzer nur, dass du die 110 anrufen musst. Und dann machst du genau das, was die von dir wollen."
Dabei wies er auf eine hinter Sträuchern und Laubwerk kaum sichtbare Mauer.
Man konnte sehen, wie es in dem Hageren arbeitete. Doch dann machte er sich auf den Weg zum Kioskfenster, das aus dem kleinen Park heraus nicht einsehbar war.
Sixpack wartete noch einen Moment, nachdem der Hagere aus seinem Sichtbereich verschwunden war. Dann ging er zurück zu dem Strauch. Mit wenigen Handgriffen hatte er

die Zweige beiseitegeschoben, langte hinein und ertastete das Beutelchen. Schnell zog er es hervor und ließ es mit einer geübten Bewegung in seiner Jackentasche verschwinden. Er lachte leise auf, verließ die Grünfläche in Richtung Buchrainweg und war innerhalb weniger Sekunden untergetaucht.

*

„Durmaz!"
Kriminaloberkommissarin Saliha Durmaz zuckte zusammen, obwohl sie den Ruf schon hunderte Male gehört hatte. Warum musste Kriminalhauptkommissar Walter Schulze sie morgens grundsätzlich dann in sein Büro rufen, wenn sie gerade ihren Kaffeebecher aufgefüllt und ihren Rechner eingeschaltet hatte? Konnte er sich dafür nicht ein wenig mehr Zeit lassen? So eine Stunde ... oder zwei Tage?
„Durmaz!"
Die Kommissarin schob ihren Schreibtischstuhl wieder zurück und stand auf. Die Verbindungstür zum Büro ihres Chefs stand wie stets offen. Sie trat ein und ließ ihren Blick durch den engen, langen Raum schweifen. Nichts hatte sich verändert, seit sie vor – Wie viele Jahre war das her? – das erste Mal hier erschienen war. Vor dem Schreibtisch stand ein einfacher Stuhl. Dahinter saß Schulze, wie immer mit der Nase in einer der unzähligen Akten, die sich stapelweise auf seinem Schreibtisch häuften. Niemand wusste so genau, was er hier tat. Und niemand wusste, ob Schulze das wusste.
„Chef?"
Schulze reagierte nicht, als Durmaz näherkam, den Stuhl zurechtzog und sich daraufsetzte, ihrem Vorgesetzten genau gegenüber.
Erst, als sie die richtige Position gefunden hatte, meinte er, ohne aufzublicken. „Wie läuft es bei Ihnen?"
Überrascht zog Durmaz die Stirn kraus. „Wie läuft ...? Entschuldigung, Chef. Ich weiß nicht, was Sie meinen."
Langsam ließ Schulze die Aktenmappe sinken und sah die Oberkommissarin stirnrunzelnd an. „Ei, horsche Se mal.

Was soll schon laufen? Erinnern Sie sich, dass ich Sie gestern Abend noch zu einer Leiche geschickt habe?"
Durmaz nickte.
„Und?"
„Sie hatten recht, Chef: Sie war tot."
Im Hintergrund konnten Sie hören, wie die Bürotür geöffnet wurde. Ein Schlüsselbund rasselte.
„Es war eine Frau?"
„Wer?"
„Die Leiche."
„Nein, die Zeugin."
„Es gab eine Zeugin des Mords?"
„Nein, die Zeugin hat die Leiche gefunden. Also ... eigentlich hat sie nur die Polizei gerufen", fügte Durmaz nachdenklich hinzu.
„Und warum hat uns nicht der angerufen, der die Leiche gefunden hat? Horsche Se mal. Lassen Sie sich nicht alles aus der Nase ziehen!"
„Also. Der, der die Leiche gefunden hatte, konnte uns nicht anrufen." Langsam machte Durmaz dieses Spielchen Spaß. Eine kleine Rache für das Herumgebrülle.
„Ausländer?"
„Nein. Eher Hund, würde ich sagen." Durmaz ließ das Gesagte einen Moment in der Luft schweben, ehe sie leise fortfuhr: „Also, der Hund hat die Leiche gefunden. Sein Frauchen hat die Polizei informiert. Die Kollegen der SpuSi waren schon vor Ort. Der Bericht ist noch nicht da."
„Aha", erwiderte Schulze und Durmaz konnte sehen, wie sich seine Züge wieder ein wenig entspannten. „Geht doch! Und was ist Ihre Meinung zu dem Fall, Durmaz?"
„Nun." Durmaz lehnte sich zurück und schloss für einen Moment die Augen. „Die Leiche sah schon ein wenig seltsam aus. Brandtner hat dazu aber noch nichts sagen können."
Ein Lächeln huschte über Schulzes Gesicht. „Brandtner. So, so. Ich frage mich, wie sie den reaktiviert bekommen haben. War schon klar, dass der Ihnen gesagt hat, dass er noch nichts wusste."
„Sie kennen ihn? Hätte ich mir ja denken können."

Manchmal hatte Durmaz die Vermutung, dass es niemanden im Polizeipräsidium Osthessen gab, den Schulze nicht persönlich kannte, obwohl sie ihn selten außerhalb seines Büros gesehen hatte. „Und Sie denken, dass er bereits mehr weiß, Chef?"
Schulze grinste wissend.
„Könnten Sie ihm dann einmal auf den Zahn fühlen? Mit mir scheint er nicht reden zu wollen."
„Nun, das ist ein Problem", meinte er nachdenklich.
„Ihn anzurufen?"
„Nein, dass Brandtner nicht mit Ihnen reden wollte."
Schulze legte eine längere Pause ein und betrachtete das Blatt der noch immer offenen Akte, die er in Händen hielt.
„Weil ich türkischer Abstammung bin?"
Doch Schulze schüttelte energisch den Kopf. „Sie erinnern sich an Doktor Lucient."
Ja, Durmaz erinnerte sich nur zu gut an den Polizeipsychologen, der sie in einem Fall von Geiselnahme an einer Offenbacher Schule unterstützt hatte. Sie nickte.
„Wissen Sie noch, was er meinte, als ich ihm sagte, woher Sie kämen?"
Durmaz schüttelte nachdenklich den Kopf.
„Ausgerechnet Mannheim", rezitierte Schulze. „Es gibt da eben gewisse Vorurteile zwischen Offenbach und Mannheim."
Durmaz nickte. Sie konnte sich auch noch an Schulzes Erläuterungen erinnern: ‚Der Psychodoktor spielt auf die Schlacht vom Bieberer Berg am 13. Mai 1999 an. Nach einem Spiel zwischen den Kickers und dem SV Waldhof Mannheim kam es zu der legendären Schlacht zwischen den Fanclubs. Seither werden am Vatertag keine Fußballspiele mehr in den oberen Ligen angesetzt.' Fußballer unter sich ...
„Sehen Sie", meinte Schulze vielsagend. „Das gilt dann auch für Brandtner. Und fragen Sie mich nicht, woher der das weiß. Dahingehend ist Offenbach ein Dorf."
„Dann ist es ja nicht ganz so schlimm."

Verständnislos schüttelte Schulze den Kopf. „Das IST schlimm, schlimmer als alles andere. Aber davon abgesehen, werde ich mal mit Brandtner reden."
Durmaz nickte. Ein „Danke" verkniff sie sich.
„Doch zurück zum Fall. Im Prinzip wissen wir noch gar nichts."
Durmaz nickte erneut.
„Hm. Dann rufen Sie mir doch bitte den Villeroi herein!"
Mühsam stand Durmaz auf. Warum wurde ihr Kollege eigentlich nie vom Chef direkt gerufen, so wie sie? Sie ging zur offenen Verbindungstür, blieb dort stehen und schaute zu den beiden Schreibtischen hinüber. „Stefan?"
Villeroi hob den Kopf und sah die Kommissarin an.
„Der Chef will dich sprechen." Mit dem Kopf machte sie eine Bewegung in die Richtung, in der Schulzes Schreibtisch stand. Dann ging sie zurück in den Raum. Schulze war erneut in seiner Akte vertieft.
„Chef?" Villeroi war auf halbem Weg in Schulzes Büro stehen geblieben.
Schulze blickte auf. „Woran arbeiten Sie gerade, Villeroi?"
„Alte Akten aufarbeiten."
„Gut", meinte Schulze, ohne die Akte beiseitezulegen. „Schnappen Sie sich ihren Dienstwagen und fahren Sie zur Kreuzung Sprendlinger und Isenburgring. Dort wurde eine Leiche gefunden."
„Ein Toter?"
„Davon gehe ich aus, wenn man uns einen Leichenfund meldet."
„Ist die Spurensicherung schon vor Ort."
Mit einem Mal lächelte Schulze und schaute zuerst Durmaz und dann Villeroi an. „Ja. Und Doktor Brandtner."
„Noch net", erscholl es von der Bürotür in bestem hessischem Akzent. Brandtner trat ein und betrachtete die beiden Kommissare skeptisch. Seine Augen blieben an Villeroi haften, der bereits aufgestanden war. „Sind jetzt Sie dran?"
Der Angesprochene nickte.
„Dann hätte ich noch was für die Kommissarin. Ihr Toter war nämlich komplett ischämisch."

„Was, bitte?" Kriminaloberkommissar Stefan Villeroi, der gerade seine Sachen zusammensuchte und den Computer ausschaltete, und sah den Gerichtsmediziner fragend an.
„Blutleer", erwiderte Kriminaloberkommissarin Saliha Durmaz, verließ Schulzes Büro und schaute grinsend zu ihrem Kollegen.
„Ja, danke. Ich weiß auch, was ischämisch bedeutet. Aber ..."
Doktor Bernwart Brandtner zog in seiner bekannt desinteressierten Art die Schultern hoch. „Wie's dazu kam? Das kann ich Ihnen auch nicht sagen, Herr Kollege. Das müssen Sie selber herausfinde. Ich muss Ihnen ja auch was überlassen. Allerdings haben wir zwei kleine Stiche in der Halsarterie gefunden, da wo die rechte Halsbeuge ist."
Irgendwie kam Durmaz das Gespräch bekannt vor, während Villeroi zu lachen anfing. „Sie meinen ..."
Das passte gar nicht in das Bild der Kommissarin, das dann auch sofort verblasste.
Stattdessen fuhr Brandtner trocken und offensichtlich irritiert fort: „Unten am Hals, halt. Ich weiß ja jetzt nicht, was Sie daran so lustig finden, Herr Kollege."
„Ich dachte nur ... die Halsbeuge ... das ist doch ungefähr hier ..." Villeroi verfiel in weiteres Gelächter, während er mit der rechten Hand auf den Bereich zwischen Hals und rechter Schulter wies.
„Das ist korrekt. Trotzdem weiß ich nicht, was ..."
„Ich denke, mein Kollege hat gerade einen Vampir vor Augen, der sich über sein Opfer beugt", versuchte Durmaz erneut zu vermitteln, während Villeroi sich vor Lachen bog.
„Einen ... Vampir." Die Art, in der der Gerichtsmediziner das Wort aussprach, ließ erkennen, dass er diese Vorstellung für mehr als kindisch hielt. „Also, ich kann nicht sagen, dass es sich um eine oral herbeigeführte Ischämie handelt. Wie gesagt: Wir haben nur die zwei Einstichstellen gefunden. Keinen Speichel."
Durmaz nickte. „Was haben Sie noch herausgefunden?"
„Gestorben ist er wegen der Ischämie. Das heißt, dass das hier keine postmortale Entleerung von dem Körper ist. Wir

wissen auch, wann der gestorben ist: In der Nacht von vorgestern auf gestern.
Wir konnten auch keine Gefriermale finden. Das heißt, dass der Tote nicht postmortal eingefroren gewesen war. Die haben das nicht gemacht, um den wahren Todeszeitpunkt zu verschleiern. Und das heißt, dass wir, wenn wir die Temperaturkurve von den letzten 48 Stunden berücksichtigen, sicher davon ausgehen können, dass der Tote ziemlich bald nach seinem Ableben dorthin gelegt worden ist. Also: Der Tote hat seit der vorletzten Nacht unter dem Gebüsch gelegen. Es ist schon seltsam, dass er jetzt erst entdeckt worden ist."
Während Villeroi noch immer in sich hingluckste und wahrscheinlich den letzten Teil der Ausführungen des Gerichtsmediziners nicht mehr mitbekommen hatte, spürte Durmaz, wie ihr sämtliche Farbe aus dem Gesicht schwand.
„Das tut Sie schocken, Frolleinsche", stellte Brandtner fest. „Ich sag Ihnen aber: Dazu haben Sie keinen Grund. Ich hab schon Tote gesehen, die wo wesentlich schlimmer ausgesehen haben. Eigentlich ist der Tote sogar ein hervorragendes Studienobjekt für die Studenten in der Pathologie. Sehen Sie: Durch die Ischämie sind die Organe in einem relativ guten Zustand erhalten geblieben. Der Befall mit Fliegenlarven ist minimal, obwohl die wenigen, die wir gefunden haben, für die Bestimmung von der Liegezeit durchaus herangezogen werde können."
Durmaz musste kräftig schlucken, um einen Würgereiz zu unterdrücken, während Villeroi seine Aufmerksamkeit seiner Jacke zugewandt hatte und weiter vor sich hingluckste.
„Blut haben wir am Fundort keins gefunden", stellte Brandtner schließlich fest. „Aber das haben Sie ja selber gesehen, Frolleinsche. Damit können wir nämlich als gesichert annehmen, dass der Fundort nicht der Ort von der Tötung war."
Durmaz nickte.
„Der komplette Bericht kommt dann wie immer in den nächsten Tagen."
„… wie immer …" Durmaz konnte sehen, dass Villeroi verstohlen vor sich hingrinste, als er Brandtners Bemerkung wiederholte.

Doch dieser schien die Spitze nicht bemerkt zu haben. Er rief ein „Tschüss, Walder!" in Richtung der offenen Tür zu Schulzes Büro, nickte Durmaz zu, wandte sich um und öffnete die Tür zum Flur. Den glucksenden Villeroi beachtete er gar nicht.
„Ach, Herr Professor", rief Villeroi ihm lachend nach. „Achten Sie doch bitte darauf, dass der Tote heute Nacht nicht abhauen kann."
Brandtner sah den Oberkommissar fragend an.
„Vielleicht jagen Sie ihm vorsichtshalber einen Holzpflock durch das Herz."
„Lappeduddel!"
Dann fiel die Tür ins Schloss und Villeroi prustete los. „Der ist einfach zu weltfremd, um ernst genommen zu werden."
„Aber er ist eine Koryphäe in der Gerichtsmedizin." Durmaz spürte, wie das Blut langsam wieder in ihr Gesicht zurückkehrte.
„Das mag ja sein. Nichtsdestotrotz würde er da draußen keine fünf Minuten überleben. – Aber du bist ganz schön blass geworden, als er vorhin über Fliegenlarven redete. So kenn ich dich gar nicht, Saliha", fügte Villeroi schließlich hinzu.
Durmaz schüttelte schweigend den Kopf. Sie wartete noch einen Augenblick, ehe sie antwortete: „Ich war dort."
„Ich weiß."
„Nein, nein. Ich meine: Ich bin dort vorbeigekommen, als der Tote bereits abgelegt worden war. Gestern früh. Ich bin genau den Weg hinuntergegangen. Keine drei Meter von der Leiche entfernt. Und ich habe sie nicht bemerkt."
„Und jetzt denkst du was?"
„Ich hätte sie sehen müssen!"
„Weil …?"
„Weil ich Polizistin bin. Mensch, Stefan! Ich hätte das erkennen müssen."
Energisch wehrte Villeroi ab. „Unsinn! Wer hat die Leiche gefunden?"
Die Antwort kam wie aus der Pistole geschossen: „Eine Unbeteiligte."

„Falsch!"
Überrascht sah Durmaz ihren Kollegen an. Doch ehe sie etwas erwidern konnte, fuhr dieser fort: „Ein Hund. Und Hunde haben einen um ein Vielfaches stärker ausgeprägten Geruchssinn als Menschen, selbst als du. Gegen einen Hund hättest du keine Chance!"
Instinktiv griff Durmaz an ihre Nase, die einem römischen Kaiser zur Ehre gereicht hätte. Blitze schossen aus ihren Augen über den Schreibtisch und trafen ihren Kollegen. Irgendwo hinter sich hörte sie aus Schulzes Büro das Rascheln alter Akten.
Doch Villeroi lachte nur. „Aber was ich dir noch sagen wollte: Viel Spaß mit deinem ‚Fall von Vampirismus'. Das wird sicherlich nicht lustig."
„Zumindest nicht für das Opfer", konterte Durmaz. „Das hat jetzt nichts mehr zu lachen."
„Na, wer weiß. Vielleicht lacht der arme Tote sich gerade irgendwo im Himmel über uns schlapp, weil wir auf der Suche nach einem Vampir sind."
„Du glaubst also, es gibt keine Vampire?"
Die Geräusche aus Schulzes Büro waren vollständig verstummt, als Villeroi lachend erwiderte: „Du etwa?"
Fast glaubte Durmaz, die Gegenwart ihres Chefs in ihrem Rücken zu spüren, als sie ausweichend entgegnete: „Es gibt über die Existenz von Vampiren keine gesicherten Informationen."
„Oh doch. Man weiß zum Beispiel, dass Graf Dracula, auf den alle Vampirgeschichten zurückgehen, nur ein blutrünstiger rumänischer Adeliger war. Ein ganz normaler Mensch. Kein blutsaugendes Monster. Saliha. Ich glaube, du lässt dich gerade hinters Licht führen. Denk daran, was der Doktor gesagt hat: Er glaubt nicht an Vampire und kann auch nicht bestätigen, dass der Tote ausgesaugt wurde."
„Wer weiß", erwiderte sie vielsagend. „Es soll so einiges zwischen Himmel und Erde geben, das sich mit unserer Schulweisheit nicht erträumen lässt."
„Das ist aber jetzt ein Zitat."

Durmaz nickte. Sie spürte, wie die Präsenz von ihr abließ und sie ruhiger wurde. „Wir werden sehen." Sie wies mit dem Kopf auf Villerois Telefon, das zu läuten begonnen hatte.

Schnell hob Villeroi ab und meldete sich. „Hallo Klaus. – Nein, da hast du die falsche Nummer. – Nein, den Fall hat Saliha alleine. Zumindest zurzeit noch. – Kann ich dir geben. Aber ich kann dich auch gerade rüberreichen. Sie sitzt am Schreibtisch und schaut mich eh schon erwartungsvoll an. – Ja, denke ich auch. – Man sieht sich." Er hielt Durmaz den Telefonhörer hin. „Die Spurensicherung. Für dich."

„Klaus Becker?"

Villeroi nickte, während Durmaz den Hörer ergriff.

„Durmaz."

Die Stimme von Klaus Becker war fröhlich wie immer. „Hallo Frau Kommissarin. Ich glaube, ich habe da die falsche Nummer gespeichert."

„Nicht weiter schlimm. Wie Sie sehen, kommt alles an."

„Ja, ja. Ein Glück. Ich dachte, ich probier's, obwohl ihr alle vielleicht noch in euren Betten liegt. Schön, dass ich Sie schon erreicht habe."

Reflexartig schaute Durmaz auf die einsame Wanduhr, deren Zeiger an der Bürowand ihre Kreise drehten, seit die Oberkommissarin vor vielen Jahren hier ihren Dienst aufgenommen hatte. Es war bereits 8:21 Uhr.

„Sie sind ja auch schon da, Herr Becker."

„Klar. Sie wissen doch: Wir im Keller werden nur dann rausgelassen, wenn wir an irgendeinem Tatort Spuren aufnehmen sollen. Ansonsten hocken wir hier unten, ohne Tageslicht bei Wasser und Brot." Er musste selber über seinen Kommentar lachen.

„Was wollten Sie uns erzählen", griff Durmaz den Faden wieder auf.

„Ach ja. Wir haben die Reifenspuren vom Tatort analysieren können: Es handelt sich um den Standardreifen für VW T5. Zu unserem Glück weist der Reifen auch noch ein paar Besonderheiten auf, sodass eine Identifizierung recht einfach sein sollte."

„VW T5? Ist das so etwas wie ein Audi R8?"
Becker lachte hell auf, sodass Durmaz aufschaute. Auch im Gesicht ihres Gegenübers erschienen wieder Lachfalten. Dann meinte Becker: „Ein T5 ist ein Transporter."
„Ah ja. Davon gibt es ja dann nicht so viele."
„Nö", erwiderte Becker. „Geschätzt vielleicht hundert. Vielleicht ein paar mehr. Die werden von Paketverteilern, Handwerkern und Post und Telekom eingesetzt. Ohne Farbe oder Aufbau kommen Sie da nicht weiter."
„Und die haben Sie?"
„Aus der Reifenspur? Frau Oberkommissarin belieben zu scherzen."

Pausenbrot

„Könntest Du mir bitte die Butter reichen?"
Gedankenversunken griff Heinz Teuschner zu der Butterdose, die neben seinem Frühstücksteller stand und reichte sie über den kleinen Küchentisch. Die Spitze im Tonfall seiner Frau hatte er gar nicht mitbekommen. Seine Gedanken waren bereits bei dem, was er heute noch zu erledigen hatte. Seit er Rentner war, rann ihm die Zeit zwischen den Fingern hindurch.
Er ergriff das letzte Stück belegten Brotes auf seinem Teller, führte es zum Mund und kaute nachdenklich. Dann schluckte er und meinte versonnen: „Ist noch Toast da?"
Petra, seine Frau, schüttelte den Kopf und wies auf die leere Plastiktüte.
Teuschner hob den Kopf und schaute über den Tisch. Sein Blick fiel auf den Brotkorb, in dem noch zwei getoastete Scheiben lagen. „Da ist ja noch welches."
„Das ist verbrannt. Das kannst du nicht essen."
„Warum hast du es dann auf den Tisch gestellt?"
Ein Funkeln erschien in den Augen seiner Frau. „Weil ich es noch essen werde."
„Ich denke, das kann man nicht essen", entgegnete Teuschner irritiert.

„Du nicht."
„Wieso ich nicht?"
„Weil du kein verbranntes Toastbrot isst."
„Wieso sollte ich kein verbranntes Toastbrot essen?" Mit krauser Stirn betrachtete Teuschner den Brotkorb.
„Weil du nie verbranntes Toastbrot isst."
„Seit wann?" Mit spitzen Fingern ergriff er eine der beiden Scheiben und inspizierte sie von beiden Seiten.
„Seit … immer. Du hast noch nie verbranntes Toastbrot gegessen."
„Sehr wohl. Und …"
„Noch nie. Du hast das selbst gesagt."
„Das habe ich nie gesagt. Und außerdem …"
„Selbstverständlich hast du das gesagt!", erwiderte seine Frau beharrlich.
„Wann soll das gewesen sein?"
„Vor zwölf Jahren, sieben Monaten und drei Tagen. Es war an unserem 40. Hochzeitstag am Gardasee. Du hattest dich beim Kellner beschwert, weil …"
„Oh. Ich kann mich noch sehr genau daran erinnern, wie verbrannt der Toast war, den man uns damals servieren wollte. Ich habe dem Kellner gesagt, dass ich noch nie solch verbrannten Toast bekommen hätte, und dass man diesen nicht essen kann. Ich habe nichts davon gesagt, dass …
„Du hast gesagt, dass du noch nie einen so verbrannten Toast gegessen hättest", beharrte Petra Teuschner.
„Ich …" Teuschner schwieg. In letzter Zeit war seine Frau recht streitlustig. Er hatte keine Ahnung, woran das lag, vielleicht daran, dass er die ganze Arbeit machte. Langsam schüttelte er den Kopf. Das konnte nicht sein. Das war schließlich so abgemacht gewesen.
„Du glaubst, alles besser zu wissen, gell?" Die Stimme seiner Frau drang wie eine Nadelspitze in seine Brust.
„Nein", erwiderte er leise. „Es ist nur …"
„Was ist nur?"
„Ich weiß nicht."
„Jetzt weißt du nichts mehr zu sagen. Aber du glaubst immer noch, dass du im Recht bist, dass du das nicht gesagt hast.

Du kannst nicht zugeben, dass du im Unrecht bist. Das geht nicht."

„Ich …" Doch dann winkte Teuschner ab. Es hatte keinen Sinn, weiter mit seiner Frau darüber zu diskutieren. In den letzten fünfzig Ehejahren hatte er gelernt, dass es einen Punkt in ihren Diskussionen gab, an dem jedes weitere Wort den Graben vertiefen würde. Den Graben?

Er legte die Scheibe Toastbrot mit den schwarzen Streifen auf seinen Teller, ergriff die Butterdose, die nun in unmittelbarer Nähe des Tellers seiner Frau stand, und begann, Butter auf die verbrannte Seite zu streichen.

„Und jetzt isst du die Scheibe nur, um mir zu beweisen, dass ich im Unrecht bin."

Teuschner hörte nur noch mit halbem Ohr zu. Der Graben? War da wirklich ein Graben zwischen ihm und seiner Frau? Hatten sie sich auseinandergelebt? Nach über 50 Ehejahren? Wann hatte er sich aufgetan? Nach dem Tod ihrer Tochter? Er erinnerte sich noch sehr gut an die erste Zeit, als er glaubte, der Schmerz werde sie zerfressen. Sie hatten sich gegenseitig geholfen, sich gestützt, in dieser schweren Zeit. Doch dann schien es, als habe der Schmerz sie abgestumpft. Eine endlose, emotionslose Zeit.

Er ergriff die Leberwurst auf dem Teller mit dem Aufschnitt, pulte mit dem Messer ein Stück davon aus der Haut und strich es sich auf sein Brot, ohne aufzuschauen. Er beobachtete, wie die graurosa Masse sich in einem breiten Streifen über dem Weißgrau der Butter verteilte. Sie deckte das Alte zu, bis fast nichts mehr davon zu sehen war. Das Vergangene war verschwunden unter der bunteren, wenngleich eintönigen, breiigen Masse der Leberwurst. Nur an den Rändern konnte man noch vereinzelte Steifen erkennen. Sie quollen unter der Wurst hervor, rangen um Aufmerksamkeit, drängten an die Oberfläche.

Er hob die Scheibe hoch und biss den weißen Rand ab. Es war irgendwie beruhigend zu sehen, wie diese Vergangenheit ebenfalls verschwunden war, als er kauend das abgebissene Brot betrachtete. Nach und nach konnte er alle Butter vernichten. Er musste nur …

Er biss ein weiteres Stück Rand von seinem Brot. Und noch eines. Und noch eines …
„Kau doch zuerst deinen Mund leer." Die Stimme seiner Frau drang wie aus weiter Ferne zu ihm. „Das ist ja eklig."
Und noch eines …
„Heinz! Ich habe gerade gesagt, …"
Und noch eines …
„Machst du das extra? Nur um mich zu ärgern?"
Und noch …
Er hielt unvermittelt inne.
„Ich …" Sein Mund war so voll, dass er das Wort, das er aussprach, selber nicht verstand. Er schluckte. Ein plötzlicher Würgereiz stieg in ihm hoch. Hastig ergriff er die Kaffeetasse und spülte ein wenig von der schwarzen Flüssigkeit hinunter.
„Ich …" Das Wort war klarer, doch sein Mund war immer noch so voll, dass er sich nicht traute, weiterzusprechen. Ein weiterer Schluck Kaffee half. Er kaute noch ein wenig, trank noch etwas und meinte schließlich: „Ich muss gehen."
Er spürte die Augen seiner Frau auf sich ruhen, als er sich erhob, den Stuhl zurückschob und ging, ohne noch einen Blick auf das angebissene Toastbrot zu verschwenden. Er konnte sie hinter seinem Rücken hören: „Also isst du es doch nicht."
Oder bildete er sich das nur ein. Er wusste es nicht. Er wusste nur, dass er jetzt an die frische Luft musste, raus aus der kleinen Wohnung auf die Straße.

Teuschner zog die Haustür hinter sich ins Schloss und ging ein paar Schritte, bis er die Straße erreicht hatte. Unschlüssig sah er nach links und rechts. Die grauen Pflastersteine reihten sich zwischen den Bäumen und den geparkten Autos in beide Richtungen. Im Zickzack führte die Spielstraße zwischen den Häusern entlang, einen Parkstreifen einmal zur Rechten, dann zur Linken freigebend. Weiter rechts, dort, wo seine Straße in eine weitere mündete, sah er die Rücklichter seines Wagens in der Sonne blinken. Es war, als machten sie auf sich aufmerksam.

Das war ein Zeichen! Teuschner hatte keine Ahnung, was er ausgerechnet um diese Uhrzeit bei seinem Wagen sollte, wo er ihn doch erst am Vorabend dort abgestellt hatte, froh darüber, dass er einen Stellplatz in der Nähe der Wohnung gefunden hatte. Und nun spürte er, dass er losgehen sollte, zu seinem Wagen, der ein wenig abseits an einem Bretterzaun stand, der eines der noch nicht bebauten Grundstücke abgrenzte. Eine alte Weide stand dahinter, deren Äste bis zu den parkenden Autos reichte, als lege sie schützend ihre Hand über sie.
Langsam drehte Teuschner sich nach rechts und ging los, den Blick auf die leuchtenden Lichter gerichtet.

*

„Ich bin dann mal …" Die letzten Worte von Kriminaloberkommissar Stefan Villeroi verschluckte die Bürotür, als sie in Schloss schnappte.
Saliha Durmaz hob den Kopf, wollte etwas erwidern, als sie feststellte, dass ihr Kollege sie nicht mehr hören konnte. Er war bereits den langen Flur hinunter unterwegs auf dem Weg zum Parkplatz, wo sein Dienstwagen stand. In wenigen Minuten würde er den Dreieichpark entlang zum Fundort der zweiten Leiche in dieser Woche fahren. Es war einiges los in Offenbach.
Durmaz ergriff einen Notizblock und einen Bleistift und versuchte, Struktur in ihren eigenen Fall zu bekommen. Was hatten sie bisher herausgefunden? Männliche Leiche, um die dreißig Jahre alt, ischämisch, zwei Einstiche in der rechten Halsbeuge, war mit einem Transporter zum Fundort gebracht worden. Nicht gerade viel! Der Pathologe hatte festgestellt, dass der Tod durch Verbluten eingetreten war. Das musste eine ziemliche Schweinerei gewesen sein. Wie viele Liter Blut hatte so ein menschlicher Körper.
Die Kommissarin öffnete ein Fenster im Internetbrowser und gab die Frage ein. „Ein durchschnittlicher Mann hat 5,4 Liter Blut", lautete die Antwort. 5,4 Liter. Das wischte man

nicht so einfach weg. Wo war das Blut? Dort war wahrscheinlich auch der Tatort. Zumindest würde die Spur des Blutes zum Tatort und damit – hoffentlich – zum Täter führen. Das war ein Anfang.
War es überhaupt eine Tötung gewesen? Oder hatte der Tote einfach nur einen Unfall gehabt, war gefunden und weggebracht worden, um die Spuren zu verwischen – die wohin wiesen? Zu wem? Warum sollten Spuren verwischt werden, wenn es nicht jemanden gab, der sich zumindest schuldig fühlte?
Nein. Fremdeinwirkung konnte keinesfalls ausgeschlossen werden. Und dann war da wieder diese Unmenge von Blut. Sie würde auf jeden Fall auf eine bestimmte Person weisen. Sonst wäre es nicht sinnvoll gewesen, den Toten in den Transporter zu hieven – immerhin etwa 60 Kilogramm. Das machte man nicht ohne einen starken Antrieb!
Durmaz stellte sich vor, den Toten in einer Blutlache von 5,4 Litern gefunden zu haben. Würde jemand komplett ausbluten, wenn er sich die Halsschlagader verletzte?
Instinktiv fuhr ihre Rechte zur Halsbeuge. Nein. Wenn er bei Bewusstsein war, würde ein Verletzter versuchen, die Blutung zu stoppen. Nicht alles Blut würde aus dem Körper fließen. Und es würde nicht weit fließen. Es würde sich in einer großen Lache auf dem Boden sammeln und in der gesamten Kleidung zurückbleiben, zumindest überall dort, wo diese mit dem Boden in Berührung kam. Hatten sie Blutreste in der Kleidung des Toten gefunden? Durmaz versuchte, sich an den Fundort der Leiche zu erinnern.
Dann ergriff sie den Telefonhörer und wählte eine interne Verbindung.
„Kubic", meldete sich eine männliche Stimme am anderen Ende der Leitung. „Na, was ist Ihnen aufgefallen, Frau Kommissarin?"
Durmaz überging die Spitze des Leiters der Spurensicherung. „Herr Kubic, Haben Sie die Kleidung des Toten bereits untersucht?"
„Welcher Tote?", kam es postwendend zurück.
„Natürlich der vom Taunusring."

„Ach so. Der Tote von gestern. Ja. Dessen Klamotten haben wir durch. Brauchen Sie sie?"

Durmaz schüttelte energisch den Kopf. „Haben Sie Blutspuren an der Kleidung des Toten gefunden."

Für einen Moment war es still in der Leitung. Dann hörte sie ein Lächeln in der Stimme Kubics. „Ach, Frau Kommissarin suchen das verlorene Blut des Toten. Doktor Brandtner hat bereits erwähnt, dass die ermittelnden Beamten von einem Vampir ausgehen, der den armen Mann des Nachts überfallen und ausgesaugt hat."

Durmaz wollte erwidern, dass dies Villerois und nicht ihre Idee gewesen war, und dass Villeroi mittlerweile einen eigenen Toten hatte, mit dem er sich herumschlagen konnte, doch dann meinte sie nur: „Und? War die Kleidung blutig?"

„Ja."

Durmaz atmete auf. Langsam kam Schwung in die Ermittlungen. „Und wo?"

„Linker Ärmel", erwiderte Sandro Kubic trocken. „Der Tote muss sich am linken Handgelenk verletzt haben, und einige Tropfen Blut sind auf den Rand des Ärmels gelaufen."

Kubics Stimme gluckste ein wenig.

„Einige … Tropfen. Ich bin auf der Suche nach fünf Litern." Vor Durmaz' Augen zerplatzte die Hoffnung auf schnelle Lösung wie eine Seifenblase.

„Ist mir klar, Frau Kommissarin. Aber mehr Blut gibt der menschliche Körper bei dieser Art von Verletzungen nicht frei." Kubic schien sein Lachen kaum zurückhalten zu können. „Sorry, Frau Kollegin. Aber vielleicht ist dann doch etwas dran an ihrem Vampir."

Oh, weia. So viel Zynismus hätte sie Kubic gar nicht zugetraut. Vielleicht war er wirklich ein wenig gekränkt, weil die entscheidenden Hinweise in der Einbruchsgeschichte mit dem toten Hund von ihr gekommen waren. Sie hatte ihm zwar dann den Triumph mit der versteckten Festplatte gegönnt, aber dennoch schien der Mann in seiner Berufsehre gekränkt zu sein. Sollte sie ihm sagen, dass der Vampir Villerois Idee war?

Durmaz schüttelte lächelnd den Kopf.

Aber, wo sie Kubic gerade am Telefon hatte … „Gibt es sonst etwas Neues in diesem Fall?" Sie betonte die letzten Worte, um keine Verquickung der Fälle heraufzubeschwören.
„Nun ja. Nicht viel. Wir hätten nur mittlerweile die Identität des Toten geklärt."
„Schon?"
„Ist mir klar, Frau Kommissarin, dass Sie das wesentlich schneller hinbekommen hätten, aber wir mussten uns da leider an die vorgegebenen Prozesse halten. Haben Sie etwas zu schreiben da?"
Wieder eine Spitze. Durmaz schüttelte den Kopf. „Schießen Sie los."
„Der Name lautet Dominik Stollwerck."
„Haben Sie auch eine Adresse für mich?"
„Ja, aber die ist veraltet. Es hat den Anschein, als ob der Mann häufiger umgezogen sei. Zumindest sagt das die Akte seines Zahnarztes."
„Und das Einwohnermeldeamt?"
„Ach genau, Frau Kommissarin. Daran hätte ich ja wirklich auch denken können. Aber ich glaube, es schadet nichts, wenn ich Ihnen auch noch ein wenig Arbeit übriglasse."
Kubics Stimme troff vor Sarkasmus.
Durmaz spürte, dass sie das Gespräch jetzt besser beendete.
„Ich wünsche Ihnen noch einen schönen Tag." Sie lauschte noch eine Sekunde in den Hörer und legte dann auf.
Der Blick auf die alte Bürouhr sagte ihr: 12:31 h. Zeit für die Mittagspause. Nur wo …
Instinktiv startete Durmaz eine Suche im Einwohnerregister und hatte innerhalb von zwei Minuten die aktuelle Meldeadresse zum Namen des Toten. Jacques-Offenbach-Straße. Da könnte man beim Ringcenter noch schnell etwas essen.

Als der braune Astra der Kommissarin in die Parklücke vor dem Mehrfamilienhaus in der Jacques-Offenbach-Straße rollte, knurrte Durmaz' Magen vernehmlich. Das Frühstück war lange her, doch sie tröstete sich damit, dass es nach einem kurzen Gespräch mit, wen immer sie nun antreffen würde, etwas zu essen gäbe.

Die Zentralverriegelung des Astra klackte, als Durmaz den Schalter auf dem Fahrzeugschlüssel betätigte und bereits über den Bürgersteig zum Hauseingang ging. Eine Vielzahl von Klingelschildern war mit unzähligen Namen und in unzähligen Farben und Formen bedruckt. „Stollwerck-Mayer-Hellweg" stand auf einem zu lesen. Ob das die richtige Wohnung war? Das sah mehr nach Wohngemeinschaft als nach Familienwohnung aus. Zumindest war die Wahrscheinlichkeit sehr hoch, dass es die richtige Adresse war.
Durmaz drückte den Klingelknopf.
Nichts geschah.
Durmaz wartete eine Zeit lang, dann klingelte sie erneut.
Wieder nichts.
Auch ein dritter Versuch blieb erfolglos.
Durmaz entschied sich für den Knopf unmittelbar neben dem der WG.
Eine ältere, männliche Stimme meldete sich: „Ja, bitte."
„Kriminalpolizei. Könnten Sie bitte öffnen?"
Der automatische Türöffner surrte. Durmaz stieß die Tür auf und betrat den kleinen Flur, der zum Treppenhaus führt. Eine steinerne Treppe mit Metallgeländer führte wenige Stufen nach oben. Von einem Treppenabsatz gingen mehrere Wohnungstüren ab, dann folgte die Treppe in den nächsten Stock. Ein Aufzug war nicht zu sehen.
Durmaz atmete resigniert ein und machte sich an den Aufstieg. Sie hatte sich natürlich nicht gemerkt, welche Etage die richtige war, hoffte jedoch, dass eine offene Wohnungstür ihr dies zeigen würde.

Tatsächlich war in einem der oberen Stockwerke eine Wohnungstür einen Spaltbreit geöffnet und durch eine Kette gesichert. Dahinter war das alte, unrasierte Gesicht eines Mannes zu erkennen.
Durmaz lächelte, zog ihren Dienstausweis aus der Outdoorjacke und hielt ihn dem Mann hin. „Durmaz, Kriminalpolizei."
Der Mann sah sie ausdruckslos an.

„Ich bin auf der Suche nach Herrn Stollwerck", begann sie unverbindlich.
„Was hat er ausgefressen?"
„Kennen Sie ihn?"
„Das ist doch einer der Blagen, die dort wohnen." Der Alte wies auf eine der Wohnungstüren.
Durmaz schaute hinüber und versuchte das Klingelschild zu lesen. Es war zu weit weg. Doch es konnten die Namen sein, die sie unten gelesen hatte.
„Kennen Sie seinen Vornamen?", hakte Durmaz nach.
Der Alte schüttelte den Kopf.
„Wissen Sie, ob jemand dort ist?"
„Jetzt?"
Durmaz nickte.
„Das will ich nicht hoffen. Das sind doch Studenten. Die schlafen bis mittags und fahren danach direkt in die Uni."
„Studenten sagen Sie? Wissen Sie, was die Herren studieren?"
„Keine Ahnung", erwiderte der Alte. „Irgendetwas, was niemand braucht. Die sollten lieber etwas Anständiges lernen! Solche Faulpelze und Versager. Keine Herren! Nichtsnutze, sage ich Ihnen. Keiner von denen hat je richtig gearbeitet. Was soll aus uns werden, wenn die jemals etwas zu sagen haben?"
Vorsichtshalber wartete Durmaz noch einen Moment, um sicher zu sein, dass er ihr nicht ins Wort fiel, als sie nachhakte: „Haben Sie zufällig eine Ahnung, wann man die Bewohner der WG am besten antreffen könnte?"
„In der Wohnung?"
Durmaz nickte.
„Das ist schwierig", erwiderte der Alte mit einem grimmigen Unterton. „Also gegen 12:00 Uhr verlassen die gewöhnlich das Haus. Dann sind sie gegen 20:00 Uhr zurück und um 21:00 Uhr wieder unterwegs. Und dann kommen sie erst mitten in der Nacht zurück. Wahrscheinlich um 2:00 Uhr oder so."
Die Kommissarin legte den Kopf ein wenig schräg und sah den Mann fragend an.

Doch der zog nur die Schultern hoch. „Sagte ich Ihnen doch, Frau Polizistin. Das sind Studenten. Schlafen bis in die Puppen, hängen dann ein wenig an der Uni rum und machen danach die Kneipen in Frankfurt unsicher. Die sind nicht den Abend über zu Hause, wie anständige Bürger."
Durmaz ließ resigniert die Schultern hängen. Aus diesem Mann war nicht mehr herauszubekommen.
„Aber ich könnte denen ja etwas ausrichten. Wenn Sie mir eine Nachricht für die Kerle dalassen wollen …"
Für einen Augenblick war Durmaz versucht, dem alten Mann tatsächlich eine Nachricht mitzugeben. Doch dann schüttelte sie den Kopf. Wer konnte schon ahnen, was dieser Griesgram anstellen würde, wenn er etwas von der Polizei in die Finger bekäme, was er gegen seine Nachbarn verwenden konnte …
Sie verabschiedete sich freundlich und wandte sich zum Gehen, als der Alte ihr durch den Türspalt nachrief: „Lassen Sie mir wenigstens Ihren Namen da. Dann werde ich den Kerlen sagen, dass Sie hier waren und dass sie sich mit Ihnen in Verbindung setzen sollen."
Durmaz drehte sich auf dem Treppenabsatz um. „Das ist nicht nötig. Ich werde wiederkommen, wenn Herr Stollwerck da ist."
„Ich sagte Ihnen doch, dass die eigentlich nie da sind. Wie wollen Sie dann erfahren, wann Sie kommen sollten?"
„Sie haben mir doch gesagt, wann Herr Stollwerck normalerweise anzutreffen ist", entgegnete Durmaz vielsagend und lächelte den Fremden an.
Dieser ließ sich jedoch nicht so leicht abbringen. „Geben Sie mir doch Ihre Visitenkarte. Sie haben doch eine Visitenkarte dabei, gell? Im Fernsehen haben die Kommissare immer Visitenkarten dabei."
„Das ist das Fernsehen, nicht die Wirklichkeit." Instinktiv fuhr die Hand der Kommissarin zur Brusttasche ihrer Jacke, wo sie die Visitenkarten deponiert hatte. Dann grüßte sie noch einmal freundlich, drehte sich um und machte sich wieder an den Abstieg. Während weit unter ihr die Haustür ins Schloss fiel, hörte sie hinter sich den alten Mann vor sich

hin grummeln, ehe auch seine Wohnungstür geschlossen wurde und das Knarren des Türschlosses anzeigte, dass er diese zudem verschloss.

Schließlich trat Durmaz wieder auf den Bürgersteig. Linker Hand konnte sie das Dach ihres Dienstwagens sehen. Ein Stück nach rechts saß ein Pärchen in einem Kleinwagen. Durmaz konnte nicht erkennen, ob die beiden sich stritten oder nur angeregt unterhielten. Sie mussten ungefähr in Stollwercks Alter sein. Vielleicht wohnten die beiden – oder einer von ihnen – ja in einem dieser Häuser. Vielleicht kannten sie Stollwerck ja. Oder einen seiner Mitbewohner. Für einen Moment war Durmaz versucht, hinüberzugehen und die beiden anzusprechen.
Doch dann vernahm sie wieder das Knurren, ein untrügliches Zeichen, dass es an der Zeit war, sich um etwas zum Essen zu kümmern. Sie sollte bei den Ermittlungen mehr auf ihren Bauch hören, schoss es ihr durch den Kopf. Und der erinnerte sie gerade daran, dass es Mittagszeit war. Sie holte mit der Rechten ihr Mobiltelefon hervor, während die Linke in der Jackentasche nach dem Autoschlüssel fingerte. Die Warnblinkanlage und das Klacken der Zentralverriegelung verrieten, dass sie die Türen öffnen konnte, während die Zeitangabe auf dem Mobiltelefon 13:38 Uhr zeigte. Ob es um diese Uhrzeit noch etwas zu Essen im Ringcenter gab?
Sie musste lachen. Irgendetwas ging immer.
Durmaz öffnete die Fahrertür ihres Wagens und stieg ein. Der Motor startete nach einem kurzen Dreh am Zündschlüssel. Sie legte einen Gang ein und setzte zurück auf die Straße. Dann wandte sie sich nach links. Vorne, an der Einmündung, musste sie wieder nach links und vor der nächsten Kreuzung war links die Einfahrt zum Parkplatz des Ringcenters. Sie kurvte ein wenig auf der asphaltierten Fläche herum, bis sie einen Parkplatz gefunden hatte. Dann stellte sie den Wagen ab, schaltete den Motor aus, verließ das Fahrzeug und verriegelte es.
Nun war Pause.

Wer war Dominik Stollwerck?

Karin Platzinger schaute mit fragendem Blick durch die Windschutzscheibe des Kleinwagens von Lars Hellweg.
„Hier wohnt ihr?"
„Klar. Das ist die WG, in der Dominik und ich wohnen. Warum fragst du?"
Eine junge Frau kam den Bürgersteig entlang. Sie hatte einen dunklen Teint, eine scharf geschnittene Nase und langes, pechschwarzes Haar. Sie stoppte an der Eingangstür des Hauses und betrachtete die Klingelschilder. Lars, der gerade die Fahrertür öffnen wollte, hielt in der Bewegung inne.
Irritiert drehte Karin sich zu ihm. „Ist was?"
„Die Frau im Eingang …" Er beendete den Satz nicht, sondern starrte nachdenklich nach draußen.
„Wer …? Kennst du die?"
Lars schüttelte den Kopf. „Irgendetwas stimmt da nicht. Ich …"
Die Frau drückte erneut auf einen der Klingelknöpfe. Lars konnte nicht erkennen, welcher Name danebenstand.
„Scheint Besuch für eine der Wohnungen zu sein", meinte Karin ohne weiteres Interesse. „Aber anscheinend ist niemand da. Was soll mit ihr sein."
„Ich habe ein ungutes Gefühl. Ich …"
Erneut drückte die Fremde auf einen der Klingelknöpfe. Doch nun schien sich jemand zu melden. Sie redete in die Wechselsprechanlage. Lars wünschte sich, er könne Lippenlesen.
„Anscheinend ist doch jemand da", meinte Karin schließlich. Die Fremde drückte gegen die Tür, die daraufhin aufsprang und den Flur freigab. Die Fremde trat ein.
„Können wir jetzt?" Karin Platzinger öffnete die Beifahrertür des Kleinwagens und stieg aus. Lars Hellweg folgte ihrem Beispiel. Er ging um den Wagen herum und erreichte die Eingangstür des Wohnblocks kurz nach ihr. Karins Finger flogen bereits über die Klingelschilder, bis sie das Schild „Stollwerck-Mayer-Hellweg" gefunden hatte. „Was ist mit Arne?"

„Der ist sicher unterwegs. Arne ist immer unterwegs."
„Und Dominik?"
„Das ist ja das Problem. Normalerweise sollte er schon am Morgen wieder da gewesen sein. So lange war er noch nie unterwegs. Mittlerweile mache ich mir echt Sorgen." Lars hatte einen Schlüsselbund aus der Tasche gezogen und schloss auf.
„Und weswegen genau wolltest du dann, dass ich mitkomme?" Karin folgte Lars, der vorsichtig den Zugang zum Treppenhaus betreten hatte. Plötzlich hörte er etwas. Er drehte sich zu Karin um, hielt den rechten Zeigefinger vor die Lippen und wies mit dem linken Daumen nach oben.
Lars lauschte. Stimmengewirr, durch das Echo in dem gefliesten Treppenhaus vielfach gebrochen, drang zu ihnen herab. Worte waren keine zu verstehen. Ein paar Mal meinte Lars, Dominiks Namen zu hören, doch sicher war er sich nicht. Nur eines war klar: Eine Frau mit dunkler Stimme, wahrscheinlich die Fremde, die sie beim Betreten des Hauses beobachtet hatten, unterhielt sich mit dem alten Idioten, der ihre Nachbarwohnung hatte. Und wenn der etwas zu erzählen hatte, dann war es bestimmt nichts Gutes. Dieser Mensch war ein notorischer Griesgram und Kleinbürger, dem es niemand recht machen konnte. In diesem Moment dort aufzutauchen, würde die Situation sicherlich nicht entspannen. Dennoch siegte Lars' Neugier: Er musste wissen, was oben besprochen wurde, ob es um ihn ging oder Dominik. Mit einer eindeutigen Geste wies er Karin an, unten an der Haustür zu bleiben, während er langsam die Stufen hochschlich.
Er musste fast eine ganze Etage hochsteigen, ehe er die ersten Worte verstehen konnte. Es war die Stimme des Alten, der gerade sagte: „... Visitenkarte dabei, gell? Im Fernsehen haben die Polizisten immer Visitenkarten dabei."
Polizisten? Augenblicklich verharrte Lars und hörte gerade noch die Stimme der Fremden: „Das ist das Fernsehen, nicht die Wirklichkeit."
Verdammt. Die war von den Bullen! Das bedeutete wirklich nichts Gutes. Schnell drehte Lars sich auf der Stufe um. Über

sich hörte er Schritte. Die Polizistin war wohl wieder auf dem Weg nach draußen. Er musste sich beeilen, denn das, was er nun wirklich nicht brauchte, war, von ihr gesehen oder gar angequatscht zu werden.

So leise er konnte, hechtete er die Stufen hinunter, während er weiterhin nach oben lauschte. Ob der senile Alte noch in seiner Wohnungstür stand, konnte er nicht sagen. Doch die Polizistin wurde nicht schneller. Sie schien ihn noch nicht bemerkt zu haben.

Als er die Oberkante des letzten Treppenabstiegs erreicht hatte, wies er Karin an zu verschwinden. „Raus! Schnell!" formten seine Lippen, während er sich darauf konzentrierte, nicht zu stolpern.

Und Karin verstand. Mit einem Schritt war sie bei der Haustür, öffnete sie und trat hinaus. Wenige Sekunden später stand Lars neben ihr auf dem Bürgersteig. „Schnell zum Auto!"

Sie eilten die wenigen Meter zu dem Kleinwagen, dessen Warnblinkanlage das Öffnen der Zentralverriegelung bereits ankündigte, als sie ihn noch nicht erreicht hatten. Das Aufreißen der Türen und in die Sitze schmeißen war eine Bewegung. Dann schlugen die beiden Türen auch schon zu.

„Was war das jetzt?" Karins Stimme war gepresst und atemlos, aber immer noch leise.

„Die Frau ist von den Bullen!", stieß Lars nach Luft ringend hervor.

Augenblicklich drehte Karin sich zu der Tür um, die gerade wieder geöffnet wurde.

„Nicht hingucken! Mach sie nicht auf uns aufmerksam."

„Wieso? Was ist denn …?"

„Warte." Lars zwang sich, zuerst das Armaturenbrett, dann Karin anzusehen. Aus den Augenwinkeln konnte er sehen, wie die Polizistin zu ihnen herübersah, sich dann jedoch umwandte und in die Richtung verschwand, aus der sie etwa eine Viertelstunde zuvor erschienen war.

Doch Lars wartete noch einige Sekunden, ehe er meinte: „Ich glaube, sie ist weg."

„Und?"

„Sie war von den Bullen, Karin."
„Woher …?"
„Der Alte hat das gesagt. Sie hat sich mit ihm unterhalten."
„Mit wem?" Karin sah Lars irritiert an.
„Ach. Wir haben da so einen Nachbarn, der über alles zu mosern hat und sich in alles einmischen muss. So eine Art Blockwart, verstehst du?"
Karin nickte.
„Und mit dem hat die sich unterhalten."
„Worüber?"
Lars zuckte mit den Schultern. „Ich glaube, es ging um Dominik. Ich meine, seinen Namen verstanden zu haben. Als ich endlich nahe genug war, war das Gespräch zu Ende."
„Und was denkst du, was die Polizei von Dominik will?"
„Keine Ahnung." Für einen Augenblick schwieg Lars. Dann meinte er: „Es gibt viele Möglichkeiten. Wie gut kennen wir Dominik eigentlich?"
„Meinst du, er hatte irgendwelche krummen Dinger laufen?"
„Keine Ahnung", wiederholte Lars. „Ich weiß es einfach nicht. Aber seit Dominik verschwunden ist, laufen bei mir unterschiedlichste Filme im Kopf ab."
Karin lachte hell auf. „Du spinnst doch, Lars Hellweg."
Doch der schüttelte energisch den Kopf. „Glaub mir: Irgendetwas stimmt hier nicht. Ich weiß nicht, in was Dominik verstrickt ist. Ich weiß nicht einmal, ob ich das herausfinden will."
„Mafia? Drogen?"
Doch Lars schüttelte erneut den Kopf. „Keine Ahnung, Karin. Wir sollten vielleicht abhauen und nicht seine Sachen durchsuchen, um Dominik zu finden. Wenn die Bullen ihn schon suchen, erscheint mir die Nummer zu heiß. Wir haben einmal einen für meinen Geschmack zu engen Kontakt zu denen gehabt. Das hat mir völlig gereicht."
Zuerst schüttelte Karin lachend den Kopf. Dann meinte sie jedoch: „Ich glaube, vorerst hast du recht. Vorerst halten wir uns ein wenig zurück und warten darauf, ob die Polizei sich bei uns meldet. Dann wissen wir auf jeden Fall mehr und können immer noch so tun, als ob wir nichts wüssten …"

„Wir wissen nichts!", beharrte Lars.
„Wahrscheinlich. Auf jeden Fall solltest du jetzt nicht in die Wohnung. Wir fahren zuerst einmal zu mir und gehen heute Abend noch irgendwo hin, wo man auf andere Gedanken kommen kann. Dann kannst du spät in der Nacht nach Hause kommen, wenn dein freundlicher Blockwart schläft. Und vielleicht meldet sich Dominik bis dahin wieder bei uns."
„Vielleicht", wiederholte Lars. Überzeugt war er nicht davon.

*

Als Kriminaloberkommissarin Saliha Durmaz die Bürotür aufstieß, war es ruhig in dem kleinen Raum. Niemand erwartete sie – und das war schon ein Gewinn. Vielleicht lag das aber auch daran, dass sie noch nicht mit allzu vielen Zeugen im Fall des toten Dominik Stollwerck gesprochen hatte. Nur durch die stets offene Verbindungstür zu Schulzes Büro konnte sie vereinzeltes Blätterrascheln hören.
Natürlich saß Hauptkommissar Walter Schulze hinter seinem Schreibtisch. Sie konnte sich kaum daran erinnern, dass er jemals nicht in seinem Büro gewesen war, egal, um welche Uhrzeit sie ankam. Höchstens dann, wenn er mit ihr unterwegs war.
Durmaz zog ihre Jacke aus, warf sie mit oft geübtem Schwung über die Rückenlehne ihres Schreibtischstuhls, ergriff den Kaffeebecher, der einsam auf ihrer Schreibunterlage stand, und ging damit zur Kaffeemaschine. Die Kanne war noch halb voll und die Heizplatte war eingeschaltet. Wahrscheinlich bereits seit mehreren Stunden. Nun ja. Das war eben kein Coffee to go. Eher ein Coffee to work. Es würde kaum der Kaffeegenuss sein, der sie vom Arbeiten abhielt.
Durmaz setzte sich und beobachtete den Monitor, während ihr Computer hochfuhr. Es stand außer Frage, dass sie an diesem Tag noch einmal in die Jacques-Offenbach-Straße fahren musste, um in Erfahrung zu bringen, wer die nächsten

Angehörigen des Ermordeten waren, damit diese über Stollwercks Tod informiert werden konnten. Und dann hoffte sie natürlich, Hinweise zum Hintergrund seiner Ermordung zu erhalten. Irgendwo musste sie ja schließlich anfangen.
Sie schreckte auf, als die Bürotür erneut aufgestoßen wurde. Ein blasser Stefan Villeroi trat ein, warf seine Jacke über seinen Stuhl und ergriff ebenfalls seine Tasse.
„Du siehst ein wenig grün um die Nase aus", begrüßte Durmaz ihren Kollegen.
Dieser grummelte nur etwas Unverständliches vor sich hin und ging zur Kaffeekanne.
„Und ich dachte, du ziehst den Kaffee aus der Spurensicherung vor." Durmaz grinste. Sie erinnerte sich noch zu gut daran, wie ihr Kollege davon geschwärmt hatte, wie gut doch der Kaffee von Sandro Kubic und Klaus Becker war.
„Heute nicht", kam es kurz angebunden zurück.
„Was ist denn passiert?"
Villeroi füllte schweigend seine Tasse, ging zum Schreibtisch zurück und ließ sich in den Stuhl fallen.
„Hast du etwas zu Mittag gegessen?"
„Hör auf!"
„Was ist? Der Tote?"
„Scheiße. Ja."
„So schlimm zugerichtet?"
Villeroi nickte. „Postmortal. Ich habe zwar keine Ahnung, wie lange der dort gelegen hat, aber für ein paar Tiere hat es gereicht."
„Tiere auf dem Dreieck an der Sprendlinger Landstraße, Ecke Dreieichring? Das ist doch mitten in der Stadt."
„Manche Leute lassen ihre Hunde im Morgengrauen frei durch den kleinen Park laufen …"
„Also die Hunde hatten dann bereits etwas zu essen. Und du?"
Villeroi mimte einen Würgereiz, was Durmaz zwar verstummen, aber auch grinsen ließ. „Und er sah aus wie ein Zombie."
„Nun, das ist nicht sehr ungewöhnlich, Stefan. Ein Zombie ist ein lebender Toter. Und das ist das, was dein Toter mit

Sicherheit war. Nämlich tot. Ich meine … wenn ich mir die Leiche von Stollwerck in Erinnerung rufe. Sie sah schrecklich aus. Ein Hund hatte ihm eine Hand abgerissen!"
„Postmortal?"
Durmaz nickte. „Zumindest hat Brandtner das bestätigt. Dennoch habe ich mir heute Bami Goreng gegönnt. Ohne etwas Festes im Magen geht das gar nicht. Egal, wie Stollwerck aussah, als er gefunden wurde."
„War er irgendwie … blutleer."
„Nun. Blutleer sind Tote in der Regel auch sehr bald, da sich das Blut schnell zersetzt. So gesehen …"
„Besserwisser!"
„Genau, Frolleinsche", erscholl eine Stimme vom Eingang des Büros.
Durmaz blickte auf und erkannte Doktor Brandtner, der in der Tür stand.
Der Pathologe lächelte sie bestätigend an. „Gut uffgepasst. Anders als der Kollesch, wie isch denk", fügte er mit einem Seitenblick auf Villeroi hinzu.
Der sah ihn ein wenig grimmig an. „Deswegen sind Sie aber nicht hier heraufgekommen, gell?"
Brandtner lachte. „Nein. Das nicht. Ich bin wegen dem Toten hier. Ischämisch."
„Wissen wir bereits", erwiderte Villeroi barsch. Von seinem Zynismus an diesem Morgen war nichts geblieben. „Wollen Sie noch mehr über den vampirgläubigen Kommissar in Umlauf bringen?"
„Könnt ich machen", sinnierte Brandtner lächelnd.
„Glauben Sie an Vampire, Villeroi? Da unterstütz ich dann gern."
Durmaz erblickte das Funkeln in den Augen ihres Kollegen und warf schnell ein: „Aber der Grund für Ihren Besuch ist ein anderer, nicht wahr, Herr Doktor Brandtner."
„Stimmt, Frolleinsche. Ich sag ja, dass Sie aufgepasst haben. Also Todesursache ist, dass der Tote verblutet ist."
Aus den Augenwinkeln sah Durmaz, wie Villeroi zu einer spitzen Bemerkung ansetzte, die sie sicherlich nicht weiter-

bringen würde. Also fiel sie schnell ein: „Das sagten Sie bereits. Haben Sie sonst noch etwas, was uns weiterhelfen kann?"
Irritiert sah Brandtner Durmaz an. Dann meinte er: „Nein. – Doch. Wann der Tote gestorben ist, wissen wir auch schon: Gestern Abend gegen 22 Uhr. Natürlich nicht da, wo wir ihn gefunden haben."
„Hatten wir schon." Diesmal war Villeroi schneller. „Aber wieso soll Stollwerck gestern Abend getötet worden sein? Wir haben ihn doch vorher …?"
„Wieso Stollwerck?" Brandtner sah den Kommissar überrascht an. „Wer redet denn von dem?"
„Wieso? Von wem reden denn Sie?"
„Von dem Toten, den Sie vorhin gesehen haben, Villeroi. Oder weswegen sind Sie so grün um die Nase?"
„Aber den können Sie doch noch gar nicht so lange auf ihrem Tisch haben, Herr Doktor Brandtner." Durmaz sah den Pathologen überrascht an. Einen so schnellen Bericht hatte sie nicht erwartet.
Doch Brandtner winkte ab. „Das ist kein Bericht, Frolleinsche. Aber, wenn man weiß, was man suchen muss, findet man es halt schneller. Ich wollte Sie nur informieren, dass das wahrscheinlich der zweite Tote in einer Serie ist. Was Ihr daraus macht, weiß ich auch nicht. Da unten wartet noch ein Toter auf mich. Gude." Dann war er wieder verschwunden und die Bürotür geschlossen.
Durmaz sah Villeroi einen Moment lang überrascht an. „Und das heißt jetzt?"
„Nun. Vorerst müssen wir wohl davon ausgehen, dass es sich nicht um zwei Fälle, sondern nur um einen handelt. So leid es mir tut, Frau Kollegin: Es sieht wohl so aus, als müssten wir für den Rest des Falls zusammenarbeiten."
„Nun. Ich könnte mir eine unwillkommenere Unterstützung vorstellen", entgegnete die Kommissarin.
„Auch eine willkommenere?"
Durmaz grinste.
„Dann lass uns loslegen. Was haben wir?"
„Zwei Tote", erwiderte die Kommissarin.

„Genau. Zwei Tote sind eigentlich schon eine Serie."
„Wir haben es also mit einem Serienmörder zu tun", fügte Durmaz hinzu.
„Beide sind blutleer. Ischämisch."
Durmaz lachte. „Gut aufgepasst. Und von dem ersten haben wir mittlerweile Namen und Adresse sowie die Todesursache."
Villeroi sah seine Kollegin fragend an.
„Dominick Stollwerck", meinte Durmaz erklärend. Dann erzählte sie ihrem Kollegen, was sie in der Zeit, in der er am Fundort der zweiten Leiche gewesen war, herausgefunden hatte.

„Student, also." Villeroi sah die Kommissarin nachdenklich an, als sie mit dem Bericht über ihr Gespräch mit dem Nachbarn der Wohngemeinschaft, auf die Stollwerck gemeldet war, geendet hatte.
Durmaz nickte.
„Weißt du, was er studiert hat? Und wo?"
„Wo?"
„Na, Stollwerck könnte in Frankfurt immatrikuliert sein oder an der Hochschule für Gestaltung in Offenbach oder in Darmstadt oder Mainz."
„Meinst du, er würde in einer WG in Offenbach wohnen, wenn er in Darmstadt studiert?"
„Kann schon sein", erwiderte Villeroi. „Man weiß nie, was die Gründe für die Wahl eines Wohnorts sind. Das kann stark unterschiedlich sein. Ich meine nur: Ausschließen können wir das nicht."
Durmaz nickte. „Auf jeden Fall müssen wir noch einmal dorthin, da wir sonst keinen Anhaltspunkt bezüglich seiner Familie haben."
„Und keinen Anhaltspunkt für ein Tatmotiv. Wenn wir ein wenig in seiner Vergangenheit, in seinem Vorleben herumschnüffeln, kommt vielleicht etwas zutage, was uns weiterhilft."

„Und der Name und die Adresse des zweiten Opfers sollte uns auch ein wenig weiterhelfen, sofern Brandtner die möglichst …"

Das Telefon der Kommissarin klingelte. Sie hob den Hörer ab und wollte bereits fragen, ob die Feststellung der Todesursache des zweiten Toten ebenfalls schneller vonstatten gegangen sei, als eine bekannte Stimme fragte: „Saliha?"

„Hallo Jürgen." Durmaz wollte Villeroi gerade signalisieren, dass sie sich nach diesem Telefonat weiter über den Fall unterhalten würden, als sie sah, dass dieser grinsend die Augen verdrehte. „Schön, von Dir zu hören."

„Ich wollte eigentlich nur fragen, ob du heute Abend bereits etwas vorhast." Kleins Stimme war ruhig, abwartend.

„Heute Abend", meinte Durmaz nachdenklich. „Ich weiß nicht. Hast du eine Lesung?"

Doch Klein wehrte ab. „Eigentlich nicht." Jürgen Klein war Schriftsteller – und ein guter Freund der Kommissarin. Während einem ihrer Fälle war sie ihm eher zufällig über den Weg gelaufen und hatte ihn seitdem mehrfach in Bezug auf paranormale Erscheinungen und deren Hintergrund konsultiert. Aufgrund seiner Recherchen zu fantastischen Geschichten konnte er ein umfangreiches Hintergrundwissen vorweisen. Und selbst dann, wenn Durmaz mit den Informationen nicht weiterkam, konnte er zumindest sagen, an wen die Kommissarin sich außerdem wenden konnte, um einmal eine andere Sicht auf die Dinge zu bekommen.

Und vielleicht war die Beziehung auch … ausbaufähig …

„Eigentlich nicht?", hakte Durmaz deswegen nach.

„Ich dachte, wir könnten einfach einmal einen schönen Abend miteinander verbringen." Fast glaubte Durmaz, Kleins verschmitztes Lächeln vor sich zu sehen.

„So, wie damals, als ich dich von dieser Stalkerin loseisen musste." Durmaz grinste schelmisch.

„Das ist halt der Fluch, wenn man berühmt ist", meinte Klein entschuldigend. Doch Durmaz konnte deutlich das Lächeln in seinem Tonfall vernehmen.

„Und dieses Mal gehst du inkognito?"

„Hm. Ich will es hoffen", erwiderte Klein unsicher. „Da hat vor einem Jahr so eine kleine Kneipe am Wilhelmsplatz aufgemacht. Da war ich noch nicht. Ich hoffe, dass mich da auch niemand kennt. Dann sollten wir ungestört sein."
„Ansonsten?"
„Ansonsten musst du dich wahrscheinlich damit abfinden, dass irgendwann im Laufe des Abends eine Schar postpubertärer Groupies kreischend zu unserem Tisch gerannt kommt, um ein Selfie mit mir machen zu können."
Die Vorstellung, dass in einer Kneipe eine Anzahl kreischender junger Frauen auf Klein zustürmen würde, ließ die Kommissarin in schallendes Gelächter ausbrechen. „Ich glaube, da ist der Wunsch der Vater des Gedankens." Ihr fiel die ältere Dame ein, die damals an Kleins Tisch gesessen und ihn erfolglos bequatscht hatte, sein Romangenre zu wechseln. Sie war nahezu zweimal so alt wie Durmaz gewesen.
Klein lachte ebenfalls. „Nein. Und selbst, wenn man mich erkennt: Nicht immer werde ich angesprochen. Das weißt du doch."
Durmaz erinnerte sich an einige Abende in Lokalitäten in Fechenheim, die sie mit informativen Gesprächen hatten verbringen können. „Nun. Vielleicht sollte ich meine Dienstwaffe mitnehmen. Ich meine: Für den Notfall …"
„Das heißt, du kommst?"
„Wohin?"
„Pfeffermühle. Am Wilhelmsplatz. Die Hausnummer habe ich zwar nicht, aber die kleine Kneipe sollte nicht zu übersehen sein. Und das mit der Dienstwaffe … Schaden wird es sicherlich nicht – sofern du sie nicht gegen mich einsetzen willst."
„Gut", erwiderte Durmaz. „20 Uhr. Ich freue mich."
„Ich auch. Bis dann. Mit oder ohne Pistole. Ich bestell schon einmal einen Mai Tai für dich."
Durmaz lachte und legte auf.
„Soso. Dann hast du also heute Abend um 20 Uhr eine Verabredung mit Herrn Klein", stichelte Villeroi.
Durmaz zuckte mit den Schultern und versuchte mit aller Kraft, beiläufig zu erscheinen. „Rein dienstlich."

„Klar." Villeroi grinste.
„Sicher. Ich … wollte ihn befragen, was er über Vampire weiß", fügte sie schnell hinzu.
„Klar."
„Genau."
„Ich weiß nur nicht, wo."
„Und das, mein lieber Stefan, geht dich auch gar nix an." Demonstrativ wendete sie sich wieder ihrem noch nahezu leeren Notizblock zu. Eine einzige Frage stand bisher darauf: „Wer war Dominik Stollwerck? – Student."
„Wirklich viel haben wir also nicht über den ersten Toten", sinnierte die Kommissarin deshalb.
„Du wolltest doch die Mitbewohner aus seiner Wohngemeinschaft interviewen."
Durmaz nickte. „Und wir könnten uns in der Szene ein wenig umhören."
„In der Szene? In welcher Szene denkst du denn, dass Stollwerck sich bewegt hat? Dafür wissen wir noch viel zu wenig über den Toten."
„Nun. Immerhin gehörte er zu den jüngeren Erwachsenen in Offenbach. Vielleicht haben wir ja Glück und Trill kannte ihn." Stefan Hirschberg, der gemeinhin nur Trill genannt wurde, hatte Durmaz schon das eine oder andere Mal mit seinen Kontakten weitergeholfen, seit sie ihm bei einem nächtlichen Übergriff die Schulter ausgekugelt hatte.
Durmaz ergriff erneut den Telefonhörer und drückte eine der Kurzwahltasten. Das Freizeichen ertönte. Niemand hob ab. Die Kommissarin wartete eine Zeit, dann legte sie den Hörer wieder auf die Gabel.
„Niemand da?", fragte Villeroi.
„Niemand da", bestätigte Durmaz. „Zumindest zurzeit nicht. Ich denke, ich werde es im Laufe des Abends noch einmal probieren müssen."
„Im Laufe welchen Abends?" Demonstrativ sah Villeroi zu der alten Bürouhr, die jemand vor unzähligen Jahren an der Wand befestigt hatte. Sie zeigte 18:32 Uhr an.
Durmaz fluchte. „Schon so spät? Ich glaube, dann muss ich langsam los."

„Wenn du vorher noch nach Hause willst, denke ich, solltest du dich sputen."

Durmaz schaltete den PC aus, ergriff ihre Jacke und meinte: „Schönen Feierabend, Stefan. Und was Trill anbelangt: Ich werde ihn anrufen, während die Groupies die Selfies mit Jürgen machen." Dann trat sie durch die offene Bürotür und ließ ihren verständnislos dreinblickenden Kollegen zurück.

Graf Dracula

„Guten Abend, Trill."

Durmaz hielt sich ihr Handy ans Ohr, während sie den Wilhelmsplatz überquerte. Die Sonne war bereits untergegangen, und die hohen Laternen auf dem Parkplatz tauchten die Szene in orangefarbenes Licht. Die wenige Straßenbeleuchtung hinter den Blättern der Bäume, die den Platz säumten, und die Neonreklamen über den Gaststätten taten ein Übriges, dass die Tische am Straßenrand gut besucht waren.

„Hier ist Kommissarin Durmaz", fügte sie vorsichtshalber hinzu. Ihr Blick wanderte über den leeren Teil des Platzes, der für den Wochenmarkt reserviert war.

„Wenn Sie das nicht gesagt hätten, hätte ich Sie gar nicht erkannt."

Durmaz glaubte bereits, Trills schelmisches Grinsen vor sich zu sehen, ehe dieser fortfuhr:

„Was kann ich für Sie tun, Frau Kommissarin?"

„Nichts. Ich wollte nur mal hören, wie es dir geht."

„Klar", erwiderte der Angesprochene. „Und bald ist Weihnachten. Wer soll Ihnen das glauben, Frau Kommissarin?"

Durmaz grinste. Dieser Stefan Hirschberg war immer noch auf Zack. „Wir haben einen Toten und ..."

„Ich war es nicht", unterbrach Trill sie trocken.

„Was? Der Tote oder der Mörder?"

„Genau." Jetzt klang Trills Stimme wieder belustigt. „Was ist mit Ihrem Toten? Wissen Sie nicht, wer es ist?"

„Doch", entgegnete Durmaz. Sie hatte das Markthäuschen erreicht, ging links dran vorbei in Richtung Salzgässchen. „Einen Namen haben wir schon – aber keine Geschichte."
„Ich bin kein guter Geschichtenerzähler. Wie lautet der Name?"
„Dominik Stollwerck." Durmaz hatte den Zebrastreifen erreicht und schaute kurz nach links, von wo Fahrzeuge kommen konnten. „Sagt dir der Name etwas?"
Für einen Augenblick war es still in der Leitung. Durmaz nutzte Trills Schweigen, um die Straße zu überqueren. Dann meinte Hirschberg: „Nein. Der Name sagt mir überhaupt nichts. Haben sie ein paar Informationen über den Toten, Frau Kommissarin? Dann könnte ich mich ein wenig umhören."
Nun war es an Durmaz zu überlegen, welche Informationen sie weitergeben konnte. Schließlich meinte sie: „Er muss Student sein. Vielleicht in deinem Alter."
„Hochschule für Gestaltung?"
„Nein. Soweit ich weiß, studiert oder studierte er in Frankfurt. Zumindest nehme ich das an." Aus dem Zwielicht der nächtlichen Beleuchtung schälte sich ein metallenes Schild. „Zur Pfeffermühle" stand darauf zu lesen. Durmaz ging noch ein paar Schritte und blieb dann stehen.
„Hm. Also das sagt mir alles rein gar nichts. Ich werde mich aber einmal umhören, Frau Kommissarin."
Durmaz nickte. „Ruf mich einfach an, wenn du etwas herausgefunden hast, Trill."
„Mach ich, Frau Kommissarin. Und einen schönen Abend, Ihnen."
„Dir auch", meinte Durmaz, nahm das Mobiltelefon herunter, schaltete es aus und steckte es weg. Dann ging sie auf die Tür unter dem Metallschild zu und betrat den Schankraum.

Jürgen Klein saß tatsächlich alleine an einem kleinen Tisch ein wenig im Hintergrund des Schankraums. Durmaz lächelte, als sie sah, dass er sie bemerkt hatte. Sie ließ den Blick durch den Raum gleiten. Zwei Pärchen hatten in Kleins

Nähe einen Tisch besetzt und unterhielten sich angeregt. Die Kommissarin konnte nicht auf den ersten Blick feststellen, wer mit wem gekommen war – oder ob sie überhaupt zusammengehörten. Es wäre eine Herausforderung, das herauszufinden.
An der Theke saßen und standen mehrere junge Leute in einer Gruppe beisammen. Sie unterhielten sich angeregt und nahmen keine Notiz von der Kommissarin. Vielleicht handelte es sich um eine Gruppe von Studenten, überlegte Durmaz. Ob sie einmal zu ihnen gehen und sie nach Dominik Stollwerck fragen sollte? Die Kommissarin schüttelte den Kopf. Man konnte es auch übertreiben.
Ein einzelner Mann hatte an einem der Tische an der Seitenwand Platz genommen. Er war alleine, trug einen weißen Leinenanzug und hatte weißes Haar und einen Bart in der gleichen Farbe. Die Szene kam Durmaz bekannt vor. Sie konnte sich allerdings nicht daran erinnern, in welchem Film sie dieses Bild bereits einmal gesehen hatte. Hemingway? Sie lächelte. Warum nicht gleich Goethe? Das lag doch wesentlich näher, hier in Offenbach.
Sie schüttelte den Kopf. Eine der beiden Frauen an dem Tisch mit den beiden Pärchen schaute auf und betrachtete sie neugierig. Ob die vier noch auf jemanden warteten?
Durmaz wollte etwas sagen. Dann entschied sie sich allerdings dagegen und steuerte auf Kleins Tisch zu. Die andere Frau beteiligte sich wieder an dem Gespräch ihrer Tischnachbarn und die Kommissarin war vergessen.
„Guten Abend." Jürgen Klein war aufgestanden, umrundete den Tisch und kam einen Schritt auf Durmaz zu. „Schön, dass du es einrichten konntest."
„Nicht ganz uneigennützig." Sie zog ihre Outdoor-Jacke aus und legte sie über einen der freien Stühle.
Jürgen Klein zog die rechte Augenbraue hoch, als er sich wieder setzte. Dann meinte er: „Was möchtest du trinken?"
„Latte macchiato?"
„Ich dachte eigentlich eher an etwas, das – sagen wir einmal – mehr der späten Stunde angemessen ist."

Durmaz musste lächeln. „Gute Idee. Aber auf leeren Magen? Ich weiß nicht …"

Klein griff zu den Karten, die auf der Mitte des Tisches standen. „Das ist zwar kein Speiselokal, aber eine Kleinigkeit wird es auch hier geben."

Er reichte der Kommissarin die Karte, die sie auch sofort ergriff und aufschlug. Nach einem kurzen Blick hinein, verharrte sie und sah den Schriftsteller nachdenklich an. „Du hast schon gegessen?"

„Irgendwann, heute … Nein, ich suche mir danach auch etwas aus. Aber ich dachte nicht, dass du nüchtern wärst. Also hungrig. Das mit dem anderen nüchtern bekommen wir hier sicherlich leichter hin."

Durmaz lachte. „Nein, das war heute schon ein stressiger Tag. Und er dauerte länger als erwartet. Aber eine Kleinigkeit habe ich bereits gefunden." Sie schlug die Karte zu und reichte sie dem Schriftsteller.

Es dauerte nicht lange, bis die Bedienung kam und sie etwas zum Essen und zwei Glas Wein bestellen konnten. Erst, als die Bestellung aufgenommen war, meinte Klein: „Du bist also wieder auf der Suche nach Informationen über paranormale Erscheinungen? Worum geht es diesmal?"

„Wie kommst du da drauf?"

Klein lachte. „Du hast es vorhin selber erwähnt. Worum geht es?"

„Vampire."

„Uh. Größer ging's nicht, gell?"

Durmaz versuchte, gewinnend zu lächeln.

„Also vor Bram Stoker war Vampirismus eigentlich mehr ein – sagen wir einmal – regionales Problem."

„Transsilvanien? Liegt das nicht in Rumänien?"

„Genau. Zu der Zeit, als die Türken oder Osmanen versuchten, Europa zu erobern, herrschte in der Grafschaft Walachei ein Wojwode, also ein Graf mit Namen Vlad Draculea, was Vlad, der Sohn des Drachen heißt."

„Der Sohn des Drachen?" Durmaz sah den Schriftsteller überrascht an. „Was hat dieser Graf denn getan, dass er einen solchen Namen bekam?"

Klein lachte. „Nichts. Er war nur der Sohn des Grafen Vlad Dracul, also Vlad, der Drache."
„Also war der Vater schuld. Und was hat der getan?"
„Auch nichts Besonderes. Man ist sich da nicht einmal einig. Vermutet wird, dass er Mitglied in einem Orden seines Königs war, dem Drachenorden."
„Dann ist alles nur ein Riesenbluff?"
Klein lachte erneut auf. „Könnte man so sagen. Auf jeden Fall sind viele Fehlinterpretationen, Politik und Sensationslust schuld an der Vampirmythologie um Graf Dracula."
„Politik?" Durmaz sah den Schriftsteller unsicher an.
„Selbstverständlich. Schuld sind eigentlich die Deutschen, also die Siebenbürgensachsen – tut mir leid, wenn ich das so sagen muss."
Durmaz winkte ab.
„Im Prinzip hat Graf Vlad Draculea nur die Morde an seinem Vater und seinem Bruder gerächt und seine Herrschaft gesichert. Vielleicht hat er dabei ein wenig übertrieben, war ein wenig grausamer, als man es erwarten würde, aber das sollte man im Geist der damaligen Zeit und Kultur sehen. Es gibt zeitgenössische Geschichten über den Grafen Dracula in der Walachei, in Russland und in Deutschland."
„Zeitgenössische Geschichten in Russland und Deutschland?"
Klein nickte. „Sie müssen über Kaufleute dorthin gelangt sein. Für seine eigenen Leute war Graf Dracula gerecht, den Siebenbürgensachsen gegenüber war er allerdings sehr hart. Somit stellen die deutschen Geschichten ihn als blutrünstiges Monster und die russischen und walachischen Geschichten als harten; aber gerechten Herrscher dar."
„Aber Blut hat er keines getrunken, oder?"
Die Bedienung brachte zwei Gläser mit Wein. Sie sah zuerst Durmaz, dann die beiden Gläser an, ehe sie meinte: „Das hier ist aber Rotwein. Zumindest hatten Sie den bestellt."
„Nein. Ähh ... doch", erwiderte Klein irritiert. „Also ja: Wir hatten Rotwein bestellt."
Die Bedienung lächelte beruhigt.

„Und nein: Graf Draculea hat kein Blut getrunken", fuhr er an Durmaz gewandt fort.
„Sie kannten ihn?", fragte die Bedienung.
„Wen?"
„Graf Dracula."
„Nein."
„Dann bin ich beruhigt", meinte die junge Frau, schenkte Durmaz ein Lächeln und wandte sich zum Gehen.
Die Kommissarin schaute ihr einen Moment lang nach. Die Gruppe an der Theke schien größer geworden zu sein. Ob es so spät noch Vorlesungen gab, von denen die letzten Studenten gekommen waren, die sich zu ihren Kommilitonen gesellt hatten? Oder ob die Studenten nur schlauer gewesen waren als sie selber und sich vorher noch eine Pizza besorgt hatten? Durmaz lächelte.
Die beiden Pärchen am Nachbartisch waren mittlerweile so tief in einer Diskussion verstrickt, dass sie ihre Umgebung gar nicht mehr wahrzunehmen schienen. Zwei junge Männer waren zwischenzeitlich gekommen und hatten sich an einen der leeren Tische gesetzt. Halbleere Biergläser standen vor ihnen. Der Mann im weißen Anzug saß schweigend mit dem Rücken zur Wand und beobachtete sie. Durmaz schaute ihn offen an, ehe sie feststellte, dass er gar nicht zu ihr herübersah, sondern an ihr vorbei zur Theke. Beobachtete er die Studenten? Oder betrachtete er die Anwesenden, genauso wie sie es tat?
Durmaz zog unwillkürlich die Schultern hoch. Sollte er doch. Sie wandte sich wieder Klein zu. „Dann hat man Graf Draculea also gar kein Blutsaugen nachgesagt?"
Klein schüttelte den Kopf. „Man nannte ihn später den Pfähler. Das war wohl seine bevorzugte Methode der Hinrichtung."
„Aber diese ganzen Vampirgeschichten und das Blutsaugen … Was hat das dann für einen Hintergrund?"
„Ich sagte ja: Die ganze Geschichte ist ein wenig komplizierter. Vampire kommen aus den Mythen Südosteuropas."
„Aber da gehört Transsilvanien doch dazu."

Klein nickte. „Und das ist wahrscheinlich der Grund, warum Graf Dracula als der oberste Vampir gehandelt wird. Aber ursprünglich sind Vampire nur das südosteuropäische Gegenstück zu den nordeuropäischen Wiedergängern und den amerikanischen Zombies: Untote, die aus ihren Gräbern aufgestanden sind und nun die Lebenden peinigen, strafen, was weiß ich."

„Und das Blutsaugen? Weißt du, woher das kommt?"

Klein nahm einen Schluck von seinem Wein und sah Durmaz lange nachdenklich an. Dann meinte er: „Dazu gibt es nichts Eindeutiges. Soweit ich weiß, sind einige Personen daran beteiligt gewesen. Die ganze Geschichte datiert allerdings nur ins 19. Jahrhundert zurück, als Okkultismus, Horrorgeschichten und Pseudowissenschaften ihre Blütezeit hatten."

„Frankenstein?"

Klein nickte erneut. „Ja, Mary Shelleys Frankenstein stammt auch aus der Zeit, obwohl Dracula wahrscheinlich ein paar Jahrzehnte jünger ist. Es gab unbekanntere Vampirromane, die sich mit einem Grafen Dracula beschäftigten, ebenfalls aus England. Dann waren da zwei Engländer, die sich aus wissenschaftlichem Interesse mit Vampiren auseinandersetzten. Und schließlich gab es einen Okkultisten, der quer durch Europa reiste und alles, was sich irgendwie nach Paranormalem und Blutsaugen anhörte, als Vampirismus deklarierte."

„Eine ziemlich bunte Mischung."

„… in einer Umgebung, die alles Okkulte aufsaugte. Vergessen wir nicht die englischen Mumienpartys, bei denen ägyptische Mumien in privater Gesellschaft unter viel Tamtam von ihren die Körper schützenden Bandagen befreit wurden. Man war bereit, alles Mögliche zu glauben und auszuprobieren, wenn es nur mit einem Hauch von Wissenschaftlichkeit versehen worden war."

Durmaz schwieg. Sie hatte ihr Weinglas ergriffen und starrte nachdenklich in die rote Flüssigkeit. „Es hatte also mit viel Zufall zu tun, dass der Mythos der blutsaugenden Vampire entstand."

„Eigentlich nicht. Eigentlich waren es nur die richtigen Worte zur richtigen Zeit im richtigen Land. Der Rest ergab sich dann quasi von selber."

„Aber warum wurden dann Vampire ausgerechnet Blutsauger?"

„Schwer zu sagen. Immer und überall gibt und gab es Mythen, dass Untote oder Dämonen Lebenden Blut abgenommen haben, um deren Lebenskraft zu bekommen. Während die Opfer der Vampire langsam dahinsiechten, waren die Schuldigen natürlich unauffindbar. Jetzt brauchte man natürlich nur noch ein paar medizinische Phänomene, die man sich nicht erklären konnte, und ein paar Pseudowissenschaftler, wie den bereits erwähnten Okkultisten, um daraus ein schlüssiges Bild zu machen – und natürlich ein paar engagierte Schriftsteller, die nach etwas suchten, was die Menschen gruselte."

„Also seid ihr schuld."

Klein lachte hell auf. „Könnte man so sagen. Immerhin haben Schriftsteller und Autoren für die Verbreitung des Mythos gesorgt und auch den romantischen Vampirroman erfunden, den Mädchen und junge Frauen lieben."

„Dann sind wir, also die Leser, schuld?"

„Auch das könnte man sagen. Am Ende findet nur das Verbreitung, was durch die Massen der Leser aufgenommen und weitergegeben wird. Hätte niemand Bram Stoker gelesen, wären Vampire sicherlich eine Randerscheinung im Reich der Mythen und Legenden geblieben."

Durmaz hob erneut das Glas und betrachtete den Wein, der in sanften Bewegungen darin kreiste. Die Bedienung war wieder erschienen. Sie trug zwei Teller mit dem bestellten Essen. „Guten Appetit", meinte sie schließlich, als sie den Tisch wieder verließ.

„Ja. Guten Appetit, Saliha", wiederholte Klein lächelnd. „Ich hoffe, der ist dir nach dem Thema nicht vergangen."

„Keineswegs", entgegnete die Kommissarin. „Nach dem, was ich heute gesehen habe, war das Gespräch eigentlich schon erholsam."

Klein nickte, während er sein Essen begutachtete. Dann meinte er: „Und was war das? Eine Wasserleiche?"
„Nein. So schlimm nun auch wieder nicht. Und eigentlich war es bereits gestern Abend gewesen. Es wurde eine Leiche gefunden, die vollkommen blutleer war."
„Ischämisch?"
„Ich glaube, so hat Doktor Brandtner es genannt. Woher kennst Du den Ausdruck?"
Klein hob ohne eine Miene zu verziehen die Schultern. „Keine Ahnung. Weiß man halt." Dann grinste er schelmisch. „Das eine oder andere sollte man schon wissen, wenn man schreibt. Aber erzähl mir mal ein wenig von dieser Leiche. Ist das die, die man an der Autobahnauffahrt Taunusring gefunden hat?"
„Und woher weißt du das?" Doch dann nickte Durmaz verstehend. „Offenbach Post."
„Genau. Lesen bildet. Aber was wisst ihr denn bereits? Natürlich nur, soweit du es mir sagen darfst ..."
Durmaz dachte kurz nach. Wenn der Tote bereits in der Zeitung war, konnte sie Klein auch davon erzählen. Sie durfte nur nicht den Namen erwähnen – auch wenn sie davon ausgehen konnte, dass er nichts weitergeben würde.
Dann erzählte sie ihm vom Stand ihrer Ermittlungen und den vergeblichen Versuchen, mehr über die Hintergründe zu Dominik Stollwerck und der zweiten, noch nicht identifizierten Leiche zu erfahren.

Als die Kommissarin geendet hatte, waren auch ihre beiden Teller leer. Durmaz sah sich nach der Bedienung um, die jeden Moment kommen musste, um das leere Geschirr in die Küche zu bringen. Doch die junge Frau war noch mit der Gruppe Jugendlicher an der Theke beschäftigt. Sie schienen sich noch nicht einig zu sein, wer welche Getränke zu zahlen hatte.
Die beiden Pärchen am Nachbartisch waren bereits gegangen. Und auch der Mann mit dem weißen Bart hatte wohl bereits bezahlt. Er hatte sich zurückgelehnt und beobachtete offensichtlich erneut die Gruppe der Jugendlichen, die sich

aufzulösen schien. Erst, als diese fast alle gegangen waren, erhob auch er sich, ergriff einen seltsamen, geflochtenen Hut und ging auf einen der Jungen zu. Interessiert beobachtete die Kommissarin, wie der Alte eine der Jugendlichen ansprach, sich angeregt, aber freundlich mit ihr unterhielt und sie dann nach draußen begleitete.
Durmaz sah den beiden noch einen Moment nach, dann schüttelte sie den Kopf und drehte sich wieder um.
„Stimmt etwas nicht?", fragte Klein und sah sie auffordernd an.
„Ich weiß nicht ... Hast du den alten Mann gesehen? Er hat die Gruppe Jugendlicher den ganzen Abend beobachtet und ist dann mit einer von ihnen verschwunden ..."
Klein lächelte. „Tja. Es gibt schon Menschen mit seltsamen sexuellen Neigungen ..."
„Du meinst ..."
Noch immer lächelnd zog der Schriftsteller entschuldigend die Schultern nach oben.

*

Der nächste Morgen war noch recht frisch.
Kriminaloberkommissarin Durmaz stand an der Fußgängerampel und wartete darauf, dass sie endlich den Taunusring überqueren konnte. Ihr Blick wanderte nach links, wo sie vor anderthalb Tagen die Leiche von Dominik Stollwerck gefunden hatten. Das Gebüsch selber war von ihrem Standpunkt aus natürlich nicht zu sehen, aber die Stelle, an der die Einsatzfahrzeuge der Polizei und der Spurensicherung gestanden hatten, war hinter der Mittelleitplanke der Autobahnauffahrt deutlich zu erkennen.
Ein Stück weiter stand ein Baum, dessen Krone nur noch aus ein paar dicken, toten Ästen bestand. Ein Bussard saß dort oben und beobachtete den Verkehr auf der A 661 weit unter sich. Für einen Moment überlegte Durmaz, wie von dort wohl die Aussicht sei.
Dann wurde es endlich Grün und sie überquerte die Straße, wandte sich nach links und folgte dem Taunusring über die

Bushaltestelle hinweg, bis der Bürgersteig zu einem befestigten Weg wurde, sich ein wenig von dem Autobahnzubringer entfernte und dann bergab in den kleinen Wald führte.

Hier war sie auf die Zeugin mit dem Hund gestoßen – und auf die blutleere Leiche, die man unter einem Gebüsch versteckt hatte. Ein ungutes Gefühl beschlich sie, als sie dem Weg am Fundort vorbei folgte. ‚Blutleere'. Irgendwie erzeugte der Begriff noch immer eine Gänsehaut. Selbst nach dem vergangenen Abend, an dem Jürgen Klein ihr erklärt hatte, dass der moderne Vampirismus eigentlich ein Kunstprodukt war und nur wenig mit Blutsaugern zu tun hatte. Was war nach dieser ‚Demaskierung' eigentlich noch von dem mächtigen Grafen Dracula übrig? Ein Landadeliger und Freiheitskämpfer mit einem Hang zu drakonischen Tötungsmethoden.

Und Blutsaugen war dann nichts anderes als eine abergläubische Interpretation des Dahinsiechens. War es das, was der Mörder sagen wollte? Hatte er seinen Opfern die Lebenskraft nehmen wollen, um sie sich selber einzuverleiben? War sein Ziel das ‚ewige Leben', wie es bereits die Alchemisten des Mittelalters gesucht hatten?

Durmaz hoffte, dass genau das nicht der Fall war. Denn dann würde das Morden erst aufhören, wenn der Mörder geschnappt war.

Oder fühlte der Mörder sich selber ‚ausgesaugt' und wollte sein Leid auf seine Opfer übertragen? Gab es so etwas überhaupt, dass Menschen durch solch eine Handlung versuchten, ihr Leiden auf Unschuldige zu übertragen, um es loszuwerden?

Durmaz beschloss, dass sie diesen Polizeipsychologen anrufen würde, sobald sie im Büro war. Wie hieß er noch gleich? Lucient.

Was wussten sie über den Mörder? Nichts.

Sie wussten ja nicht einmal etwas über den Toten. War Stollwerck durch Zufall ausgewählt worden? Hatte er einem Bild entsprochen, das sich sein Mörder von seinem Opfer gemacht hatte? Oder stammte der Mörder aus Stollwercks näherem Umfeld? Vielleicht ebenfalls ein Student.

Doch was konnte einen Studenten zu solch einer Tat treiben – und das gleich zweimal hintereinander?

Durmaz versuchte, sich zu erinnern, was sie in dem Alter empfunden hatte. So lange war es noch nicht her, seit sie selber studiert hatte.

Ja, ausgesaugt war sie sich auch oft vorgekommen, leer, eingequetscht zwischen dem Leben an der Uni und den Konventionen ihrer privaten Umgebung. Sie war geflohen, geflohen aus der Enge der Familie und hatte sich der neuen Welt gestellt.

War es das, was dem Mörder nicht gelungen war. Aber das würde heißen, dass jeder zum Mörder werden konnte, dem dieser Schritt nicht gelang. Das war Unsinn.

Durmaz dachte an ihre Familie. Man sah sich noch. Sicher. Aber die Spannung war da, spürbar, jedes Mal, wenn sie sie besuchte, wenn sie bei irgendwelchen Feiern zusammensaßen und redeten – oder schwiegen. Sie, Saliha Durmaz, war weggegangen, hatte die Familie verlassen. So zumindest wurde es gesehen. Nun musste sie einmal mit ihnen reden – zumindest mit ihrer Mutter. Obwohl sie genau wusste, wie das enden würde …

Vor der Kommissarin öffnete sich der Wald. Sie sah Sonnenlicht durch die Wolkendecke brechen und die Straße vor ihr beleuchten. Ein paar Autos standen dort am Rand der Kleingartenanlage und blitzten in der Sonne.

Durmaz umrundete den Schlagbaum, der das Ende des befahrbaren Weges anzeigte und trat aus dem Wald. Den größten Teil des Wegs bis zu ihrer Arbeitsstelle hatte sie hinter sich. Die Straße hinunter, unter dem Bahndamm hindurch, dann nach links. Dort waren das Gymnasium und das alte Polizeipräsidium.

Was würde wohl sein, wenn sie irgendwann in ferner Zukunft in den neuen Bau umzögen, den sie gerade am Odenwaldring errichteten. Dann wäre der Weg zu weit, um ihn zu Fuß zu gehen. Es würde ihr fehlen, die Zeit an der frischen Luft und die Möglichkeit, in Gedanken einen Plan für den neuen Tag zu erstellen.

An diesem Tag würde Durmaz Lucient anrufen. Und ihre Mutter. Aber zuerst Lucient.
Die Bäume auf der Krone des Bahndamms standen windschief. Gerade fuhr ein Zug vorbei. Langsam. Sie konnte die weißrote Lackierung der ICEs erkennen. Die Zweige bewegten sich im Fahrtwind. Durmaz wusste, dass der Zug nicht im nur wenige hundert Meter entfernten Bahnhof anhalten würde. Die Deutsche Bahn hatte diese Station bereits vergessen. Nur die Regionalbahnen stoppten noch ab und zu.
Als Durmaz den Bahndamm erreichte, war von dem ICE nichts mehr zu sehen. Sie folgte dem schlecht geteerten Weg zur Unterführung und überquerte die Parkstraße und folgte ihr nach Norden. Der Unterricht in der Schule hatte noch nicht angefangen. Einige Schüler standen in Gruppen auf dem Hof und unterhielten sich. Andere wurden von ihren Eltern gerade vor dem Eingang abgesetzt. Auf der Straße und auf dem Bürgersteig war das Gedränge groß.
Durmaz beeilte sich, diesen Teil des Bürgersteigs hinter sich zu lassen, und war erleichtert, als das Polizeipräsidium rechts von ihr hinter den Bäumen auftauchte. Sie überquerte den Parkplatz und stieg schnellen Schrittes die kleine Freitreppe empor. Es gab einiges zu tun.

Eine offensichtliche Spur

„Nimm deine Jacke, Saliha. Wir müssen los!" Stefan Villerois Stimme klang ein wenig gehetzt, als er die Bürotür aufstieß.
„Guten Morgen, Stefan", entgegnete Durmaz lächelnd. „Schön, dich so früh im Büro zu sehen."
„Ach, nee, gell?" Villeroi sah auf und lächelte. „Da sind wir aber ein wenig spät dran, heute."
Durmaz zog die Stirn kraus und legte den Kopf fragend ein wenig schräg.
„Ich komme gerade aus der Forensik. Klaus, also Becker, hat die Identität des zweiten Opfers festgestellt. Ein gewisser Silvio Smolek."

„Und er hat auch schon seine Adresse?" Durmaz sperrte den Computer, der gerade erst hochgefahren war, und schob den Stuhl zurück.

„Sicher. War auf den Handrücken des Opfers tätowiert. Hatte wohl Angst, sie zu vergessen."

Durmaz verharrte in der Bewegung. „Ernsthaft?"

„Nein", erwiderte Villeroi grinsend. „Der Gebissabdruck. Die Fingerabdrücke haben nichts gebracht. Die waren nicht in der Kartei."

„Unser Mörder scheint sich nicht viel um das Verstecken seiner Opfer zu sorgen." Durmaz hatte bereits ihre Outdoorjacke übergeworfen und zog die Bürotür hinter sich zu. Villeroi nickte. Er eilte bereits voraus, dem Parkplatz entgegen, auf dem auch sein Dienstwagen stand. „Zumindest ist es ihm gleich, wie schnell wir hinter deren Identität kommen."

„Ich glaube nicht, dass die Sträucher, unter denen die beiden Leichen gefunden wurden, Verstecke waren."

Villeroi verlangsamte seinen Schritt und sah Durmaz an. Diese fuhr fort: „Ich glaube, der Mörder hat die Leichen einfach entsorgt, so, wie manche Menschen an Raststätten ihre vollen Aschenbecher in die Landschaft kippen. Oder ihre Hunde aussetzen."

„Du meinst, der Körper der Toten war für ihn von sekundärem Interesse? Es ging ihm ausschließlich um das Blut der Toten? Wie einem Vampir, der Menschen nur dazu benötigt, um ihr Blut zu trinken?" Villeroi grinste schelmisch.

Doch Durmaz schüttelte den Kopf. „Du mit deinem Vampir."

„Im Ernst. Glaubst du, es geht hier um Organschmuggel in Form von Blutkonserven?"

„Also Organraub kann es nicht sein. Die Toten waren noch relativ jung. Sie hatten genug gesunde Organe, die man ihnen ebenfalls hätte entnehmen und kommerziell verwerten können. Allerdings sind Blutkonserven derzeit gesucht und nach ihrer korrekten Behandlung kann niemand mehr nachweisen, wem sie gehörten."

„Das macht die Suche nach dem Mörder nicht unbedingt einfacher, da wir ihm nur schwer die Morde werden nachweisen können."
„Das stimmt wohl", erwiderte Durmaz nachdenklich.
„Allerdings ist die Zahl seiner Kunden beschränkt. Das könnte man überprüfen. Vielleicht führen die uns auf die Spur des Mörders."
„Sie werden auch nicht gerade auskunftsfreudig uns gegenüber sein." Villeroi hatte sich auf den Fahrersitz seines Wagens gesetzt und den Zündschlüssel ins Schloss gesteckt. Durmaz zog nun auch ihre Tür zu und schaute nachdenklich durch die Windschutzscheibe, während Villeroi den Rückwärtsgang einlegte. Plötzlich bremste der Kommissar und sah seine Kollegin prüfend an. „Was geht dir durch den Kopf, Saliha?"
„Nun. Es könnte ja auch sein, dass es dem Mörder gar nicht um das Blut geht."
„Sondern?"
„Um die Tat an und für sich. Nach Erledigung dessen, was er glaubt, tun zu müssen, ist der Leichnam nur noch Ballast, den man entsorgen muss."
Villeroi fuhr wieder an, setzte den Wagen aus der Lücke, überquerte den Parkplatz und fädelte sich in die Parkstraße in Richtung Frankfurter Straße ein. „Das wäre schlecht", meinte er schließlich.
Durmaz nickte. „Er würde erst aufhören, wenn wir ihn erwischten."
„… und es wäre kein Vampir."

Die Parkplätze der Hochhausanlage im Buchrainweg waren durch eine Schranke versperrt. Sie stellten den Dienstwagen am Straßenrand ab und begaben sich auf die Suche nach den Eingängen.
Mehrere Stufen führten zu einer Stahltür mit einer großen, armierten Glasscheibe. Villeroi suchte die Klingelschilder ab, bis er eines fand, auf dem drei Namen standen: Benetti, Smolek, Weiß. Villeroi klingelte.

Nach einer Weile meldete sich eine verschlafene, männliche Stimme: „Ja?"
„Polizei. Wir möchten gerne zu Herrn Smolek."
„Silvio ist nicht da."
„Könnten Sie uns dennoch freundlicherweise hereinlassen."
Es entstand eine kleine Pause, ehe der Bewohner zögerlich erwiderte: „Ich weiß nicht ..."
Villeroi atmete tief ein, während Durmaz rückwärts die Stufen hinabstieg und die Fenster über ihnen beobachtete. Dann meinte der Kommissar: „Sind Sie Herr Benetti?"
„Nee. Ich bin Matthias" und nach einer kleinen Pause des Nachdenkens: „Matthias Weiß."
„Also, Herr Weiß. Mein Name ist Oberkommissar Villeroi. Ich bin mit meiner Kollegin Oberkommissarin Durmaz hier. Wir sind nicht auf der Suche nach Drogen oder illegalen Internetdownloads. Wir würden uns nur gerne mit Ihnen über Ihren Mitbewohner Herrn Smolek unterhalten. Und, wenn irgend möglich, würden wir das gerne drinnen tun. Hier draußen ist es nicht nur recht ungemütlich, sondern zudem kann auch jeder Hausbewohner hören, was wir zu besprechen haben."
„Ich kann Ihnen nichts über Silvio sagen. Ich wohne erst seit zwei Monaten hier."
Villeroi warf einen weiteren Blick auf das Klingelschild. Der Name Weiß war tatsächlich später hinzugefügt worden. Dieser Matthias Weiß war ein harter Brocken.
„Ist Herr Benetti vielleicht zu Hause?"
„Klara ist auch nicht da."
Der Dritte in der Wohngemeinschaft war also eine Frau, dachte Durmaz, während sie weiterhin vergeblich die Fenster beobachtete. Nirgendwo erschien ein verdächtiges Gesicht. Obwohl der Fundort der ersten Leiche Luftlinie keine 200 Meter entfernt war, schien niemand in der Nachbarschaft etwas mitzubekommen – oder mitzubekommen wollen. Auch in der Etage, in der die Wohnung von Smolek lag, blieb alles ruhig.
„Sind die beiden zusammen weggegangen?", hörte sie Villeroi schließlich fragen.

„Ja. Gestern Abend. Kann sein, dass sie bei Flo übernachtet haben."
„Floh?"
„Florian Busche", meinte Weiß. „Das ist einer der Kommilitonen der beiden. Die üben manchmal zusammen für Klausuren."
„Wo wohnt Flo?"
„Warten Sie ..."
Durmaz schüttelte den Kopf. Dieser Weiß war bereit, ihnen Smoleks ganzes Leben durch die Sprechanlage auszubreiten – soweit es ihm bekannt war. Nur hereinlassen wollte er die beiden Polizisten nicht. Irgendetwas stimmte da doch nicht. Während sie noch überlegte, was es Verdächtiges in der Wohnung des Opfers geben mochte, was die Polizei nicht sehen durfte, gab Weiß durch die Wechselsprechanlage Villeroi die Adresse dieses Busche weiter.
„Danke", meinte Villeroi schließlich. „Wir werden allerdings mit einem Durchsuchungsbefehl wiederkommen."
„Gut", erwiderte die verschlafene Stimme am anderen Ende. „Ich werde mit Klara und Silvio klären, ob wir Polizisten einfach so in unsere Wohnung lassen dürfen."
„Tun Sie das. Auf Wiedersehen."
Ohne den Gruß des Bewohners abzuwarten, stieg Villeroi schließlich die Stufen der Freitreppe zu Durmaz hinunter.
„Warum hast du ihm nicht gesagt, dass Smolek tot ist", meinte Durmaz, als sie zurück zu Villerois Wagen gingen.
„Ich habe das Gefühl, dass es gut ist, wenn wir diesen Herrn Weiß noch ein wenig schmoren lassen."

Die Adresse, die Weiß Villeroi gegeben hatte, führte die Kommissare zu einem Wohngebäude auf der Senefelderstraße. Als Villeroi von der Marienstraße einbiegen wollte, musste er feststellen, dass die Straße nur noch für Fahrradfahrer und Anlieger geöffnet war. Er sah Durmaz kurz fragend an.
„Irgendeine neue Idee aus dem Stadtrat", meinte die Kommissarin schulterzuckend.

„Der Effekt ist, dass der Verkehr auf die Parallelstraßen verschoben wird. Dort werden sich die Anwohner bedanken." Er bog ab und fuhr die Straße hinauf, immer einen Blick auf die Hausnummern werfend.
„Eng ist die Straße schon."
„Nicht enger als andere Straßen durch Wohngebiete", entgegnete Villeroi, als er den Wagen vorsichtig zwischen den Reihen der Parkenden und einem entgegenkommenden Auto hindurchbugsierte. „Man muss halt ein wenig aufeinander Acht geben."
„Hier ist es."
Villeroi hielt in zweiter Reihe und betrachtete das Wohnhaus auf der rechten Seite. „Sieht aus wie jedes andere."
„Was hast du denn erwartet? Ein großes Schild in einem der Fenster: Hier wohnt Flo Busche?"
„Wäre nicht schlecht gewesen", erwiderte Villeroi. „Aber für den Anfang hätte mir ein reservierter Parkplatz gereicht." Nachdenklich sah er die langen Reihen der auf beiden Seiten parkenden Fahrzeuge entlang.
„Hier wird's nichts geben. Fahr lieber hinter dem Fabrikgebäude nach links. Dann sollte links ein Kundenparkplatz von dem Supermarkt sein, der sich in dem ehemaligen Fabrikgebäude befindet."

Fünf Minuten später klingelte Villeroi an der Adresse, die Weiß ihnen gewiesen hatte. Busche war nicht der einzige Name, der dort geschrieben stand. Noch eine Wohngemeinschaft, schoss es Durmaz durch den Kopf.
Wahrscheinlich handelte es sich auch bei Busche um einen Studenten, genau wie bei Smolek und Stollwerck. Wenn das der Fall war, war vielleicht auch der Täter in diesem Milieu zu suchen. Oder er musste eine besondere Beziehung dorthin haben. Oder auch nicht, denn die Personen selber schienen ihn ja wenig zu interessieren, so achtlos, wie er die Leichname entsorgte.
Eine Männerstimme meldete sich: „Ja, bitte?"
„Polizei", antwortete Villeroi. „Wir hätten da ein paar Fragen an Sie. Dürfen wir reinkommen?"

„Wieso …? An mich? Worum …?" Die Stimme Busches war wesentlich unsicherer als die von Weiß. Ob die beiden etwas zu verbergen hatten?

„Wenn Sie uns hereinlassen würden, könnten wir das in Ruhe besprechen", warf Durmaz schnell ein.

„Ja … ehm … vierter Stock." Der Türöffner surrte.

Durmaz schaute an der Front hoch. Der vierte Stock musste ganz oben sein. Wahrscheinlich hatten die Hauseigentümer den Studenten mit den jüngsten Beinen das obere Stockwerk gegeben, weil das Haus sowieso keinen Aufzug hatte.

Zumindest darin sollte Durmaz recht behalten.

Als die beiden Polizisten am oberen Ende der Treppe ankamen, fanden sie einen sichtlich verwirrten, jungen Mann in der Wohnungstür vor. Villeroi und Durmaz zogen sofort ihre Dienstausweise heraus, um ihre Aussage zu bestätigen.

„Sie sind Herr Busche?", fragte Villeroi.

Der Fremde nickte geistesabwesend.

„Dürften wir kurz reinkommen?", hakte Durmaz nach.

Unsicher trat Busche beiseite und ließ die beiden Kommissare eintreten. „Zum Gemeinschaftsraum geht es dort links entlang", meinte er und streckte die rechte Hand aus.

Durmaz und Villeroi betraten ein Zimmer, dessen Tisch, Stühle und Kommoden mit Büchern belegt waren. Nur ein Stuhl und die Stelle auf dem Tisch unmittelbar vor diesem Stuhl waren frei. Fragend sah Durmaz sich zuerst um und dann Busche an.

„Ich übe für die nächste Klausur." Busche zog entschuldigend die Schultern hoch. Dann räumte er seinen Gästen zwei Stühle frei, indem er die Bücher auf dem Boden daneben stapelte.

„Wir wollten mit Ihnen über Herrn Smolek sprechen", begann Durmaz, nachdem sie Platz genommen hatten.

„Silvio?"

Durmaz nickte. „Sie kennen Herrn Smolek?"

„Wir studieren Medizin. Im gleichen Semester. Vorgestern war er hier. Was ist mit ihm?"

„Herr Busche, wir müssen ihnen leider mitteilen, dass Herr Smolek verstorben ist."
Busches Gesichtsausdruck schien wirkliche Überraschung widerzuspiegeln. „Was ... was ist passiert?"
„Das wissen wir leider nicht genau. Gestern Morgen wurde seine Leiche gefunden. Sie waren am Tag vorher noch mit Herrn Smolek zusammen?"
Busche nickte. „Zuerst haben wir geübt. Aber das hat nicht vernünftig geklappt. Also haben wir uns noch mit ein paar anderen Kommilitonen getroffen und ein wenig getrunken und uns unterhalten. Silvio war eigentlich den ganzen Tag gut drauf."
„Und Sie nicht..." Durmaz warf einen schnellen Seitenblick auf Villeroi, der damit beschäftigt war, die Bücher zu betrachten, die neben seinem Stuhl auf dem Boden gestapelt worden waren.
„Wie kommen Sie darauf?"
Durmaz blickte auf.
Busche sah sie fragend an.
Es bedurfte nur einiger weniger Augenblicke, bis Durmaz den Faden wieder gefunden hatte. „Sie sagten gerade, dass es mit dem Üben nicht so richtig klappte. Da bin ich davon ausgegangen, dass einer von Ihnen beiden nicht so gut drauf war. Und wenn Sie schon sagten, dass das nicht für Herrn Smolek galt, so bleiben nur Sie übrig."
Busche nickte. „Ich habe die Kneipe auch bald verlassen."
„Und was heißt bald?"
Busche schaute auf einen imaginären Punkt jenseits der gegenüberliegenden Wand. „Vielleicht halb neun oder neun."
„Das ist sehr früh."
Der Angesprochene nickte bestätigend. „Wie gesagt: Ich war halt nicht so gut drauf." Irgendwie schien er sich zu entspannen.
„Dann waren Sie also nicht der Letzte, der Herrn Smolek lebend gesehen hat." Als sie den Faden wieder aufgriff, warf Durmaz noch einen Seitenblick auf ihren Kollegen. Villeroi

war noch immer mit dem Durchblättern der Bücher beschäftigt. Fast hatte sie den Eindruck, dass er von dem Verhör nichts mitbekam.

Busche lachte zur Antwort auf die Frage der Kommissarin gequält auf. „Sicher nicht. Ich war ja einer der Ersten von denen, die die Kneipe verlassen haben."

„Welche Kneipe war das?"

Der Name, den Florian Busche nannte, sagte der Kommissarin nichts. Fragend schaute sie zu ihrem Kollegen.

Ohne aufzuschauen, entgegnete Villeroi: „Kenn ich. Ist direkt am Wilhelmsplatz, nahe der Pfeffermühle." Dann blätterte er scheinbar interessiert weiter.

Durmaz wunderte sich, dass Villeroi offensichtlich dem gesamten Verhör gefolgt war, ohne sich etwas anmerken zu lassen. Ob das eine neue Strategie war? Da er jedoch keinerlei Anzeichen machte, nun das Gespräch zu übernehmen, fuhr sie fort:

„Und dann bräuchten wir noch die Namen und Anschriften Ihrer Begleiter – beziehungsweise derer, in deren Gesellschaft Sie Herrn Smolek zurückgelassen haben."

„Ich habe Silvio nicht zurückgelassen." Zum ersten Mal begehrte Busche empört auf. „Ich habe die Party nur ziemlich früh verlassen, weil mir nicht danach war."

„Party? Gab es etwas zu feiern?"

„Party … Meeting … Treffen … Mir egal, wie Sie das nennen wollen."

„Also gab es nichts zu feiern."

Busche fiel wieder in sich zusammen und schüttelte den Kopf.

„Gut. Dann bräuchte ich die Liste. Sie sollte möglichst vollständig sein. Natürlich mit Adressen. Und wenn Sie mir freundlicherweise noch den Namen der Lokalität, in der Sie sich getroffen haben, und die Uhrzeit, zu der Sie diese wieder verlassen haben, dazuschreiben würden, dann hätten wir, glaube ich, alle Informationen für die weiteren Untersuchungen zusammen."

Busche nickte resigniert und begann, eine Liste von Namen mit Adressen auf dem Block, der vor ihm lag, zu notieren.

Durmaz sah sich währenddessen im Zimmer um. Ihr Blick fiel auf die Bücherstapel. Interessiert las sie die Titel. „Sie studieren Medizin?"
Busche nickte nur und schrieb weiter.
„Und Sie sagten, dass Silvio Smolek im gleichen Semester wie Sie studierte?"
Wieder nickte Busche.
„Kennen Sie einen gewissen Dominik Stollwerck?" Es war ein Schuss ins Blaue. Durmaz wusste zwar, dass Stollwerck ebenfalls Student war, sie hatte aber bisher weder sein Studienfach noch sein Semester herausbekommen.
Doch Busches emotionsloses Kopfschütteln sagte ihr, dass dieser Schuss daneben gegangen war. Wäre auch zu schön gewesen ...
„Wobei Sie uns vielleicht noch helfen könnten ...", meinte Durmaz, als sie endlich die Liste in Händen hielt. „Kennen Sie zufällig die näheren Angehörigen von Herrn Smolek."
Busche schüttelte langsam den Kopf.
„Wieso? Ich dachte, Sie wären Freunde gewesen?"
„Na ja. Freunde ist vielleicht ein wenig übertrieben. Wir sind Kommilitonen. Ich würde das eher als Kollegen bezeichnen. Kennen Sie die näheren Angehörigen Ihres Kollegen?"
Für einen Moment dachte Durmaz über die Frage Busches nach. Kannte sie jemanden aus Villerois Familie? Seine Freundin oder Lebensgefährtin? Hatte er überhaupt eine Lebensgefährtin? Offen gesagt, hatte sie keinen Schimmer. Sie schüttelte den Kopf.
„Sehen Sie", erwiderte Busche daraufhin, weiterhin ohne eine Gefühlsregung in der Stimme.
„Haben Sie Silvios Adresse? Ich kann sie Ihnen auch noch aufschreiben. Vielleicht finden Sie in seinem Zimmer etwas ..."
„Danke", erwiderte Durmaz und erhob sich. „Wir kennen die Adresse von Herrn Smolek. Wir haben bereits versucht, dort hineinzugelangen."
Plötzlich huschte ein Lächeln über Busches Gesicht. „Haben Sie mit Mattes gesprochen? Nun ja. Der ist ITler."

Die Art, wie Busche das Wort aussprach, hätte nicht anders geklungen, wenn er Orang-Utan gesagt hätte.
Durmaz hakte schnell nach. „Das heißt …"
„Als ITler hat er ein gespaltenes Verhältnis zur Polizei."
„Wie meinen Sie das? Ist er Hacker?"
„Ich glaube, das weiß niemand so genau."
„Glauben Sie, er hätte Smolek umgebracht?"
Busche schüttelte energisch den Kopf. „Der ist ein Nerd. Ich weiß gar nicht, ob er im vergangenen Monat überhaupt die Wohnung verlassen hat."
„Ist er kein Student wie Smolek? Muss er nicht zu Vorlesungen?"
Wieder schüttelte Busche den Kopf. „Steht alles im Internet. Ich glaube, die machen sogar einige ihrer Klausuren im Internet. Ich habe keine Ahnung, wie das funktionieren soll …"

Als Durmaz sich von Busche verabschiedete, legte auch Villeroi das letzte Buch weg, stand auf und gab dem Studenten die Hand. Dann verließen sie die Wohngemeinschaft und stiegen die Stufen zur Senefelder Straße hinunter.
Erst, als die Haustür hinter den Kommissaren ins Schloss fiel, meinte Durmaz: „Was war eigentlich mit dir los? So schweigsam kenne ich dich ja gar nicht. Zumindest nicht während eines Verhörs."
„Hast du dir die Bücher angesehen, die da rumlagen? Weißt du, womit sich unser Freund hier beschäftigt?"
Durmaz nickte. „Klar. Mit Medizin."
„Ja. Mit Blut und mit Mord."
Durmaz blieb unvermittelt stehen und schaute ihren Kollegen fragend an.
„Ja. Da waren so Aufgaben wie: Woran erkennt man bei einer strangulierten Frau, ob es sich um Mord oder Selbstmord handelt? Wie lange braucht es, bis sich bei einer Leiche Totenflecken bilden? Wie viel Liter Blut hat ein menschlicher Körper?"
„Doktor Brandtner würde sich darüber sicherlich freuen."

„Ich werde meine Erkenntnisse gerne mit ihm teilen. Sicherlich wird er mir zustimmen, wenn ich sage, dass dieser Busche und seine Freunde für mich an oberster Stelle der Verdächtigen stehen."
„Und wie passt Stollwerck da hinein."
„Das werde ich noch rauskriegen. Nichtsdestotrotz haben wir jetzt endlich mal einen Verdächtigen."
Durmaz schüttelte nachdenklich den Kopf. Diese Spur schien ihr doch sehr offensichtlich.

*

Es klingelte, als Lars Hellweg gerade eine Flasche Bier aus dem Kühlschrank geholt hatte. Er ergriff den Flaschenöffner und ging zur Wohnungstür. Nachdem er kurz durch den Türspion gespäht hatte, öffnete er.
„Anna. Schön, dass du kommen konntest."
„Du hast gesagt, es gäbe Bier", meinte die junge Frau. Ihr Blick fiel auf die Flasche in der Hand des Gastgebers. Sie ergriff sie, meinte „Danke" und ging an Lars vorbei in den Aufenthaltsraum der Wohngemeinschaft.
„Charmant wie immer", erwiderte dieser und folgte ihr. Er reichte der jungen Frau, die bereits ihre Jacke ausgezogen und sich auf die Couch gefläzt hatte, den Flaschenöffner und ging zum Kühlschrank.
„Was gibt's so Wichtiges?" Das Plopp des Kronkorkens ging in ihrer Frage fast unter.
Lars hielt eine weitere Flasche Bier in der Hand, als er sich umdrehte. „Eigentlich wollte ich damit warten, bis die anderen da sind. Es geht um Dominik."
„Klar. Dominik", entgegnete Anna und setzte die Flasche an. „Was ist mit ihm?"
„Bekommst du überhaupt noch etwas mit, Anna?" Ein weiteres Klingeln kündigte den nächsten Besucher an. Lars ging zur Tür, um zu öffnen. „Alex. Schön, dass du da bist."
Ein junger Mann trat ein, betrachtete Lars nachdenklich. „So früh am Morgen und du hast bereits eine Flasche Bier in der Hand?"

„Es ist bereits nach Mittag", kam es aus dem Gemeinschaftsraum. „Und Bier ist ein Grundnahrungsmittel."
„Dass das von dir kommen musste, war mir klar, Anna." Der Neuankömmling ging nun ebenfalls an Lars vorbei, zog seine Jacke aus, warf sie über einen Sessel und setzte sich. „Hast du auch Cola, Lars?"
Der Angesprochene ging erneut zum Kühlschrank, holte eine weitere Flasche heraus, reichte sie Alex und nahm den Flaschenöffner in Empfang, den Anna ihm reichte.
„Wer fehlt noch?", fragte Alex.
„Karin. Sie sollte jeden Augenblick kommen."
„Hat sie dir geantwortet?"
Lars schüttelte den Kopf.
„Mir auch nicht", erwiderte Alex und nahm einen kräftigen Schluck aus seiner Flasche.
„Du hast ihr auch geschrieben? Wann?"
„Heute Morgen. Aber sie hat meine Nachricht noch nicht gelesen – zumindest nicht, eh ich herkam." Alex fingerte sein Handy hervor und schaltete es ein.
„Das ist seltsam. Sie ist doch sonst nicht so."
„Vielleicht ist der Akku leer."
„Bei Karin?" Zweifel lag in Lars Stimme.
Doch Alex zog nur die Schultern hoch.
„Ich geb ihr noch zehn Minuten", warf Anna ein.
„Worum geht's eigentlich?" Alex sah fragend in die Runde.
„Dominik", erklärte Anna.
„Dominik? Den habe ich seit Tagen nicht mehr gesehen."
„Darum geht es." Lars hatte nun ebenfalls einen Sessel in Beschlag genommen. „Dominik ist verschwunden."
„Das heißt …?"
„Weg. Futsch. Seit jenem Abend hat ihn niemand mehr gesehen. Ich war sogar in seinem Zimmer, aber da sieht es noch genauso aus wie vor drei Tagen."
„Vielleicht hat er einfach keine Lust mehr gehabt, sich eure Gesichter anzusehen", warf Anna ein.
„Vielleicht hast du ihm auch zu viel Müll erzählt", entgegnete Alex.
„Ausgerechnet. Du …"

„Hört mal auf mit dem Blödsinn. Macht ihr euch eigentlich keine Gedanken?", unterbrach Lars.
Die beiden sahen sich an und erwiderten: „Nee. Eigentlich nicht." Und Anna fügte hinzu: „Mensch, Lars. Dominik ist über 18. Der weiß schon, was er tut."
„Wenn ihm nichts zugestoßen ist. Ich hatte gestern Abend in der Pfeffermühle noch mit Karin gesprochen. Sie macht sich auch Sorgen."
„Karin, die Mutter der Nation." Anna lachte.
„Na ja. Vielleicht hat sie ja etwas herausgefunden und ist deswegen so spät dran." Demonstrativ sah Alex auf die Zeitangabe seines Handys. „Meine Nachricht hat sie übrigens immer noch nicht aufgemacht."
Anna grinste. „Vielleicht sind die beiden auch gerade zusammen und lachen sich scheckig, wenn sie darüber nachdenken, dass wir hier zusammensitzen und uns Gedanken darüber machen, was ihnen zugestoßen sein könnte."
„Schick ihr noch ein Fragezeichen", meinte Lars schließlich. „Vielleicht meldet sie sich ja dann. Vielleicht hat sie ja nur ihr Handy auf leise gestellt gehabt. Ich habe allerdings kein gutes Gefühl."
Alex aktivierte sein Handy erneut und gab ein Fragezeichen in der entsprechenden App ein. Doch auch diese Nachricht blieb ungelesen.

Hafeninsel

Träge flossen die grauen Fluten des Mains unter ihnen gen Frankfurt. Dichtes Gestrüpp und Müll versperrten den Blick von dem kleinen Weg, der zwischen den Hochhäusern und dem Fluss entlangführte, auf das Fechenheimer Ufer.
„Hast du ihn gefunden?" Ein Anflug von Unruhe schwang in der Stimme des rothaarigen Jungen mit.
Sein Freund war bereits ein Stück die steile, mit dichtem Baum- und Strauchwerk bewachsene Uferböschung hinuntergestiegen. Er achtete nicht auf das, was der andere ihm sagte.

„Pass auf, dass du nicht abrutschst. Dann landest du im Main."

Wieder erwiderte der andere nichts. Unbeirrt hangelte er sich weiter hinunter. Obwohl er zu Anfang den Eindruck vermittelt hatte, dass ein Abstieg keine große Sache sei, hatte der rothaarige Junge weiter oben auf dem Weg mittlerweile den Eindruck, dass auch sein Freund ein wenig ängstlich geworden war. Dessen Schritte waren längst nicht mehr so sicher, seine Handgriffe längst nicht mehr so fest wie noch vor wenigen Minuten.

„Willst du nicht lieber zurückkommen?"

Diesmal antwortete der andere. Seine Stimme klang barsch, allerdings mit einem Unterton, der nur wenig Zweifel an seiner Angst ließ. „Ich bin doch kein Feigling! Was soll schon passieren?!"

Genau das wollte sich der rothaarige Junge nicht ausmalen. Stattdessen fragte er erneut nach: „Hast du ihn schon gesehen?"

„Von hier aus kann ich nichts erkennen. Bin ich hier richtig?"

„Vielleicht ein wenig weiter nach links", gab der Rothaarige zurück.

„Vielleicht? Ein wenig genauer wäre schon hilfreich."

„Ich kann den Ball auch nicht sehen."

„Aber du weißt, wo er ungefähr hingerollt ist, oder?"

Der Rothaarige schluckte. In der Hektik nach dem Schuss seines Freundes, der von der Hauswand hinter ihm abgeprallt war, hatte er wieder einiges vergessen. Aber sein Freund zählte auf ihn. Also meinte er: „Natürlich. Ein Stück weiter links!" Er legte so viel Überzeugungskraft in seine Stimme, wie ihm möglich war.

Für einen Moment blieb der andere stehen, sah zu ihm herauf.

Der Rothaarige winkte hektisch in die angegebene Richtung. Daraufhin nahm der andere wieder seinen Weg auf, ein wenig zielstrebiger und paralleler zum Wasser.

„Ich glaube, ich kann ihn sehen", hörte der Rothaarige seinen Freund rufen. „Da vorne blinkt etwas weiß."

Er atmete auf. Bald hätten sie es geschafft. Und ihre Eltern würden nichts bemerken. Sie hatten ihnen verboten, auf dieser Seite der Wohnblocks Fußball zu spielen. Instinktiv drehte er sich um und betrachtete die Hauswand. Keines der Fenster stand offen. Natürlich nicht. Sie ließen sich ja auch nicht öffnen. Aber hinter den Glasscheiben konnte er auch niemanden sehen, der sie beobachtete.
Ein Aufschrei ließ ihn wieder herumfahren.
„Da ... da ..." Der Freund unter ihm wedelte wild mit den Armen.
„Hast du den Ball?"
„Da ist ..." Der andere war gestürzt. Wie wild versuchte er, auf Händen und Füßen den Hang zu erklimmen. Doch er rutschte immer wieder auf dem Blattwerk und dem lockeren Erdreich weg und immer weiter dem Wasser entgegen.
Plötzlich schrie er: „Hilfe! Hilf mir!" Mit einer schnellen Bewegung ergriff er einen der jungen Stämme, der sich bedrohlich unter der Last bog. Aber er hielt. „Hilf mir!"
Der Rothaarige überlegte nicht lange. Mit einem schnellen Sprung landete er auf der schrägen Böschung und schlitterte den Hang hinunter, bis er kurz oberhalb des Freundes zum Stehen kam. Auch er griff nach dem ihn umgebenden Astwerk, um Halt zu bekommen. Dann reichte er dem anderen die Hand, der sie froh ergriff und sich hochziehen ließ.
Mit einem Mal konnte der Rothaarige in das Gesicht seines Freundes schauen. Dankbarkeit stand in seinen Augen geschrieben – und eine unbeschreibliche Angst.
„Was ist ...?" Er kam nicht weiter. Sein Blick glitt am Gesicht des Freundes vorbei und traf ein wenig unterhalb auf den Müll, der sich im Gestrüpp kurz oberhalb des Wassers gesammelt hatte. Er versuchte gar nicht erst zu erkennen, was da alles herumlag, denn ganz klar war, in dem Abfall ein Gesicht zu erkennen, ein bleiches Gesicht eines Zombies mit langen Haaren, das ihn unverwandt anstarrte.
„Schau sie nicht an", flüsterte der andere. Seine Hand begann zu zittern. „Schau ihr nicht in die Augen!"
Doch der Rothaarige konnte den Blick nicht abwenden.

„Schau ihr nicht in die Augen. Das ist ein Banshee, ein Totengeist. Sie wird dich mitnehmen, wenn du sie anschaust." Die Stimme des Freundes, der noch immer an seiner Hand hing, war kaum zu vernehmen.
Der Blick des Rothaarigen war unbeirrt auf den Müllhaufen gerichtet, während es in seinem Kopf hämmerte: Dreh dich um! Verschwinde!
Doch er konnte sich nicht bewegen.
Dann, endlich, spürte er den Ruck, der sich von seiner rechten Hand aus durch den Körper bewegte und schließlich seinen Kopf in eine ungewohnte Kippbewegung brachte. Blitzartig wandte er sich ab, sah wieder den Freund an. „Was …?"
„Wir müssen weg, hier!" Die Stimme des Freundes war plötzlich laut, schrill und schrecklich präsent.
Mit aller Kraft zog er an seinem Arm. Er spürte, wie der Freund stolperte, vorwärts fiel, sich aufraffte, an seiner Hand festhielt und zu ihm hinaufkletterte. Er griff nach dem nächsten Ast, zog sich hoch, hielt den rothaarigen Freund fest und kletterte weiter, von Ast zu Ast, von Stamm zu Stamm, bis sie endlich den Weg am Fuß des Wohnblocks erreicht hatten.
Keuchend blieben die beiden Jungen auf dem Weg stehen, stützten sich auf ihren Knien ab.
„Scheiße", meinte der rothaarige Junge schließlich. „Lass uns abhauen."
„Und dein Ball?"
„Vergiss den Ball, Mann. Da ist ein Banshee!"
„Vielleicht …"
„Was heißt hier vielleicht? Du hast es selber gesagt."
„Kann sein", meinte der andere schließlich. „Auf jeden Fall sollten wir die Polizei rufen."
„Auf keinen Fall, Alter."

*

Anna war gerade gegangen und Lars Hellweg beseitigte die Spuren des Treffens. Mehrere leere Bierflaschen standen auf dem Couchtisch, der Kommode und dem Boden. Lars war froh, dass seine Freunde zumindest keine Ränder auf seinen Sitzmöbeln hinterlassen hatten.

Das Treffen war irgendwie frustrierend gewesen. Eigentlich hatte Lars sich erhofft, dass sie eine Lösung zu der Frage fänden, wo Karin und Dominik sich aufhielten. Nichts war dabei herausgekommen. Alle Versuche der Kontaktaufnahme zu den beiden blieben unbeantwortet. Und Lars hatte nicht unbedingt das Gefühl, dass die anderen das sonderlich irritierte. Außer vielleicht Anna.

Lars schlug die Kissen aus und öffnete das Fenster. Auf der Straße darunter war nicht viel Verkehr. Dafür stank es in der Wohnung. Ein wenig Durchzug konnte nicht schaden. Ein dunkler Opel Astra fuhr vor, erhaschte eine Parklücke unmittelbar unter dem Wohnungsfenster und rollte hinein. Eine Frau stieg aus und ließ die Zentralverriegelung kurz aufblinken.

Lars Hellweg stutzte. Für einen Moment war er sich unsicher, doch der Weg, den die Frau einschlug und der sie unmittelbar zum Eingang dieses Hauses führte, lehrte ihn eines Besseren: Das war die Polizistin, die bereits am Vortag an seiner Wohnung gewesen war. Was wollte die hier?

Egal. Es konnte auf keinen Fall etwas Gutes sein.

Er beobachtete, wie die Polizistin einen der Klingelknöpfe drückte und das Haus betrat. Schnell schloss er das Fenster wieder und eilte auf Zehenspitzen durch die Wohnung, um alle Lichter zu löschen. Dann huschte er zur Eingangstür und hielt vorsichtshalber schon einmal die Hand vor den Türspion, damit dieser von außen dunkel erschien und man nicht erkennen konnte, wenn jemand hindurchspähte.

Lars hörte bereits die Stimme des neugierigen Alten, der die Wohnung schräg gegenüber hatte: „Guten Tag, Frau Polizistin. Schön, dass Sie da sind. Die hatten vorhin erst eine Feier in der Wohnung. Würde mich wundern, wenn jetzt niemand mehr da ist. Aber vielleicht sind sie ja auch auf eine andere Feier gegangen. Bei den Studenten weiß man ja nie, wo die sich herumtreiben."

Dann hatte der Alte also die Polizei gerufen, schoss es Lars durch den Kopf.

„Deswegen bin ich nicht da, Herr ...", hörte er die Polizistin sagen. Ihre Stimme war dunkel, dunkler als die des Nachbarn.

„Ich weiß. Ich hab Sie ja auch nicht anrufen können, Frau Polizistin. Sie hatten ja damals keine Visitenkarten dabeigehabt."

„Stimmt", entgegnete die Frau.

„Aber vielleicht haben Sie heute Visitenkarten, damit ich Sie anrufen kann, wenn wieder etwas los ist, in der Nachbarwohnung."

Polizeispitzel, schoss es Lars durch den Kopf. Er biss die Zähne zusammen, um nicht etwas Unfreundliches zu sagen. An seiner Stelle antwortete die Polizistin wesentlich freundlicher. „Ich denke nicht, dass das nötig ist, Herr ... Hatten Sie eigentlich wegen der Feier in der Wohnung die Polizei angerufen?"

„Nee, Frau Polizistin, so etwas mache ich nicht. Obwohl der Krach manchmal unausstehlich ist."

„So, wie heute?"

„Nee. Da war fast nichts zu hören, Frau Polizistin."

„Und woher wussten Sie dann von der Party?"

Für einen Moment war alles still, während Lars darüber nachdachte, wie der Nachbar von dem kleinen Zusammentreffen erfahren haben konnte.

Dann antwortete der Mann: „Man hört doch, wenn Leute über den Flur laufen. Das Haus ist recht hellhörig. Man hört sogar, in welche Wohnung sie gehen."

Lars dachte kurz nach. Er hatte nie gehört, wenn jemand über den Hausflur lief, wenn er selber nicht zufällig vor der Wohnungstür stand. Aber das war vermutlich der Knackpunkt. Es musste ja nicht unbedingt Zufall gewesen sein, dass der Herr Nachbar hinter der Wohnungstür stand. Lars nahm sich vor, zukünftig ein wenig vorsichtiger zu sein, wenn er ein unauffälliges Treffen veranstalten wollte.

Plötzlich klingelte es an der Wohnungstür. Lars zuckte unwillkürlich zusammen. Doch er bewegte sich nicht, atmete

so flach, dass er sich selber nicht hören konnte. Nur das dünne, hölzerne Türblatt trennte ihn von der Polizistin. Und er hatte wirklich kein Interesse, ihr gegenüberzutreten – schon gar nicht, wenn dieser eingebildete Nachbar zusah.
Es klingelte ein zweites Mal, nun ein wenig länger. Lars verharrte reglos hinter der Tür. Dann hörte er die Stimme seines Nachbarn: „Sie sind da. Bestimmt, Frau Polizistin. Vielleicht liegen sie alle besoffen auf der Coach und können deswegen nicht aufmachen."
So ein Mistkerl, schoss es Lars durch den Kopf. Er musste sich dessen Sprüche merken.
„Na, Herr … Kennen Sie sich in der Wohnung Ihrer Nachbarn aus? Waren Sie bereits dort drinnen?"
„Natürlich nicht, Frau Polizistin." Die Stimme des Nachbarn klang entsetzt.
Plötzlich schlug die Frau mit der Faust gegen das Türblatt.
„Herr Mayer! Herr Hellweg! Bitte öffnen Sie die Tür."
Arne! Wo war Arne? Natürlich. Er hatte die Wohnung mit den anderen zusammen verlassen und war noch in irgendeine Kneipe gegangen. Was für ein Glück, dachte Lars, dass er nicht auch noch dafür sorgen musste, dass sein Mitbewohner sich ruhig verhielt. Hoffentlich verzog diese Polizistin sich bald!
„Herr Mayer! Herr Hellweg! Ich weiß, dass Sie da drinnen sind. Machen Sie bitte auf."
„Soll ich den Schlüsseldienst holen? Nein. Warten Sie. Ich glaube, der Hausmeister hat zu jeder Wohnung Ersatzschlüssel. Wo habe ich nur seine Nummer?" Die Stimme des Nachbarn wurde leiser, als ginge er zurück in seine Wohnung.
„Warten Sie!", hörte er die Polizistin sagen. Er vernahm Schritte im Flur. Auch sie schien sich zu entfernen. „Warten Sie, Herr … Das werden sie jetzt besser nicht tun."
„Was?"
„Den Hausmeister anrufen."
„Wieso? Wenn Sie doch da hineinmüssen … Im Fernsehen holt die Polizei auch immer einen Schlüsseldienst oder einen Hausmeister, um in eine Wohnung zu kommen."

„Oder sie verschaffen sich auf andere Art Zugang."
„Das wäre ja illegal, Frau Polizistin."
„Genau. Und das wäre es auch, wenn der Hausmeister die Wohnungstür öffnen würde. Das ist eben der Unterschied zwischen dem Fernsehen und der Wirklichkeit, Herr ..."
„Aber wenn Sie doch in die Wohnung müssen ..."
„Sehen Sie. Damit fängt das Problem ja an. Ich muss ja gar nicht in die Wohnung. Ich muss ja nur mit den Bewohnern reden."
„Das können Sie ja, wenn die Wohnungstür offen ist", fuhr der Alte fort. „Und Sie können doch auch die Wohnungstür öffnen, wenn es gefährlich ... ich meine ... wie heißt das denn?"
„Gefahr im Verzug?"
„Genau."
„Ist hier aber nicht."
„Riechen Sie das auch? Es riecht nach Gas!"
„Herr ...! Hier riecht nichts."
„Hat da nicht gerade einer um Hilfe gerufen?"
„Herr ...! Es reicht!"
Lars hörte, wie die Schritte sich weiter entfernten und in Richtung des Treppenhauses gingen.
„Warten Sie. Sie können doch nicht einfach ..."
Dann erstarb auch die Stimme des Nachbarn. Im Flur war es mit einem Mal totenstill. Noch benommen von dem soeben Gehörten blieb Lars hinter der Wohnungstür stehen und lauschte. Irgendwo in seiner Wohnung brummte der Kühlschrank. Dann knallte die Wohnungstür seines Nachbarn ins Schloss.
Irgendwie tat der Mann ihm leid. Was dieser Mensch wollte, war ihm, war ihnen schon lange klar. Aber was wollte diese Polizistin von ihnen?

*

„Und?"
Saliha Durmaz glaubte, eine Spur Ironie in Villerois Stimme zu hören, als sie die Bürotür hinter sich ins Schloss fallen ließ.
„Wie war dein Besuch bei Stollwerck?"
Durmaz zog ihre Outdoor-Jacke aus und warf sie über die Rückenlehne ihres Schreibtischstuhls, dass die Tasche mit dem Schlüsselbund lautstark auf den Boden aufschlug.
„Ach. So schlimm?"
„Ein voller Erfolg", entgegnete sie und ließ so viel Ironie in ihrer Stimme mitschwingen, wie sie glaubte, zur Verfügung zu haben. „Hör mir auf. Mindestens einer der Bewohner musste da sein. Es hat allerdings niemand aufgemacht."
„Vielleicht haben sie dich nicht gehört."
„Sicherlich haben die mich gehört." Die Kommissarin ließ sich auf ihren Stuhl fallen, atmete tief durch und schaltete den Computer ein. „Ich habe mich schon bemerkbar gemacht. Aber die haben auf Durchzug gestellt. Aber das Beste war dieser Nachbar."
„Der, den du bereits beim letzten Mal getroffen hast?"
Durmaz nickte. Das BIOS war hochgefahren und die Kommissarin meldete sich an. „Genau der. Der wollte doch unbedingt in die Wohnung der drei …"
Villeroi zog überrascht die Augenbrauen hoch.
„Zuerst hat er mir angeboten, den Hausmeister zu rufen. Und dann kam er mit immer obstruseren Vorschlägen, warum wir unbedingt in die Wohnung müssten."
„Gefahr im Verzug?", mutmaßte Villeroi.
Durmaz nickte.
„Lass mich raten: Gasgeruch? Stöhnen? Hilferufe?"
Durmaz nickte erneut. „Ungefähr in der Reihenfolge."
„Das nenn ich beharrlich." Villeroi lachte. „Aber am Ende sind wir bezüglich der Befragung der Mitbewohner keinen Schritt weiter, oder?"
Durmaz schüttelte den Kopf. „Ich sage dir, Stefan: Irgendetwas ist mit denen nicht in Ordnung. Die haben irgendetwas zu verbergen."

„Das habe ich dir ja schon gesagt, als wir den Freund von dem zweiten Opfer besucht haben." Villeroi hatte den Stift aus der Hand gelegt und betrachtete die Kollegin, deren Schreibtisch dem seinen genau gegenüberstand. „Dieser Busche kam mir ebenfalls verdächtig vor. Sein Verhalten war auch so, als habe er etwas zu verbergen."

„Aber wenn die alle etwas zu verbergen haben, dann muss es auch eine Verbindung zwischen ihnen geben. Ansonsten wäre es sehr unwahrscheinlich, dass beide auf die gleiche Art und Weise zu Tode gekommen sind – insbesondere, da es sich um solch eine ausgefallene Mordmethode handelt."

„Und dann die Bücher, die überall in der Wohnung herumlagen …"

„Aber das könnte Zufall sein. Dieser Hinweis war nicht sehr eindeutig", warf Durmaz ein.

„Du glaubst ihm diese Geschichte von dem Student in Prüfungsvorbereitung."

„Eigentlich schon. Aber das ließe sich leicht überprüfen. Wir müssten nur in der Goethe-Uni anrufen und fragen, in welcher Fakultät dieser Busche eingeschrieben ist und welche Prüfungen ihm gerade bevorstehen. … Wobei … Auch dieser Dominick Stollwerck und seine Mitbewohner scheinen ja Studenten zu sein. Zumindest behauptet das der nervige Nachbar."

Villeroi horchte auf. „Hat er auch gesagt, was die studieren?"

Durmaz lachte. „Hat er nicht. Und selbst, wenn er es hätte, würde ich das anzweifeln. Ich glaube nicht, dass der den Unterschied zwischen Pharmazeutik und Medizin kennt."

Villeroi nickte langsam. „Wenn die sich tatsächlich von der Uni kennen, dann hätten wir das Bindeglied", meinte er.

„Wenn die alle Medizin studieren, kann es sogar ein schiefgelaufenes Experiment sein."

„Zweimal schiefgelaufen?" Durmaz sah ihren Kollegen zweifelnd an.

„Warum nicht? Wenn man dem Ergebnis nicht vertraut …"

„Gut", meinte die Kommissarin schließlich. „Dann sollten wir uns die Arbeit teilen: Ich setze mich mit der Uni in

Verbindung und du nimmst dir noch einmal den Busche zur Brust."

„Okay. Ich schreib nur schnell die Notizen zu Ende. Dann fahr ich los."

Durmaz antwortete nicht. Sie war bereits im Internet auf der Suche nach dem Telefonnummernverzeichnis der Frankfurter Goethe-Uni. Es dauerte nicht lange, bis sie die Nummer der Sekretariate des Fachbereichs Medizin gefunden und gewählt hatte. Eine Frauenstimme meldete sich.

Nachdem die Kommissarin Namen und Anliegen vorgebracht hatte, war es plötzlich sehr still in der Leitung. Dann meinte die Stimme: „Da kann ich Ihnen leider nicht weiterhelfen."

„Jetzt sagen Sie nur noch, das fällt unter das Schweigegebot."

„Was? Nein. Das ist Unsinn. Studierende sind ja nicht unsere Patienten. Das fällt unter die DSGVO."

„DSGVO?"

„Datenschutzgrundverordnung der EU von 2018."

„Sie kennen sich aber genau aus", meinte Durmaz anerkennend.

„Ja. Darüber haben wir extra Lehrgänge gemacht. Ich halte zwar nicht sonderlich viel von diesem Gesetz, aber es ist nun mal ein Gesetz. Und Sie, als Polizistin sind doch verpflichtet, die Einhaltung der Gesetze zu überwachen."

Durmaz schluckte kurz. „Selbstverständlich." Sie war froh, dass Villeroi das nicht mitbekommen hatte. Oder gar Schulze. „Sie können mir also nicht sagen, ob diverse Studenten bei Ihnen eingeschrieben sind?"

„Nein."

„Auch dann nicht, wenn sie tot sind?"

„Dann schon, aber dafür bräuchte ich zuerst einen Beweis. Das verstehen Sie sicher."

„Das wäre kein Problem. Aber dafür müsste ich vorbeikommen, was sich sicherlich nicht lohnen würde, wenn Sie die Herren nicht kennen. Wie wäre es, wenn ich Ihnen einfach unverbindlich ein paar Namen nenne und Sie sagen mir, ob es sich für mich lohnen würde, mit dem Beweis dafür, dass der eine oder andere von denen verstorben ist, bei Ihnen aufzukreuzen."

Das Schweigen am anderen Ende der Leitung wertete die Kommissarin als Zustimmung.

„Also, bei uns liegt der Leichnam eines gewissen Dominick Stollwerck ..."

„Nie gehört."

„... und eines Silvio Smolek."

„Den Namen kenne ich."

„Und dann befürchten wir, dass deren Mitbewohner, ebenfalls Studenten, irgendwie in die Tötungen involviert sind. Ein Herr Florian Busche hat sich uns gegenüber als Medizinstudent ausgewiesen."

„Das kann ich bestätigen."

„Wahrscheinlich sind Ihnen dann die Namen Hellweg und Mayer noch nicht untergekommen."

Die Sekretärin lachte hell auf. „In Anbetracht der vielfältigen Schreibweise von Meier und des wirklich seltenen Vorkommens dieses Namens in Deutschland würde ich sagen: Ich kenne den."

„Und Hellweg?"

„Nie gehört."

„Gut", meinte Durmaz. „Ich stell Ihnen dann noch ein paar Papiere zusammen und komm im Laufe des Tages vorbei."

„Denken Sie bitte daran, dass wir um 16 Uhr schließen."

„Ja", meinte Durmaz, bevor sie sich verabschiedete. Um 16 Uhr Feierabend ... Irgendwie hatte sie doch den falschen Beruf gewählt.

Als sie auflegte, sah Villeroi sie fragend an.

„Du bist ja immer noch da", meinte die Kommissarin.

„Gibt es etwas Neues?", fragte der Kollege. „Vielleicht etwas, was mir bei dem Gespräch mit Busche hilft?"

„Also, Busche ist als Medizinstudent eingetragen. Und Smolek auch", meinte Durmaz schließlich. „Stollwerck ist allerdings nicht als Student für Medizin immatrikuliert."

„Pharma vielleicht?"

„Das konnte ich nicht fragen. Ich denke, das werde ich erfahren, wenn ich dort bin. Die Dame im Sekretariat wollte eine offizielle Bestätigung, dass Smolek tot ist. Ich werde einmal die beiden Berichte der Obduktionen mitnehmen. Wer weiß …"

„Und was ist mit diesem Hellweg?", hakte Villeroi nach, während er sich erhob und nach seiner Jacke griff.

„Auch kein Mediziner."

„Schade. Dann wäre die Spur kalt."

Durmaz nickte, während Villeroi die Bürotür öffnete.

„Wir sehen uns dann morgen", meinte Durmaz und griff nach den Akten über die beiden Toten. In Schulzes Büro klingelte das Telefon.

Villeroi nickte. „Genau. Wir sehen uns dann wahrscheinlich erst morgen. Schönen Abend!" Dann zog Villeroi die Tür hinter sich ins Schloss.

Die Kommissarin atmete tief ein und schlug die erste Akte auf.

Plötzlich erscholl hinter ihr die Stimme des Hauptkommissars. „Durmaz!"

Instinktiv sprang sie auf, doch Schulze hatte sein Büro bereits verlassen und kam mit zügigen Schritten auf sie zu.

„Durmaz. Schnappen Sie sich Ihre Jacke. Wir müssen los."

„Wir?" Mit einem Griff hatte sie die Outdoor-Jacke, die über der Rückenlehne ihres Stuhls hing, in der Hand.

„Villeroi ist schon weg", stellte der Hauptkommissar fest.

„Dann fahren wir wieder zusammen. Es gibt eine dritte Leiche."

„Auch blutleer?"

„Die Spurensicherung ist gerade erst angekommen. Sie können noch nichts sagen."

„Wenn dem so ist, dann hätten wir es mit einem Serientäter zu tun", stellte Durmaz fest. „Das wäre sehr unangenehm."

„Ja. Wahrscheinlich brauchen wir dann Verstärkung vom BKA. Fahren wir also zuerst einmal hin und schauen uns an, was es dort zu sehen gibt."

„Wohin?"

Durmaz hatte bereits die Bürotür ins Schloss gezogen und den ersten Arm in den Ärmel ihrer Jacke geschoben, als

Schulze, der durch den langen Flur vorauseilte, entgegnete: „Hafeninsel."

Ein Panamahut

Natürlich war der weiße Transporter der Beweissicherung bereits vor Ort, als Durmaz ihren Astra über die Hafeninsel steuerte. Der hintere Teil der Zufahrtsstraße, unmittelbar hinter den letzten Wohnblocks, war abgesperrt worden. Der Kollege an der Absperrung ließ die beiden Kommissare anstandslos passieren. Durmaz musste innerlich lächeln, als Hauptkommissar Schulze sich mit einem fragenden Blick zu ihr umwandte.

„Scheint, Sie haben mittlerweile auch einen gewissen Bekanntheitsgrad bei den Offenbacher Kollegen erreicht", meinte Schulze.

Durmaz nickte, während sie den Wagen in eine Lücke bugsierte, in der er den Kollegen nicht im Weg stand. Sie ließ die Zentralverriegelung klacken, nachdem beide Türen geschlossen waren. Dann gingen sie ein Stück zurück und wandten sich nach links. Das träge Wasser des Mains floss sehr nahe an ihnen vorbei in Richtung Frankfurt. Die gesamte Böschung dazwischen war mit kleineren und größeren Bäumen bewachsen, die nahezu bis an die Fassade der Hochhäuser zu ihrer Rechten reichten. Weiter vorne konnte Durmaz die Kollegen in den weißen Schutzanzügen sehen, die den kleinen Pfad unterhalb der Hochhäuser gesichert und mit Seilen und Flatterbändern bis hinunter zum Main abgesperrt hatten.

Sie gingen noch ein Stück den Pfad entlang, bis sie das Seil erreichten, das die Böschung hinunterführte. Durmaz blieb stehen und schaute an dem Nylonstrick entlang. Durch ein kompliziertes Netz von weiteren Stricken, das unter anderem einige stabilere Baumstämme weiter unten miteinander verband, waren die Kollegen der SpuSi, die dort unten beschäftigt waren, gesichert.

Durmaz wollte gerade etwas sagen, als sie eine bekannte Stimme vernahm. „Waacht eusch un kommt erunner. Bleibt ja obbe!"

Einer der Weißgekleideten hatte den Kopf gehoben. Sein Gesicht war zum größten Teil hinter einem Atemschutz versteckt.

Schulze lachte. „Ei, Bernwart. Biste aach schon da?"

„Ei, freilisch. Unn du bleibst da obbe, Walder", erwiderte Doktor Brandtner, ohne das Lachen des Hauptkommissars zu erwidern.

Einer der Forensiker, die unter ihrer Schutzkleidung alle nicht zu erkennen waren, kam ihnen entgegen. „Die ganze Böschung ist unsicher", erklärte er und Durmaz erkannte die Stimme von Sandro Kubic. „Wenn Sie hier heruntergehen, besteht die Gefahr, dass Sie den Kollegen da unten alle verbliebenen Spuren zuschütten. Und das gilt insbesondere für Sie, Frau Durmaz", fügte er ernst hinzu.

Die Oberkommissarin verkniff sich ein Grinsen. Sie kannte Kubic und, statt ihm zu antworten, rief sie zu Brandtner hinunter: „Was haben Sie für uns?"

„Eine Tote", war die klare Antwort.

„Wissen Sie schon etwas?"

„Logisch", erwiderte der Pathologe immer noch auf Hessisch. „Wie bei den Anderen: Sie schnauft nicht mehr."

„Echt?", entfuhr es Durmaz.

„Wenn isch des saach. Der Rest passt zu den anderen beide, außer, dass dies eine Frau ist", fügte Brandtner in einem Anfall von Mitteilungsbedürfnis hinzu.

Durmaz nickte nachdenklich.

„Ich glaube, Sie sollten sich um die Zeugen kümmern", meinte Schulze schließlich leise. „Ich werde versuchen, noch ein wenig aus unserem Freund da unten herauszubekommen."

„Das habe ich gehört!"

Schulze grinste und wies Durmaz mit einer kurzen Kopfbewegung an, zurück zu den uniformierten Kollegen zu gehen. Durmaz drehte sich um und ging ein Stück den Pfad zurück, den sie gekommen waren. Als sie zum Fundort schaute, erkannte sie, dass Schulze außerhalb des durch das Flatterband abgesperrten Bereichs vorsichtig den Hang hinunterkletterte. Sie war bereits zu weit entfernt, um zu hören, ob Brandtner sich dazu äußerte. Zumindest schien er den Hauptkommissar zu beobachten, ohne sich von der Stelle zu bewegen. Wie gerne würde sie die beiden jetzt belauschen. Stattdessen schüttelte sie nur den Kopf und machte sich auf die Suche nach den uniformierten Kollegen, die bereits mit der Befragung möglicher Zeugen beschäftigt waren.

Als Durmaz die Straße erreichte, kam ihr einer der Kollegen entgegen. Sie erkannte in ihm den Mann, der sie bei der Ankunft am Fundort der ersten Leiche eingewiesen hatte. Er grüßte die Kommissarin freundlich.
„Hat jemand etwas gesehen?", fragte sie.
Der Mann nickte. „Ja, wir haben da etwas."
Sie schaute den Mann überrascht an. Damit hatte sie nicht wirklich gerechnet.
„Es wurde jemand beobachtet, der vor wenigen Stunden hier Müll abgeladen hat."
„Müll?"
„So sagte es die Zeugin. Es soll ein großer schwarzer Müllbeutel gewesen sein, den der Fremde aus seinem Wagen geholt habe und hinter den Häusern an das Mainufer geschleppt haben soll. So sagte es wenigstens die Zeugin."
„Also haben wir einen möglichen Täter und seinen Wagen. Haben wir auch ein Kennzeichen?"
Der Uniformierte schüttelte den Kopf. „Leider nein, Frau Kommissarin. Und der Fahrzeugtyp hilft uns auch nicht wirklich weiter: Sie sprach von einem weißen Lieferwagen …"
Nachdenklich betrachtete Durmaz den Kollegen. „Ein weißer Lieferwagen. Ich glaube, das hilft uns schon ein wenig."
„Inwiefern?"
„Nun. Spuren eines Lieferwagens haben wir am ersten Fundort bereits nachweisen können. Daraus lässt sich wahrscheinlich der Fahrzeugtyp ermitteln. Die Spurensicherung

ist bereits damit beschäftigt. Nun haben wir zumindest noch die Farbe."

„Aber ... weiß. Zwei Drittel aller Lieferwagen sind weiß."

„Hat die Zeugin eine Aufschrift erkennen können?"

Der Angesprochene schüttelte bedauernd den Kopf. „Keine Aufschrift. Keine Hinweise auf den Eigentümer."

„Und der Mann? Hat die Zeugin sein Gesicht erkannt?"

Wieder schüttelte der Beamte den Kopf. „Nicht viele Hinweise auf das Gesicht. Ich denke, einen Zeichner brauchen wir nicht zu beauftragen. Das Einzige, an das sie sich erinnern kann, ist ein weißer Bart. Und ein weißer Panamahut."

Durmaz zuckte zusammen. „Ein was?"

„Die Zeugin sprach von einem Panamahut. Wieso?"

Bilder erschienen vor dem geistigen Auge der Kommissarin, Bilder von einem Mann in einem weißen Leinenanzug mit einem weißen Panamahut. Wo hatte sie dieses Bild gesehen?

„Sagt Ihnen das etwas, Frau Kommissarin?"

Durmaz nickte, während sie krampfhaft versuchte, das Bild wieder herzustellen.

„Das ist interessant, Frau Kommissarin. Das Einzige, was der Zeugin dazu eingefallen war, war ein Bild von Hemingway."

„Aber der hatte doch einen ganz anderen Bart", warf die Kommissarin ein.

Der andere betrachtete sie überrascht. „Einen anderen Bart? Einen anderen Bart als was? Die Zeugin ..."

„Die Pfeffermühle." Durmaz spürte, wie ein Kribbeln ihren Rücken hinunterlief. „Nicht die Zeugin. Ich habe den Mann gesehen. Gestern Abend in der Pfeffermühle. Wir müssen unbedingt klären, ob die Leiche in einen großen, schwarzen Müllsack gewickelt war, als sie hier abgelegt wurde."

Der Uniformierte warf einen kurzen Blick auf seine Notizen. Als er wieder aufsah, war Durmaz bereits auf dem Weg zurück zum Fundort der Leiche. Er schüttelte den Kopf, klappte sein Notizbuch zusammen und machte sich wieder auf die Suche nach weiteren möglichen Zeugen.

Schulzes Anruf erreichte Oberkommissar Stefan Villeroi erst, als dieser den Wagen bereits vor der Wohnung von Florian Busche abgestellt hatte. Die Schranke an der Einfahrt zum Parkplatz des Supermarkts hatte einladend offengestanden. Er war mit dem Dienstwagen durchgefahren und hatte ihn ein wenig abseits auf eine der für Besucher markierten Stellflächen geparkt. Gerade wollte er aussteigen, als er das Vibrieren des Mobiltelefons bemerkte. Schulzes Handynummer stand im Display.
Villeroi nahm den Anruf an.
„Wo sind Sie?", erscholl Schulzes Stimme unvermittelt durch das Telefon.
„Ich bin gerade bei Busche angekommen."
„Hat lange gedauert."
Villeroi grinste. „Ich habe mir noch einmal den zweiten Fundort angesehen. Lag gewissermaßen auf dem Weg."
„Hmm."
„Ich hatte gehofft, etwas zu finden, mit dem ich diesen Busche festnageln könnte."
„Und?"
„Nichts."
„Dann hören Sie mal zu. Es gibt eine dritte Leiche. Weiblich. Todeszeitpunkt in dieser Nacht. Näheres lässt sich noch nicht sagen. Gleiche Vorgehensweise. Wenn Ihr Freund Florian Busche der Täter sein soll, dann dürfte er für die Nacht kein Alibi haben – zumindest aber ein ziemlich wackeliges."
„Is klar, Chef. Ich fühle ihm deswegen gleich auf den Zahn. Wissen Sie schon, wer die dritte Leiche ist?"
„Nein, Villeroi. Das wird auch noch etwas dauern."
„Okay." Villeroi verabschiedete sich, unterbrach die Verbindung und stieg aus. Durch eine Passage in dem alten Loft ging er hinüber zur Senefelderstraße und suchte das Haus auf, an dem er bereits mehrfach geklingelt hatte. Er schaute auf das Klingelschild der Wohngemeinschaft, vergewisserte sich, dass Busche der eingetragene Name war, und drückte den Klingelknopf.
Nichts geschah.

Villeroi wartete eine Zeit, ehe er es erneut versuchte. Man wusste ja nie, wo oder wobei man den Wohnungseigentümer überraschte, wenn man unvermittelt vor seinem Haus stand.
Keine Reaktion.
Villeroi fluchte. Irgendwie hatte er den Tagesplan dieser Studenten noch nicht verinnerlicht. Wie spät war es eigentlich? Er kramte sein Smartphone hervor und schaltete es ein. 17:32 zeigte das Display. Wo waren Studenten heutzutage um diese Uhrzeit? Er versuchte, sich an seine Studienzeit zu erinnern. Um diese Zeit war er entweder in einer Vorlesung gewesen, oder hatte sich zu Hause auf die nächste Prüfung vorbereitet. Keine Uhrzeit für Partys.
Der Oberkommissar erinnerte sich an die vielen Bücher, die kreuz und quer in dem kleinen Apartment gelegen hatten. Busche war mitten in seinen Prüfungsvorbereitungen. Und wenn der Kerl sein Studium nur halbwegs ernst nahm, sollte er jetzt ebenfalls bei denselben sitzen.
Oder er hatte ein wirklich gutes Argument dafür, dies nicht zu tun. Villeroi schaute sich suchend um. Sein Blick fiel auf den Eingang zu dem Supermarkt, durch den er gerade gekommen war. War Busche einkaufen? In diesem Supermarkt? Oder in einem anderen? Oder war er zum Lernen bei einem seiner Kommilitonen?
Offen gesagt: Villeroi hatte keine Ahnung, wo er den Studenten nun suchen sollte. Das Einzige, was der Oberkommissar noch machen konnte, war Feierabend. Für einen kurzen Moment dachte er an Durmaz und Schulze, die irgendwo in Offenbach mit einer weiteren Leiche beschäftigt waren. Und er hatte einen Augenblick lang ein schlechtes Gewissen.
Aber wirklich nur einen Augenblick lang.
Dann wandte er sich um, ging zurück durch die Passage zu dem Parkplatz, auf dem sein Dienstwagen stand, und fuhr heim.

*

Nachdenklich ließ Stefan Hirschberg seinen Blick durch das Wohnzimmer seiner Wohnung schweifen. Nun, Wohnzimmer war vielleicht ein wenig zu viel gesagt. Eine Couch, ein kleiner, kaum zu erkennender Tisch und eine alte Kommode waren die einzigen Möbelstücke im größten Zimmer von Hirschbergs kleiner Wohnung. Doch dominiert wurde der Raum von einem Graffiti, das die einzige freie Wand nahezu komplett einnahm. Es stammte aus einer fast vergessenen Zeit, als Hirschberg zusammen mit seinen Freunden noch die Straßen des Lauterborns unsicher gemacht hatte. „Trill" stand dort in bunten, teilweise gebrochenen und ineinander übergehenden Lettern geschrieben. Er hatte keine Ahnung, warum sie sich damals für diese Buchstabenkombination entschieden hatten. Wahrscheinlich war es sowieso unerheblich gewesen. Doch „Trill" war mittlerweile sein Rufname geworden.

Für einen Augenblick ließ Trill seine Gedanken zurück in längst vergangene Zeiten wandern, in die Zeit, als sie in der Gruppe junge Frauen angemacht hatten und eine von ihnen ihm mit einer schnellen Drehung die Schulter ausgekugelt hatte. Wie lange war das her?

Heutzutage rief diese Frau, die sich als Kommissarin entpuppt hatte, ihn an, um Informationen aus der Szene zu erhalten. Meistens wusste er dann auch Rat. Nur diesmal nicht. Der Name, den Durmaz ihm genannt hatte, Dominik Stollwerck, sagte ihm nichts. Er wusste nur, dass er ihn irgendwann bereits gehört hatte, irgendwann, vor ein paar Jahren, in einem Zusammenhang, der ihm komplett entfallen war.

Wer konnte da helfen?

Die Hexe? Vielleicht wusste die Hexe ja etwas mit dem Namen anzufangen. Es war schon verblüffend, was für ein Gedächtnis die alte Frau hatte. Nicht, dass er wirklich an den magischen Krimskrams, von dem sie ihm das eine oder andere Mal erzählt hatte, glaubte. Aber Heide Sachs hatte immer eine Antwort parat.

Gemächlich erhob Trill sich von seiner Couch und ging ruhig zu der kleinen Kommode hinüber. Sein Handy hing noch am

Ladekabel. Er stöpselte es ab, öffnete das Adressbuch und tippte kurz auf den Eintrag „Hexe von Bieber". Innerlich hoffte er, dass Heide Sachs nie sein Handy in die Finger bekam und sah, unter welchem Namen er sie abgespeichert hatte. Aber damals, als er ihre Rufnummer von einem Freund erhalten hatte, wusste er ihren Namen nicht mehr. Und dann schleift sich so etwas eben auch ein.

Am anderen Ende der Leitung klingelte es zwei- oder dreimal. Dann wurde abgehoben und eine freundliche, helle Stimme meldete sich.

„Hallo Heide", begrüßte Trill die Sprecherin. „Hier ist Stefan. Wie geht es dir?"

„Stefan?"

„Trill." Hirschberg lachte. Wahrscheinlich würde sie gar nichts dazu sagen, dass er ihre Rufnummer unter „Hexe" gespeichert hatte. Auch sie erinnerte sich offensichtlich mehr an seinen Spitznamen als an den richtigen Vornamen.

„Ach so. Trill. Schön, wieder einmal von dir zu hören. Was machst du?"

„Ich sitze hier auf meiner Couch und denke nach", gab er zurück.

„Chillen? Oder wie nennt ihr das?"

Trill machte ein nachdenkliches Gesicht. „Eigentlich nicht wirklich. Eigentlich denke ich über etwas … über jemanden nach, dessen Namen mir genannt wurde."

„Ach. Von wem? Muss ja jemand Wichtiges sein, dass dich das so beschäftigt."

„Die Polizistin", erwiderte der junge Mann.

„Ach. Dann sollte man auch darüber nachdenken." Heide Sachs hatte Durmaz vor einiger Zeit einmal geholfen. Und – viel wichtiger – die Kommissarin hatte der alten Frau zugehört. „Was ist das für ein Name?"

„Dominik Stollwerck. Klingelt da etwas bei dir?"

Für einen Moment war es still in der Leitung. Dann meinte Sachs: „Irgendwoher kommt mir der Name bekannt vor. Ich glaube, ich habe ihn schon einmal gehört."

„Nicht wahr? So weit war ich auch."

„Warte. Nein. Ich habe ihn gelesen. Ich sehe die Buchstaben vor mir. Der schreibt sich mit ‚ck' am Ende, gell. Ich hatte mich gewundert, was für eine ausgefallene Schreibweise das wohl sei."

Trill dachte einen Moment nach. Hatte auch er diesen Namen nicht gehört, sondern gelesen? Er konnte es nicht sagen.

Dann fuhr Sachs fort. „Das war im Zusammenhang mit einem Unfall. Ich erinnere mich daran. Damals war ein Mädchen gestorben."

Erneut versuchte Trill, den Gedanken der Hexe aufzugreifen und er versuchte, sich ebenfalls an diese Details zu erinnern. Vergeblich.

„Da ist noch ein Name. Warte einmal … Schmidt … Justin Schmidt. Ich glaube, er war der Freund der Getöteten."

„Schmidt", wiederholte Trill nachdenklich. „Justin Schmidt. Ich glaube, ich sollte einmal versuchen, mich mit ihm zu unterhalten. Vielleicht weiß er etwas über diesen Dominik Stollwerck. Bei dem Nachnamen wird es nicht leicht sein, ihn zu finden."

Plötzlich war die Stimme von Sachs wieder entspannt und fröhlich. „Ihn zu finden, dürfte relativ einfach sein – zumindest einfacher, als mit ihm zu sprechen. Soweit ich mich erinnere, sitzt Justin Schmidt in der Psychiatrie der Städtischen Kliniken. Er hat sich, glaube ich, nicht mehr von dem Schock erholt und gibt sich die Schuld am Tod seiner Freundin."

„Warum das?"

„Er war dabei gewesen, soweit ich mich erinnere. Da weiß man nie, was im Hirn eines Menschen passiert, wenn er so etwas erlebt." Mit dem letzten Satz hatte die Stimme der Hexe einen leisen, mitfühlenden Ton angenommen.

Trill hatte das Gefühl, dass dies einer der Gründe für den Erfolg von Adelheid Sachs war. Er meinte nur: „Da hast du mir wieder einmal gut weitergeholfen, Heide. Vielen Dank."

„Pass auf dich auf", erwiderte diese plötzlich. „Ich habe kein gutes Gefühl bei der Sache."

„Inwiefern?"

„Kann ich dir noch nicht sagen. Pass einfach auf dich auf. Dir zu sagen, dass du nicht hingehen sollst, hat ja eh keinen Zweck." Sie lachte.
Auch Trill schmunzelte, verabschiedete sich und unterbrach das Gespräch. Was sollte er tun? Die Warnungen der Hexe kamen nie ohne Grund. Es wäre sicherlich besser, hier, in seiner Wohnung zu bleiben. Andererseits konnte er nur weiterkommen, wenn er diesen Justin Schmidt aufsuchte. Und so weit war die Psychiatrie nicht von seiner Wohnung entfernt. Er brauchte nicht einmal sein Auto zu nehmen.

Es war bereits angenehm warm und der Weg durch die Parkanlage der Kliniken war entspannend. Dennoch beschäftigte sich Trills Gehirn die ganze Zeit mit der Frage, wen oder was er antreffen, was er von Justin Schmidt erfahren würde, wenn er ihn befragte. Obwohl er über sein Handy das Internet befragt hatte, hatte er nichts über einen Justin Schmidt oder einen Dominik Stollwerck in Erfahrung bringen können. Wer wusste schon, wie lange der Unfall her war? Das Gedächtnis der Hexe reichte weit zurück. Allerdings konnte auch er sich an einen der Namen erinnern. Wie weit reichte sein Gedächtnis zurück? Wie alt mochte Schmidt sein? Wie lange saß er dann bereits in der Psychiatrie fest? Konnte man mit ihm reden?
Der Eingang zu den Psychiatrischen Kliniken war offen. Trill trat ein und suchte die Informationstheke auf, hinter der eine junge Frau in Schwesterntracht saß und ihn auffordernd anlächelte.
Kurz überlegte Trill, wie viel von seinem Anliegen er der Schwester sagen sollte. Könnte es sein, dass sie ihm den Eingang verwehrte, wenn er sagte, dass er mit Schmidt über den Unfall reden wollte, der die Ursache für seinen Aufenthalt hier war? Sicherlich. Sollte er sagen, dass er ein paar Fragen hatte. Auch das hörte sich nicht sonderlich glaubwürdig an. Sie würde ihn sicherlich hinausschmeißen lassen. Er fasste sich ein Herz. „Guten Tag. Ich suche einen Freund von mir. Man hat mir gesagt, dass er bei Ihnen sein soll."

Die Schwester lächelte. „Hat Ihr Freund auch einen Namen?"
„Justin Schmidt."
„Wissen Sie, in welchem Bereich der Psychiatrie er untergebracht ist?"
Trill schüttelte bedauernd den Kopf. „Wissen Sie, ich habe ihn lange nicht mehr gesehen. Und als ich hörte, dass er hier sein soll, dachte ich mir, dass ich ihm unbedingt einen Besuch abstatten sollte."
Die Schwester nickte verständnisvoll. „Dann lassen Sie uns einmal suchen. Vielleicht haben wir ja Glück. Justin Schmidt, sagten Sie?"
Trill nickte.
Die Schwester tippte ein wenig auf ihrer Computertastatur herum, ließ die Maus über den Monitor wandern und starrte konzentriert auf den Bildschirm. Schließlich meinte sie: „Ich glaube, ich habe ihren Justin Schmidt gefunden. Warten Sie. Ich schreibe Ihnen die Stationsnummer auf." Sie holte einen Notizzettel und einen Kugelschreiber hervor und schrieb eine Buchstaben- und Zahlenkombination darauf. Dann schob sie ihn über den Tresen und wies nach rechts: „Gehen Sie dort hinunter, an der zweiten Glastür nach links. Dann immer weiter, bis Sie die Rezeption der Station erreicht haben. Dort wird man Ihnen weiterhelfen."
Trill lächelte, nickte, drehte sich um und machte sich auf den Weg.

Natürlich war die Rezeption der Station, die die Schwester Trill genannt hatte, nicht besetzt. Langsam wurde er doch ein wenig nervös. Er wollte sich nicht allzu lange in dieser Klinik aufhalten. Nicht, dass er Angst hatte, sich anzustecken. Es war ihm klar, dass dies bei Patienten der Psychiatrie nicht möglich war. Aber er wollte auch nicht so lange an einer Stelle bleiben, dass man ihn wiedererkannte, wenn irgendwann jemand von der Polizei die Insassen oder die Pfleger befragte. Auffällig zu sein, war bei dem, was er tat, nicht unbedingt hilfreich.

Obwohl … was tat er eigentlich. Er besuchte einen der Insassen. Dass er eine alte Freundschaft vorgeschoben hatte, war nur eine Notlüge und würde die Polizei wahrscheinlich überhaupt nicht interessieren.

Ein Pfleger kam den Flur herunter, schaute kurz auf und ging dann hinter den Tresen. Er legte einen Stapel Patientenakten ab, nahm sich eine neue Akte, schlug sie auf und blätterte darin herum. Offensichtlich suchte er etwas.

Schließlich schien dem Mann wieder einzufallen, dass er vor nicht allzu langer Zeit jemanden auf der anderen Seite des Tresens gesehen hatte, der ihm zumindest unbekannt war. Er hob den Blick aus der noch immer aufgeschlagenen Akte in seinen Händen und sah Trill auffordernd an.

„Kann ich Ihnen helfen?"

Trill nickte schnell. „Ich bin auf der Suche nach einem Freund. Am Eingang wurde gesagt, dass man mir hier weiterhelfen könne."

„So, so. Sagte man das?"

Trill nickte, um seine Aussage zu bestätigen.

Der Pfleger legte die Patientenakte aufgeschlagen auf den Tisch hinter dem Tresen, sodass Trill sich hätte anstrengen müssen, um hineinsehen zu können. Zum Glück interessierte diese ihn nicht. Dann meinte er: „Und wie ist der Name?"

„Von der Frau an der Rezeption? Darauf habe ich leider nicht geachtet."

„Nein. Ich brauche den Namen Ihres Freundes. Dann kann ich Ihnen auch sagen, ob er hier ist."

„Justin Schmidt", entgegnete Trill ein wenig zu schnell.

Doch der Pfleger schien nichts von seiner Nervosität zu merken. „Justin? Der scheint ja doch ein paar Freunde zu haben. Ja, der liegt hier."

Ein paar Freunde? „Hatte er in letzter Zeit Besuch?"

Der Pfleger lächelte. „Manchmal. Es sind zwar nicht viele, aber dafür kommen sie öfters. Na ja. Zuerst hatten wir unsere Bedenken. Aber es scheint, als ob der Besuch den jungen Mann ein wenig ablenken würde. Er ist viel fitter und nicht mehr ganz so apathisch wie in den vorhergehenden

Jahren. Aber das ist ein anderes Thema", unterbrach der Mann sich selber. Dann nannte er Trill eine Zimmernummer und zeigte ihm die Tür, ehe er sich wieder seiner Akte widmete.

Für einen Augenblick überlegte Trill, ob er sich bedanken sollte, entschied sich dann allerdings dagegen. Er wollte den Mann nicht wieder in seiner Lektüre stören.

Noch ein wenig nervöser machte er sich auf den Weg zu Justins Zimmer. Die Tür war geschlossen. Zaghaft klopfte er, sah sich unsicher zu dem Pfleger um, der jedoch bereits so tief in seine Lektüre versunken war, dass er Trill wieder vergessen zu haben schien.

Noch einmal klopfte Trill an, dann drückte er die Klinke hinunter. Als er eintrat, merkte er sofort, dass das Zimmer leer war. Das Bett war benutzt, aber niemand war zu sehen. Leise rief er Justins Namen. Keine Antwort.

Er schaute sich um, konnte allerdings keine persönlichen Gegenstände erkennen, nur einen weißen, geflochtenen Strohhut, der auf einer Kommode lag, und etwas, das ihn entfernt an weißes Barthaar erinnerte.

Aus Mangel an Beweisen

Ein weiterer Abend ging zu Ende. Bastian Schwarzfuß hatte die Eingangstür der Pfeffermühle verschlossen. Ein Blick zu den Nachbarn hatte ihm gezeigt, dass auch dort die Türen verschlossen wurden. Sperrstunde. Die Stühle draußen vor der Kneipe hatte er bereits festgekettet und die Läden verschlossen. Er stellte die letzten Stühle auf die Tische, um den Boden der Pfeffermühle feucht durchwischen zu können. Die Kasse hatte er noch nicht überprüft. Das hatte Zeit. Er hatte die Pfeffermühle nicht übernommen, um damit reich zu werden, sondern um davon leben zu können. Und das würde er – davon leben ...

Er ging in den kleinen Büroraum hinter der Bar, um das Putzzeug aus der Abstellkammer zu holen, entschied sich dann aber, stattdessen wieder einmal den alten Ordner hervorzuholen, den Ordner, auf dessen Rücken „Tag 0" stand. Sofort waren die Bilder wieder greifbar. Sollte er doch seine Therapeutin anrufen? Er schaute auf die Uhr. 0:32. Sie würde sicherlich bereits schlafen. Wer, außer einem Kneipier, arbeitete um diese Zeit schon? Die Polizei, Rettungssanitäter …

Sofort fand er sich auf der breiten Straße wieder. Die Stadt lag im nächtlichen Dunkel. Der Rettungswagen hatte eine Fahrspur stadtauswärts blockiert. Sein blaues Rundumlicht erhellte sporadisch die Häuserfassaden auf dieser Straßenseite. Über die zweite Spur floss der Verkehr ab. Am Rande nahm er wahr, dass sich einige Personenwagen um den Einsatzwagen herumquetschten und auch den Gegenverkehr blockierten. Ab und an blitzte das Licht eines Handys auf. Gaffer. Katastrophen-Junkies.

Schwarzfuß schlug die erste Seite des Ordners auf, betrachtete den ausgeschnittenen Zeitungsartikel. „Tödlicher Unfall auf dem Goethering". Er betrachtete das Foto neben dem Text. Wie hunderte Male zuvor fragte er sich, wer es gemacht hatte? War ein Reporter da gewesen? Oder hatte die Presse das Bild von einem der Junkies angeboten bekommen? Hätte er die Zeitung deswegen verklagen können?

Hätte er das gewollt? Was hätte es gebracht? Schwarzfuß hatte keine Ahnung.

An jenem Tag hatte sich sein Leben geändert. Er hatte seinen Job als Rettungssanitäter an den Nagel gehängt …

An jenem Tag?

Nein. An jenem Tag, an jenem Abend war er damit beschäftigt gewesen, Leben zu retten. Das Unfallopfer war eine junge Frau gewesen. Er hatte ihren Namen vergessen. Sie war nicht mehr ansprechbar gewesen, als sie angekommen waren. Für sie war jede Hilfe zu spät gekommen. Es kam kaum noch Blut aus ihrer Beinwunde. Ein Blick auf die Unfallstelle hatte ihm gezeigt, dass sie bereits eine Unmenge davon verloren hatte. Drei, vier Liter? Bestimmt. Und der junge Mann mit den schweren Verletzungen im Gesicht und auf dem Oberkörper? Damals hatten sie noch gedacht, er sei ebenfalls ein Opfer des Unfalls gewesen. Er hatte wirres Zeug geredet, sodass sie nicht darauf geachtet hatten. Sie hatten beiden eine Infusion gelegt, obwohl sie gewusst hatten, dass es für die Frau bereits zu spät sein würde. Noch im Rettungswagen hatten sie sie wiederbeleben müssen – erfolglos. Drei, vier Liter. Da war kaum noch Blut in ihrem Körper gewesen.

Er blätterte weiter. Die Zeitungsartikel wurden kürzer. Randnotizen der Zeitgeschichte. Nicht mehr spektakulär genug für die Titelseiten der Tageszeitungen. Dennoch hatte er sie ausgeschnitten, gesammelt und gelesen. Wohl hundert Mal gelesen. Bis zur Verkündung des Urteils. Er war da gewesen, im Gerichtssaal, als die Verfahren gegen die Unfallfahrer verkündet wurden. „Eingestellt aus Mangel an Beweisen."

Wenn einer von ihnen die 112 angerufen hätte, wäre die junge Frau noch am Leben. Eine, zwei Minuten früher und sie hätten sie retten können. Stattdessen war da nur dieser unbestimmte Anruf von einer blockierten Rufnummer gekommen, der sie – viel zu spät – an den Unfallort gebracht hatte, zu der fast schon verbluteten Frau und dem jungen Mann der – halb wahnsinnig – über ihr lag und mit allem, was ihm zur Verfügung stand, versuchte, die Blutung zu stillen.

Sie hatten ihn zusammengeschlagen und waren abgehauen, hatten die Frau verbluten lassen. Warum konnte er sich nicht mehr an ihren Namen erinnern? Und der Richter? Wie hatte der geheißen? Stand sein Name in den Unterlagen?

Sicherlich. Der Richter hatte den Unfallgegnern nichts anhaben können – oder wollen. Sie hatten gute, teure Anwälte dabei gehabt. Wozu hatten sie, wozu hatte das Team des Rettungswagens dann den ganzen Aufstand betrieben? Es war alles umsonst gewesen. Und die Schuldigen kamen wieder mit einem blauen Auge davon. „Aus Mangel an Beweisen."

Das war der letzte Eintrag in seinem Ordner gewesen. Er hatte sich eine Abschrift der Urteile besorgt und sie in seinen Ordner geheftet. Er wollte nicht vergessen, warum er seinen

Beruf als Rettungssanitäter nicht mehr ausüben konnte. Aus Mangel an Beweisen.

*

„Durmaz!" Die Stimme von Hauptkommissar Schulze schallte durch die beiden leeren Büros, als Durmaz sich am nächsten Morgen setzen wollte. Der Kaffee in ihrer Tasse dampfte, aber sie hatte noch keine Zeit gefunden, einen Schluck zu nehmen. Sie rollte mit den Augen, schob ihren Schreibtischstuhl wieder zurück und erhob sich. Dann ging sie auf die offene Tür zu, die ihr Büro mit dem Schulzes verband, langsam, damit sie sich nicht mehr ärgerte, wenn sie ihrem Chef gegenüberstand. Schließlich war es nicht so, dass sie ihm nicht einen „Guten Morgen" gewünscht hätte, als sie vor einer Viertelstunde das Büro betreten hatte, dass das Klappern der Tastatur nicht lautstark durch die Räume gehallt hätte, als sie das Passwort eingegeben hatte, dass sie nicht vernehmlich mit ihrer Tasse geklappert hätte, als sie den Kaffee eingeschenkt hatte. Natürlich hatte Schulze gewartet, bis sie saß, ehe er nach ihr gerufen hatte.

„Chef?" Durmaz hatte den Türrahmen erreicht und spähte um die Ecke.

Wie immer saß Schulze hinter dem Schreibtisch seines kleinen Büros. Der Schreibtisch war mit Stapeln alter Akten bedeckt. Ein Schnellhefter war aufgeschlagen und Schulze schien darin vertieft zu sein. Doch kaum hatte Durmaz das Büro betreten, als der Hauptkommissar meinte: „Horsche Se mal. Sie brauchen gar nicht mit den Augen zu rollen, Durmaz. Ich habe hier den vorläufigen Obduktionsbericht von Brandtner."

„Wie viel Uhr haben wir?", fragte die Oberkommissarin überrascht.

Schulze sah auf. „Etwa 7:30 Uhr, schätze ich. Wieso?"

„Konnte Brandtner nicht schlafen, dass er lieber die Zeit damit verbracht hat, den Bericht zu schreiben?"

Schulze grinste. „Nee. Ich habe ein paar Worte mit unserem Kollegen gewechselt, als sie weg waren, die Zeugen zu befragen. Und dann ist ihnen ja auch noch etwas eingefallen. Damit konnte ich ungeahnte Kräfte in unserem Mediziner mobilisieren." Er machte eine kleine Pause, ehe er leiser weitersprach: „Natürlich hatte ich noch ein paar kleinere Argumente zur Hand."

„Und das wäre gewesen?", hakte Durmaz nach, obwohl ihr bereits vor dem Aussprechen der Frage klar war, dass eine Antwort darauf sehr unwahrscheinlich sein würde.

Doch Schulze lächelte verschmitzt. „Nun. Da wäre zum einen die Tatsache, dass sie glauben, den Mörder gesehen zu haben."

„In der Pfeffermühle vorgestern Abend."

Schulze nickte. „In so einem Fall waren die Spuren noch frisch – zumindest in der Erinnerung der Zeugen."

„Und weiter?"

„Nun", erwiderte Schulze gedehnt. „Wenn wir den Mörder bald hätten, hätte Brandtner bald wieder Ruhe vor uns …"

Durmaz schaute Schulze überrascht an. „Und das zieht bei ihm?"

„Das in Verbindung mit …" Er brach ab, wollte den Satz verklingen lassen, doch Durmaz hakte nach:

„In Verbindung mit was?"

„Na ja." Schulze druckste ein wenig herum. „Wenn auch Sie eine gewisse Zeit lang immer mit den gleichen Kollegen zusammengearbeitet haben, haben Sie auch bald das eine oder andere Argument zur Hand, sie um einen Gefallen zu bitten."

Überrascht zog Durmaz eine Augenbraue hoch. „Sie wollen doch nicht sagen, Sie hätten …"

„Keinesfalls!", fiel der Hauptkommissar ihr ins Wort. „So etwas würde in diesem Präsidium niemand machen!" Dann senkte er den Blick wieder in die Akten.

Dennoch konnte Durmaz sein Grinsen erkennen. Sie nickte. Sie hatte zwar keine Ahnung, worum es in Wirklichkeit ging, aber sie war sich sicher, dass genau das das Argument gewesen war, das Schulze gegenüber Brandtner benutzt hatte.

Und es war ihr genauso klar, dass sie niemals mehr von Schulze erfahren würde.

„Aber das war nicht der Grund, warum ich Sie gerufen habe, Durmaz. Wie hieß noch einmal der Zeuge, den Sie zusammen mit Villeroi zuerst vernommen haben?"

„Busche?"

„Genau. Florian Busche. Den sollten wir uns noch einmal vornehmen."

„Kein Problem, Chef. Aber Stefan war gestern Abend noch bei ihm. Er wollte ihm noch einmal auf den Zahn fühlen."

Langsam ließ Schulze den Schnellhefter sinken. „Villeroi war bei Busche? Gestern Abend?"

Durmaz nickte.

„Gut. Dann sollten wir warten, bis Villeroi hier ist, bevor wir uns auf den Weg machen. Mit Busche reden sollten wir dennoch. Aber vorher will ich wissen, was Villeroi aus ihm herausbekommen hat!"

Durmaz nickte und wollte sich gerade umdrehen, als Schulze meinte: „Sie sind nicht der Überzeugung, dass dieser Busche etwas mit den Morden zu tun hat?"

Die Aussage war wie eine Frage formuliert und Durmaz fühlte sich genötigt zu antworten. „Nun …" Sie sah Schulze an und ging langsam zwei Schritte auf den Schreibtisch ihres Chefs zu. „Es stimmt. Ich glaube nicht, dass er damit etwas zu tun hat. Aber Villeroi ist da anderer Meinung. Sein seltsames Verhalten, die Bücher über Blut in seiner WG … Das alles erscheint ihm ausreichend."

„Horsche Se ma, Durmaz. Ich habe Sie gefragt, was Sie denken. Wenn ich hätte wissen wollen, was Villeroi denkt, hätte ich ihn gefragt."

„Ich habe da so ein Bauchgefühl", meinte die Kommissarin zögernd.

„Sehen Sie. Geht doch."

„Aber das sollte keine Grundlage für Ermittlungen sein."

„Stimmt." Ein Lächeln huschte über Schulzes Gesicht. „Aber wir haben zur Zeit nichts – außer drei Toten. Und das ist bei einem Serienmörder nicht gerade viel. Wir müssen davon ausgehen, dass der nächste Tote bereits in der Planung ist."

Durmaz sah fragend zu Schulze.

„Schauen Sie nicht so. Wir haben jeden Tag einen Toten. Und wie lange dauert es, bis ein Mensch verblutet ist? Die Zeit, sein Opfer zu finden, zu überwältigen und nach der Tat die Leiche abzutransportieren? Es würde mich nicht überraschen, wenn das vierte Opfer bereits verschwunden wäre."

„Und Busche könnte etwas darüber wissen, denken Sie?"

„Keine Ahnung." Schulzes Stimme war wieder leise geworden. Er stand auf und kam hinter seinem Schreibtisch hervor. „Immerhin haben Sie eine Verbindung zwischen ihm und dem zweiten Opfer gefunden. Solange wir keine Verbindung zwischen den drei Opfern haben, müssen wir uns auf irgendeine Beziehung verlassen."

„Und da reicht dann mein Bauchgefühl?" Nachdenklich schaute Durmaz auf ihre Schuhspitzen.

„Oder die Tatsache, dass er gestern Abend nicht zu Hause war", fügte Villeroi hinzu. Er war leise an die Kommissarin herangetreten und sah nun in Schulzes Büro.

„War er nicht? Sie haben Busche nicht erreicht?", hakte Schulze nach, klappte die Aktenmappe, in der er gerade noch gelesen hatte, zu und kam um seinen Schreibtisch herum auf Villeroi zu.

Der schüttelte den Kopf.

„Gut, Villeroi. Sie nehmen sich Brandtners vorläufigen Obduktionsbericht dieser Karin Platzinger vor und ich fahr mit Durmaz zu Busche." Mit diesen Worten klatschte Schulze dem Oberkommissar die geschlossene Aktenmappe vor den Bauch.

Durmaz sah überrascht auf. „Ist das der Name der Toten? Hat Brandtner den auch schon herausbekommen?"

Schulze nickte. „Stand auf ihrem Führerschein. Kommen Sie, Durmaz?"

„Ich ... äh ... wieso fahren Sie mit Durmaz?", stammelte Villeroi. Durmaz konnte in seinen Augen sehen, dass er lieber mitgekommen wäre.

„Weil", erwiderte der Hauptkommissar, winkte der Oberkommissarin, ihm zu folgen, und schritt auf die Bürotür zu. Durmaz musste sich beeilen, ihrem Chef hinterherzukommen, ergriff im Vorbeigehen ihre Jacke, die sie wie stets über die Rückenlehne ihres Stuhls geworfen hatte, und drehte sich noch einmal zu ihrem Kollegen um. „Und Finger weg vom Hafen. Mein Tatort." Dann lachte sie ihn an, wandte sich um und folgte Schulze in den Gang hinaus.

Durmaz konnte sich noch daran erinnern, wie sie zusammen mit Villeroi das erste Mal zu Busches Wohnung gekommen war. Die Senefelderstraße war im unteren Bereich noch genauso eng wie beim letzten Mal und immer noch für den Durchgangsverkehr gesperrt. Schulze sah die Oberkommissarin überrascht an, als sie einbog und nur mit den Schultern zuckte.
„Ich denke, das geht in Ordnung. Wir haben ja ein Anliegen."
Durmaz zuckte noch einmal mit den Schultern, fand dann eine freie Stellfläche in der Nähe des Hauses, in dem Busches Wohngemeinschaft untergebracht war. Sie parkte den Astra ein, stieg aus und wollte gerade um den Dienstwagen herumgehen, als auf der anderen Straßenseite ein Auto ausparkte. Überrascht blieb sie stehen und schaute dem Wagen nach. Am Steuer saß Busche.
Durmaz fluchte laut. „Das ist er." Sie hatte sich bereits umgedreht, rannte zum Wagen. Es klackte vernehmlich, als die Zentralverriegelung die Fahrzeugtüren öffnete. Sie sprang hinein. Den Gurt ins Schloss ziehen und den Zündschlüssel drehen, war eine Bewegung. Willig sprang der Motor an. Ein Blick über die Schulter zeigte ihr, dass sie noch ein wenig Platz zum Rangieren hatte. Nebenbei stellte sie fest, dass Schulze ebenfalls auf seinem Sitz saß und angeschnallt war. Oder noch? Er griff unter das Armaturenbrett, holte das Rundumlicht hervor und stellte es aufs Wagendach. Dann schoss ihr Dienstwagen bereits aus der Parklücke. Die Reifen kreischten entsetzt auf, als die Kommissarin die Handbremse zog. Irgendwo piepte ein Warnton. Sie ließ den

Handbremshebel mit der Rechten wieder zurückgleiten und kurbelte mit der Linken am Lenkrad, bis der Wagen in der Spur lag. Dann jagte sie hinter dem Fliehenden her. Ob Busche sie ebenfalls gesehen hatte? Sicherlich. Die Kommissarin sah die Bremslichter von Busches Wagen kurz aufflammen, als dessen Fahrzeug am Ende der Senefelderstraße nach rechts abbog. Er musste sie bemerkt haben. Durmaz trat das Gaspedal ins Bodenblech und schlug den zweiten Gang rein.
Schulze hatte das Martinshorn eingeschaltet.
Als sie ebenfalls das Ende der Straße erreichten, sah Durmaz, dass die von links kommenden Fahrzeuge bereits stehen geblieben waren. Sie gab Gas, riss die Handbremse hoch und drehte kurz am Lenkrad. Willig legte der Opel sich in die Kurve. Die Reifen kreischte kurz auf, dann war das Fahrzeug wieder in der Spur.
Ein Stück weiter vorne konnten sie Busches Wagen erkennen. Zwei Autos waren noch zwischen ihnen. Die Ampel sprang auf Grün und Busche steuerte nach links. In einem weiten Bogen fuhr er in die Kreuzung, dann die Waldstraße hinunter in Richtung Marktplatz.
Die beiden Wagen hinter ihm stoppten, als sie das Martinshorn hörten. Auch die Fahrzeuge auf der mittleren Spur blieben unvermittelt stehen. Nur die rechte Spur war frei. Kurz entschlossen lenkte Durmaz den Astra auf die rechte Spur, ließ allerdings den linken Blinker an. Die Wagen auf der mittleren Spur standen noch auf der Kreuzung. Für den Bruchteil einer Sekunde konnte sie die Gesichter der Fahrer sehen. Sie waren unschlüssig.
Durmaz gab Gas, rollte an den stehenden Autos vorbei, fuhr bis in die Mitte der Kreuzung und riss dann das Steuer links, bis sie in der Fahrspur stand. Der gesamte Verkehr schien zum Erliegen gekommen zu sein. Nur Busches Wagen fuhr weiter vorne ohne Hast die Waldstraße hinunter. Durmaz gab wieder Gas.
Dann schien Busche sie bemerkt zu haben, setzte den Blinker nach rechts und bog in die Bleichstraße ein. Durmaz blinkte ebenfalls und folgte ihm. Sie merkte, wie der Fahrer

hektisch wurde, nach rechts und links schaute, bis er eine Toreinfahrt gefunden hatte. Durmaz sah, wie Busche das Steuer herumriss und in die Einfahrt lenkte. Doch dort stand bereits ein Lieferwagen.

Für einen Augenblick flammten die Bremslichter von Busches Wagen auf. Dann verschwanden sie unter der Motorhaube des Astras der Kommissarin. Es krachte.

Abrupt kam der Opel zum Stehen. Für einen Moment befürchtete Durmaz, dass die Airbags ausgelöst würden. Doch nichts durchbrach die Sekunden der Stille.

Langsam stieg Durmaz aus. Schulze folgte ihr. Die Kommissarin warf einen schnellen Blick zwischen die beiden Fahrzeuge. Die Stoßfänger waren geborsten. Das Kennzeichen des Dienstwagens der Kommissarin hing schräg in der Verschraubung.

Durmaz schaute zur Fahrertür von Busches Wagen, die sich nun ebenfalls öffnete. Sie konnte Florian Busche erkennen, der benommen ausstieg. Entsetzt schaute er zu dem Polizeiwagen hinüber, dessen Rundumleuchte noch immer blaue Lichtkegel auf die Häuserwände malte.

„Ich konnte nicht …" Busche wies auf den Transporter, der die Einfahrt blockierte. „Ich wollte nur …" Dann schien er Durmaz zu erkennen. „Sie?"

Mit einem Mal war Durmaz klar, dass der Student gar nicht mitbekommen hatte, dass die Polizei hinter ihm her gewesen war. „Herr Busche", meinte sie, so freundlich es ihr unter diesen Umständen möglich war. „Könnten Sie uns bitte aufs Präsidium begleiten. Dort werden wir alles Weitere in Ruhe regeln."

Busche nickte resigniert.

*

Ein Kollege nahm Busches Aussage zu dem Unfall auf, nachdem sie im Präsidium angekommen waren. Durmaz war zu ihrem Schreibtisch geeilt, allerdings nicht, ohne die Kollegen zu bitten, Busche zu ihr zu schicken, sobald sie fertig wären. Dann hatte die Kommissarin ihren Computer gestartet, um nach den Formularen für die eigene Unfallmeldung zu suchen. Immerhin musste ihr Dienstwagen repariert werden – genauso wie der Wagen von Busche. Und die Versicherungen mussten informiert werden und sie musste sich ein Ersatzfahrzeug besorgen und ... Schweiß trat ihr auf die Stirn, wenn sie nur daran dachte.

Doch bevor Durmaz das richtige Formular finden konnte, klingelte ihr Mobiltelefon. Sie schaute auf das Display: Trill. Durmaz nahm das Gespräch an.

„Haben Sie einen Moment Zeit", meinte Trill, nachdem er sich gemeldet hatte.

Eigentlich hatte sie keine Zeit, doch sie erwiderte: „Schieß los, Trill!"

„Wie versprochen habe ich mich ein wenig umgehört."
Wem, zum Teufel, hatte er das versprochen? Worüber hatte er sich umgehört? „Ich habe auch ein paar Dinge herausgefunden. Ich glaube, ich habe Ihr Opfer gefunden."

„Dominik Stollwerck."

„Genau. Stollwerck hat einmal in einem Gerichtsverfahren ausgesagt. Dabei ging es um einen Unfall mit Fahrerflucht."
Plötzlich war Durmaz hellwach. „War er der Unfallfahrer?"
„Nein ... Das heißt ... so genau hat das Gericht es nicht feststellen können. Es gab keine Spuren mehr, keine Belege, wer tatsächlich gefahren war. Alle, die in dem Fahrzeug saßen, hatten sich gegenseitig die Schuld zugeschoben, sodass der tatsächliche Fahrer am Ende nicht ermittelt werden konnte. Aus Mangel an Beweisen. Sehr unschöne Sache."
Durmaz nickte. „Das stimmt wohl. Ich gehe einmal davon aus, dass alle mit einem blauen Auge davongekommen sind."
„Genau. Alle Beteiligten haben eine Geldstrafe bekommen, deren Tagessätze bei Schülern und Studenten natürlich nicht sehr hoch sind. Die Eltern haben alles bezahlt und gut war's."
Schnell suchte Durmaz sich einen Stift, ehe sie fortfuhr: „Hast du die Namen der anderen Angeklagten?"
„Die haben Sie selbst, Frau Kommissarin", erwiderte Trill. „Der ganze Fall sollte bei Ihnen im Computer sein. Schauen Sie mal unter Julia Teuschner nach."

„War das die Beschuldigte oder die Klägerin?"
„Das Opfer."
„Wo lebt sie jetzt? Vielleicht sollte ich zuerst mit ihr reden."
„Jetzt kommt's", meinte Trill geheimnisvoll. „Sie verstarb noch am Unfallort. Verblutet."
Langsam rutschten die Puzzlesteine zusammen.
Nachdenklich betrachtete die Kommissarin den Namen, den sie sich aufgeschrieben hatte, ehe sie plötzlich aufhorchte.
„Und ich habe noch etwas für Sie, Frau Kommissarin: Ihr damaliger Freund hat alles miterlebt."
„Warum hat er dann nicht den Rettungswagen gerufen?"
„Darüber stand wenig in der Zeitung", meinte Trill zögernd. „Er muss wohl versucht haben, die Blutung zu stoppen. Es hieß, Julias Beinschlagader sei verletzt worden."
Durmaz nickte langsam. „Aber dessen Namen hast du, gell?"
„Seinen Namen und noch einiges mehr. Er heißt Justin Schmidt."
Durmaz fluchte leise. Irgendwie hatte sie gehofft, dass dieser Name irgendwo auf ihrer Liste auftauchte. Fehlanzeige.
Doch Trill sprach weiter. „Justin ist zurzeit in der Psychologischen Anstalt des Krankenhauses. Er hat den Schock, dass er seiner Freundin nicht helfen konnte, nicht verwunden, hat einen Zusammenbruch gehabt und ist nicht mehr recht zu Bewusstsein gekommen. Ich war dann dort."
„Wo?"
„In der Psychologie."
„Du hast mit ihm gesprochen?"
„Nein, nein, Frau Kommissarin. Er war nicht in seinem Zimmer. Ich …"
„Wie kann er nicht auf seinem Zimmer sein? Er ist doch in Behandlung, oder?"
„Es handelt sich aber nicht um eine geschlossene Abteilung. Und Justin ist auch keine Gefahr für die Allgemeinheit, nur für sich selbst."
… ‚Und für ein paar Insassen eines Wagens, der seine Freundin umgefahren hat', fügte Durmaz in Gedanken hinzu.

„Aber ich habe etwas anderes gefunden: einen weißen Panamahut."

Durmaz schluckte. „Was hast du gefunden?"

„Einen Panamahut. Er lag in Justins Zimmer. Und daneben lag etwas wie ein Bart zum Ankleben. Ebenfalls weiß." Am Tonfall von Trills Stimme konnte die Kommissarin erkennen, wie siegessicher sich der Junge war. Irgendwoher musste er diese Information bekommen haben. Und nun war ihm klar, dass er der Kommissarin wesentlich weitergeholfen hatte.

Durmaz dachte kurz nach, ehe sie fragte: „Woher weißt du das mit dem Panamahut?"

„Aus der Zeitung von gestern. Darin haben sie von einem dritten Opfer berichtet. Stimmt es, Frau Kommissarin, dass es mittlerweile drei Opfer sind?"

„Ja. Das stimmt."

„Kennen Sie die Namen? Können Sie sie mir sagen, Frau Kommissarin? Vielleicht ..."

„Ich glaube nicht" erwiderte Durmaz.

„Auf jeden Fall hat der Reporter mit Zeugen gesprochen. Und dabei wurde wohl jemand erwähnt, der einen solchen Panamahut getragen hat. Das ist auch richtig, Frau Kommissarin, gell?"

Durmaz bestätigte ihm die Aussage, ehe sie in einem verschwörerischen Unterton hinzufügte: „Aber auch das muss vorerst unter uns bleiben, nicht wahr, Trill."

„Das mit dem Panamahut?"

„Auch das."

„Und mit Julia Teuschner?"

„Ebenso."

„Und Justin Schmidt?"

„Auch."

„Mist! Dann kann ich ja über gar nichts reden."

„Genau."

„Auch nicht mit Heide Sachs?"

„Auch nicht mit ihr." ‚Insbesondere nicht mit ihr', wollte Durmaz hinzufügen. Die Hexe von Bieber würde die Informationen für ihre Weissagungen verwenden. Davon war

Durmaz überzeugt. Stattdessen meinte sie: „Aber du bist der Erste, der die komplette Geschichte erfährt. Und außerdem ..." Sie machte eine bedeutungsvolle Pause. „Außerdem hast du der Polizei geholfen!" Durmaz hatte keine Ahnung, ob das irgendeine Bedeutung hatte. Sie konnte es nur hoffen. Sie musste jetzt schnell die alte Fallakte heraussuchen und die Namen aller Beteiligten lesen. Sie konnte nur hoffen, dass ihr der eine oder andere bekannt vorkam. Sie startete erneut ihren Computer, als die Bürotür aufging. Es war Schulze.
„Durmaz. Kommen Sie. Die Kollegen sind fertig. Es kann losgehen."
Überrascht sah Durmaz auf. „Ich brauche noch einen Moment, Chef. Ich muss noch etwas nachschlagen."
„Ei, horsche Se ma. Ich hab das nicht zum Spaß gemacht, mit Ihnen dem Busche hinterherzujagen. Wir sollten das Verhör schon gemeinsam durchziehen. Und zwar jetzt!"
Verärgerung schwang in Schulzes Stimme mit.
Doch Durmaz bekam nur noch die Hälfte mit. „Ich komme sofort, Chef. Sie können ja schon einmal anfangen mit Ihren Fragen." Der Blick der Kommissarin heftete am Monitor. ‚Julia Teuschner'.
„Durmaz!"
„Gleich Chef!"
„Nicht gleich. Jetzt."
Durmaz sprang auf, schaltete den Monitor aus und knallte die Bürotür hinter sich ins Schloss.

Die falsche Spur

„Und jetzt?"
Schulze hatte Durmaz in einen kleinen, abgedunkelten Raum geführt, der unmittelbar neben dem Verhörraum lag, in den man Florian Busche gebracht hatte. Durch eine einseitig verspiegelte Scheibe konnten die beiden Beamten den Studenten beobachten, der dort vor einem spartanischen Tisch saß.

„Ei, horsche Se ma. Die Verbindung zwischen den Opfern und zwischen ihnen und Busche. Darüber müssen wir mehr wissen!"
Durmaz nickte.
„Ich denke, wir beobachten ihn noch ein wenig. Etwas nervös scheint er zu sein."
„Das wären Sie auch, wenn Sie gerade einen Unfall mit einem Dienstwagen der Polizei gehabt hätten."
„Keineswegs", erwiderte der Hauptkommissar.
Durmaz schaute auf und blickte ihrem Chef ins Gesicht. Dann lächelte sie ein wenig verdrossen. „Stimmt, Chef. Sie nicht!" Nachdenklich blickte sie durch die Scheibe in den hell erleuchteten Nachbarraum.
„Er war es nicht", meinte sie plötzlich.
Schulzes Blick war dem ihren gefolgt und heftete noch immer an Busche, als er meinte: „Wie kommen Sie darauf?"
„Bauchgefühl", erwiderte die Kommissarin.
Schulze schwieg einige Zeit, ehe er antwortete. „Das ist ein Anfang. Er hilft uns aber nicht weiter. Momentan haben wir – ehrlich gesagt – nichts. Und um seine Schuld oder Unschuld belegen zu können, brauchen wir Beweise. Und dazu müssen wir wissen, wie seine Beziehungen zu den drei Opfern waren. Die zu dem zweiten Opfer kennen wir ja bereits. Aber die anderen beiden, Stollwerck und Platzinger, da muss es eine Verbindung geben. Und es ist die einzige Spur, die wir momentan haben."
‚Aber nur, weil ich nicht recherchieren konnte', dachte Durmaz, doch sie sprach es nicht aus. Vielleicht lag ja auch Trill falsch. Vielleicht war die Verbindung ja auch eine komplett andere, an die sie bisher noch nicht gedacht hatten. Vielleicht …
Sie raffte sich auf, sah Schulze an und meinte: „Gut. Packen wir's an."
Doch der Hauptkommissar schüttelte den Kopf. „Nee, nee. Ausquetschen können Sie Busche schon alleine. Ich bleibe hier und schau zu."

Durmaz zuckte mit den Schultern, während sie den kleinen Raum verließ. Das war wieder einmal typisch Schulze gewesen: Zuerst Hektik verbreiten und, wenn die Arbeit kam, die anderen vorlassen. Dann drückte sie die Klinke hinunter und betrat den Verhörraum.

Busche schaute auf, als sie eintrat. „Hallo. Man sagte mir, dass Sie noch etwas mit mir zu besprechen hätten."

Durmaz trat an den Tisch, rückte sich einen der Stühle zurecht und setzte sich Busche gegenüber.

„Es tut mir ehrlich leid", meinte der Student. „Ich hatte den Transporter nicht gesehen. Sonst wär ich nicht in die Einfahrt gefahren."

„Aber Sie haben dann doch noch ziemlich viel Platz nach vorne gehabt."

Busche nickte zerknirscht. „Das haben Ihre Kollegen, die den Unfall aufgenommen haben, auch gesagt. Sie meinten, das wäre letzten Endes Behinderung eines polizeilichen Einsatzes gewesen."

Durmaz horchte auf. „Das haben die Kollegen gesagt?"

Busche nickte.

„Das können die doch noch gar nicht festgestellt haben. Ich habe meinen Bericht ja noch gar nicht abfassen können."

„Die meinten, weil Sie mit Blaulicht unterwegs gewesen waren."

Durmaz lächelte. „Im Normalfall wäre das richtig. Aber die Kollegen kennen den Grund für den Einsatz ja gar nicht. Es könnte ja sein, dass das Blaulicht wegen etwas ganz anderem eingeschaltet wurde." Sie sah, wie etwas in Busches Augen aufflammte, etwas wie die Erkenntnis, dass er vielleicht doch mit einem blauen Auge aus der Geschichte herauskam. Durmaz beschloss nachzuhaken. „Es könnte ja sein, dass ich Sie bei einer Ordnungswidrigkeit gesehen habe und Sie deswegen anhalten wollte."

„Aber ich habe doch nichts falsch gemacht."

„Sind Sie sich da absolut sicher."

Durmaz konnte sehen, wie Busches Gehirn plötzlich anfing zu arbeiten, ehe er gedehnt meinte: „Neeiiin …"

„Nun. Dann muss ich einmal nachdenken. Doch zuerst zu etwas anderem: Dass Sie Silvio Smolek kennen, hatten Sie uns ja bereits bestätigt."
Busche nickte ein wenig irritiert.
„Wie sieht es mit Dominik Stollwerck aus?"
„Kenne ich nicht", erwiderte Busche gedankenversunken. „Hatten Sie mich das nicht schon gefragt? Wer soll das sein?"
„Er war ebenfalls Student."
Busche nickte wie zur Bestätigung dieser Information. Doch schien ihn weder diese Aussage noch die Tatsache, dass die Kommissarin ihn in Verbindung zu diesem Namen brachte, irgendwie aus dem Konzept zu bringen. Er schien eigenen Gedanken nachzuhängen.
„Sagt Ihnen der Name Karin Platzinger etwas?", hakte die Kommissarin nach.
Busche schüttelte bedächtig den Kopf. „Ist das auch eine Studentin?"
Durmaz nickte.
„In meinem Semester ist sie jedenfalls nicht. Und auch dieser Stollwerck nicht", fügte Busche schnell hinzu. „Studieren die beiden überhaupt Medizin?"
„Das wissen wir nicht."
„Aber sie studieren in Frankfurt."
„Wahrscheinlich."
„Das ist aber nicht gerade viel, Frau Kommissarin."
Durmaz nickte erneut.
„Und warum wissen Sie das nicht? Ich meine … haben Sie nicht einmal beim AStA nachgefragt?"
„Wo?"
„Oh." Busches Miene hellte sich auf. „Der Allgemeine Studierendenausschuss. Die haben in der Regel den Überblick. Sie dürfen zwar keine Informationen rausgeben, aber … ich meine … Sie sind immerhin die Polizei."
„Wir waren bei der einen oder anderen Fakultät", versuchte Durmaz entschuldigend. „Aber das sind ziemlich viele."
„Ja, da sind Sie ziemlich lange beschäftigt." Busche nickte bestätigend.

Durmaz überlegte einen Moment. Dann meinte sie: „Was ist eigentlich mit diesen ganzen Büchern, die bei Ihnen in der Wohnung herumlagen?"
„Ich sagte doch: Wir bereiten uns auf die Prüfungen vor."
„Wir?"
„Silvio und ich. Er ... Mist. Daran habe ich noch gar nicht gedacht. Ich werde wohl mit Klara alleine weitermachen müssen." Busche sprach jetzt mehr zu sich selber. „Oder ich schmeiße die Prüfung in diesem Semester und versuche es im nächsten noch einmal. War echt hart ..."
„Sie meinen das Semester?"
Busche nickte versonnen. „Jetzt, wo Silvio tot ist. Ich glaube, das hat mich dann doch ein wenig aus der Bahn geworfen."
„Und Klara?"
„Ich denke, sie auch. Ich werde mal mit ihr darüber reden, wie sie das sieht. Ich weiß nicht, ob ich mich genug auf den Stoff konzentrieren kann, jetzt, wo Silvio ..." Erneut brach er ab.
„Wie heißt Klara mit Familiennamen?"
„Benetti. Warum fragen Sie?"
Der Name kam Durmaz bekannt vor. Sie schrieb ihn auf, doch, um Busche nicht weiter zu motivieren nachzuhaken, winkte sie ab. Wo war ihr der Name schon einmal begegnet. Die Antwort kam von Florian Busche selber. „Sie wohnt mit Silvio in einer WG. Und wir drei studieren im gleichen Semester und bereiten uns gemeinsam auf die Prüfungen in den Semesterferien vor. Das heißt: Sie hat mit Silvio in der gleichen WG gewohnt. Silvio ist ja jetzt ..."
Kurz musste Durmaz an Villeroi denken. Er war nicht so sehr von Busches Unschuld überzeugt wie sie selber. Was würde er fragen, wenn er hier an ihrer Stelle sitzen würde? Die Vermutung von Busches Unschuld war in diesem Fall doch ein Hindernis. Dann meinte sie: „Haben Sie die Lösung zu den Fragen?"
„Welche Fragen?"
„Na, die zu ihrer Prüfung. Ich meine, da waren schon ein paar recht – wie soll ich sagen – skurrile Fragen dabei?"

Busche hob den Kopf, schaute die Kommissarin an und zog fragend eine Augenbraue hoch.

„Na ja", meinte Durmaz. „Es ging schon bei verdächtig vielen dieser Fragen um Blut, um dessen Zusammensetzung, um seine Veränderungen nach dem Tod und solche Sachen."

„Und?"

„Wollen Sie einmal Pathologe werden?" Sie musste kurz an Doktor Bernward Brandtner denken. Charakterlich schien er so gar nicht zu Florian Busche zu passen. Aber vielleicht hatte der Beruf ihn mehr geprägt, als man gemeinhin annahm.

Doch Busche schüttelte lächelnd den Kopf. „Nein, nein, Frau Kommissarin. Also eigentlich weiß ich das noch gar nicht. Aber das sind ganz normale Prüfungsfragen im Medizinstudium. Hämatologie. Das hat erst einmal nichts mit Pathologie zu tun. Aber manchmal frage ich mich auch, wozu man das wissen muss, wenn man nicht gerade Pathologe werden will." Er lachte leise. „Ich glaube, Frau Kommissarin, ich glaube, Silvio hat darüber nachgedacht, Pathologe zu werden. Er war in dem Bereich eh besser als ich."

„Deswegen haben Sie mit ihm zusammen geübt?"

„Auch", erwiderte Busche. „Jeder hat seine Stärken und seine Schwächen. Da trifft es sich schon gut, wenn man sich gegenseitig unterstützen kann. Und außerdem", fügte er ein wenig enttäuscht hinzu, „kann man schon froh sein, wenn man jemanden findet, der bereit ist, mit einem zusammen zu üben."

Durmaz sah den Studenten überrascht an.

„Ja, die Leistungsgesellschaft hat auch im Studium Einzug gehalten. Viele Studenten sehen sich nicht mehr als Teil einer Gemeinschaft, die das gleiche Ziel erreichen will. Sie sehen die anderen nur noch als Konkurrenten um zukünftige Stellen."

„Und dabei gibt es nicht einmal genug Ärzte", fügte Durmaz hinzu.

„Das stimmt. Aber es gibt nicht genug gute Jobs für alle."

„Das war aber schon immer so."

„Wahrscheinlich", meinte Busche nachdenklich. „Aber es war nie so wichtig, erfahren, gut und jung zu sein."
‚Ja. Das ist wohl wahr', dachte Durmaz. Dennoch hakte sie nach: „Und deshalb denken Sie, Sie müssten so früh wie möglich so viele Erfahrungen wie möglich sammeln?"
Busche schaute die Kommissarin überrascht an. „Ja, natürlich ... ähm ... Nein ... Wie meinen Sie das?"
„Na ja. Vielleicht haben Sie ja ein paar der Fragen – wie soll ich sagen – nachgeprüft."
Empört sprang Busche auf. Sein Stuhl polterte zu Boden. Er stemmte die Hände auf die Tischplatte und funkelte Durmaz an: „Wollen Sie etwa sagen, ich hätte Silvio getötet, um festzustellen ob die Antwort zu irgend so einer blöden Prüfungsfrage stimmt?"
„Sie oder einer Ihrer Kommilitonen."
„Sie spinnen!"
„Wieso?"
„Erstens war Silvio mein Freund. Zweitens tötet man doch keinen Menschen, nur um zu untersuchen, wie sich Blut verhält. Und drittens haben wir ja die Antworten zu allen Prüfungsfragen. Wir müssen die Antworten zu den Fragen nur auswendig lernen und nicht selber herausfinden."
Durmaz lächelte. „Setzen Sie sich bitte wieder!" Sie wartete, bis Busche den Stuhl aufgehoben und wieder Platz genommen hatte. Noch immer hörte sie seinen schnellen Atem, doch er schien sich langsam wieder zu beruhigen. Dann meinte sie: „Also. Den ersten Punkt können wir nur schwer nachprüfen. Ihr dritter Punkt ergibt Sinn. Aber dem zweiten Punkt Ihrer Ausführungen muss ich entschieden widersprechen: Sie wären wirklich nicht der Erste, der jemanden tötet, nur um herauszufinden, was zum Zeitpunkt des Todes tatsächlich geschieht."
„Aber ich habe Silvio nicht ..."
„Das werden wir noch feststellen, Herr Busche."
Plötzlich wurde Busches Stimme eine Spur kälter. „Was haben Sie eigentlich bisher gemacht, um den Tod meines Freundes aufzuklären – ich meine, außer mich hier festzuhalten und des Mordes zu bezichtigen."

Durmaz wartete einen Moment. Sie nutzte die Zeit, um ihr Gegenüber genauer zu betrachten, ehe sie meinte: „Wenn ich Sie des Mordes bezichtigen wollte, dann wäre das hier keine Befragung, sondern ein Verhör. Und dann kämen Sie nicht so einfach davon. Aber da dies kein Verhör ist, steht es Ihnen selbstverständlich frei, jederzeit das Präsidium zu verlassen."
„Gut", meinte Busche und erhob sich, nun allerdings bedeutend langsamer. „Dann werde ich Ihrem Angebot nachkommen und nach Hause fahren."
„Ach ja", meinte Durmaz schließlich. „Wegen des Unfalls werden Sie noch ein Schreiben der Kollegen bekommen. Und die Versicherung wird sich mit Ihrer Versicherung in Verbindung setzen." Sie nickte Busche zu, als dieser die Tür öffnete, blieb allerdings sitzen.

Nicht lange, nachdem Florian Busche den Verhörraum verlassen hatte, öffnete Walter Schulze die Tür und trat ein.
„Und nun?", meinte der Hauptkommissar schließlich.
„Er war's nicht, Chef." Langsam stand Durmaz auf, schob die Stühle zurecht und folgte ihrem Chef aus dem Raum. „Und die anderen beiden kannte er auch nicht. Diese Spur führt nirgendwo hin. Wir müssen irgendwo anders suchen. Pech für Villeroi."

*

„Und schon etwas Neues über unseren Vampir herausbekommen?", feixte Durmaz, als sie zusammen mit Schulze ins Büro zurückkam.
Stefan Villeroi saß wieder an seinem Schreibtisch und brütete über einer Akte. Durmaz vermutete, dass es sich um Brandtners Obduktionsbericht des letzten Opfers handelte: Karin Platzinger, deren Leiche man auf der Hafeninsel gefunden hatte. Er blickte auf, als Schulze und Durmaz eintraten.
„Sie waren unterwegs gewesen?", hakte Schulze sofort nach.
Villeroi sah seinen Chef überrascht an.

Der lächelte. „Wir waren kurz im Büro, nachdem wir diesen Florian Busche ... na ja ... aufgegabelt hatten. Aber Sie waren nicht dagewesen, Villeroi."
„Ich war noch einmal kurz in der SpuSi."
„Hatten Sie Fragen zu Brandtners Bericht?", hakte Schulze nach, während der Blick der Kommissarin zu dem dampfenden Kaffeebecher wanderte, der vor Villeroi auf dessen Schreibtisch stand.
„Oder hast du dir Kaffee geholt, Stefan."
„Letzteres. Der ist einfach besser, da unten."
„Dort, wo es immer nach Leichen ..."
„Jep!"
„... nach verbranntem Gummi ..."
„Jep!"
„... und verschmortem Plastik stinkt?"
„Genau. Und du kannst ihn mir einfach nicht vermiesen!"
„Und wegen dem Kaffee haben Sie das Verhör von Busche verpasst", hakte Schulze nach.
Der Angesprochene antwortete lakonisch: „Sie werden den Studenten auch ohne meine Hilfe überführt haben, Chef."
„So ähnlich", erwiderte dieser, warf Durmaz einen bedeutungsvollen Blick zu und ging weiter in Richtung seines Büros.
Villeroi zog die Stirn ein wenig kraus und warf seiner Kollegin einen fragenden Blick zu. „So ähnlich?"
„So ähnlich", bestätigte diese, schob ihren Stuhl zurecht und setzte sich. Hinter sich konnte sie die Schritte des Hauptkommissars hören, der durch die Verbindungstür verschwand.
Durmaz wollte gerade ihren Monitor einschalten, als Villeroi nachhakte: „Ja, was nun?"
„Nun. Wir haben abgeklärt, ob Busche es war."
„So ähnlich", schallte Schulzes Stimme durch die Verbindungstür.
„Ach so", meinte Villeroi resigniert. Und nach einer kleinen Pause fügte er hinzu: „Aber vielleicht wäre doch einer von euch so freundlich, mir zu sagen, was ihr herausgefunden habt."

„Kurz gesagt", erwiderte Durmaz. „Er war's nicht."
„Er war's nicht?"
„Nein."
„Und das wissen wir, weil er das freimütig zugegeben hat?"
„Seine Erklärungen waren stichhaltig", versuchte die Kommissarin ein wenig schwach zu erläutern.
„Das ist nicht sonderlich viel, Saliha."
„Es ist auf jeden Fall mehr, als wenn ich sagen würde: Bauchgefühl."
„Aber es ist das Gleiche!"
„Nun …"
Villeroi schaute seine Kollegin ein wenig provokativ, doch abwartend an.
„Okay. Du hast recht. Es ist in erster Linie ein Bauchgefühl, das mir sagt, dass Busche eher potenzielles Opfer als Täter ist."
„Ach. Jetzt ist er auch noch ein potenzielles Opfer. Hast du eigentlich irgendeinen Beleg für deine Aussagen, Saliha? Alleine mit Bauchgefühl bekommen wir keinen Mörder hinter Gittern oder ein potenzielles Opfer in Sicherheit."
„Das stimmt." Durmaz nickte. „Deswegen müssen wir uns unbedingt auf die Suche nach weiteren Beweisen machen. Was gibt der Obduktionsbericht von Karin Platzinger her?"
„Ischämisch."
„Also war es wieder unser Vampir", stellte Durmaz fest, während sie endlich ihren Monitor einschaltete. „Gibt es sonst noch etwas Interessantes?"
Villeroi schüttelte den Kopf. „Der Mörder ist wieder … sagen wir … äußerst medizinisch vorgegangen. Aber das spricht eher für einen Medizinstudenten als gegen Busche."
„Oder einen Arzt. Oder einen Pfleger. Oder einen, der sich aus irgendeinem anderen Grund solch ein Vorgehen aneignen könnte. Etwa, weil er …" Durmaz stockte. Gebannt starrte sie auf den Monitor, auf dem sich gerade ein Bild aufbaute, das letzte Bild, das Durmaz vor ihrem Verhör weggeschaltet hatte.
Villeroi blickte überrascht auf, doch der Blick der Kommissarin hing am Monitorbild, das Villeroi selber nicht einsehen

konnte. Er wartete einen Moment, ehe er meinte: „… weil er …?"

Durmaz benötigte einen Moment, ehe sie einen klaren Gedanken fassen konnte und aufsah.

„… weil er …", wiederholte Villeroi auffordernd.

„… weil er selber laufend solchen Prozeduren unterliegen muss und alleine durch das Zuschauen gelernt hat, wie man so etwas – sagen wir einmal – professionell macht."

„Blutabsaugen?" Die Stimme des Kommissars schwankte zwischen Fragen und Lachen. „Denkst du da an das Opfer eines Vampirs?"

„Der Vampir war deine Erkenntnis", gab Durmaz zurück. „Ich denke da eher an einen medizinischen Notfall, jemanden der einer Vielzahl von Operationen unterlegen war oder ist. Oder der laufend Bluttransfusionen erhalten muss."

„Und warum sollte so jemand sich an Medizinstudenten rächen? Meinst du, Medizinstudenten hätten einen Fehler gemacht und würden – aus Sicht des Opfers – auf diese Weise zur Rechenschaft gezogen werden?"

Durmaz zog die Stirn kraus. „Wie kommst du auf Medizinstudenten? Hast du etwas gegen Medizinstudenten? Du hast dich da wohl an etwas festgebissen. Nur eines der Opfer – Silvio Smolek – hat Medizin studiert."

„Und die anderen? Du wolltest doch herausfinden, bei welcher Fakultät das erste Opfer eingeschrieben war. Hast du da etwas herausbekommen?"

Langsam schüttelte die Kommissarin den Kopf. „Dominik Stollwerck? Nein, da bin ich nicht weitergekommen. Da war …" Sie machte eine kleine Pause und versuchte, sich zu erinnern, wie weit sie mit diesen Untersuchungen gekommen war. „Da kam das dritte Opfer dazwischen. Karin Platzinger."

„Wissen wir eigentlich etwas über sie?"

„Hast du etwas im Obduktionsbericht darüber gelesen?"

Villeroi lachte hell auf. „Im Bericht von Doktor Bernwart Brandtner? Das glaubst du doch selber nicht. Ich kann dir aber sagen, was er zu diesem Thema hineingeschrieben hätte, wenn man ihn dazu gebeten hätte: ‚Des könne sisch die Hahnebambel von Kommissare selber raussuche.'"

„Will heißen …?"

Villeroi lachte erneut. „Das heißt, dass wir das selber recherchieren sollen."

„So habe ich diesen Pathologen kennengelernt", nickte Durmaz.

„Dann sollten wir uns auch drum kümmern, Saliha."

„Sollten wir! Ich schlage vor, du versuchst etwas über das Leben von dieser Karin Platzinger herauszufinden und ich kümmere mich weiterhin um unser erstes Opfer."

Villeroi nickte. „Mir gleich. Ich dachte nur, dass es vielleicht sinnvoller wäre, wenn ich mir den Dominik Stollwerck vornehmen würde, weil du es beim letzten Mal nicht geschafft hast!"

„Ich konnte …"

„Heureka!" Es war Schulzes Stimme, die Durmaz unterbrach. Beide Kommissare verstummten, sahen sich einen Moment planlos an und zuckten mit den Schultern.

„… die Mitbewohner …", wollte Durmaz ihren Satz bereits beenden, als Schulze rief:

„Durmaz!"

Die Kommissarin zuckte noch einmal mit den Schultern, schob ihren Schreibtischstuhl zurück und stand auf.

„Dann werde ich mich also doch noch um Stollwerck kümmern müssen …", meinte Villeroi leise.

„Ich …"

Wieder war es die Stimme des Hauptkommissars, die die Kommissarin unterbrach: „Das ist eine gute Idee, Villeroi. Durmaz! Wo bleiben Sie? Ich brauche Sie hier!"

Die Kommissarin zog, in Richtung ihres Kollegen gewandt, entschuldigend die Schultern hoch und wandte sich der offenen Verbindungstür zu.

„Und Sie brauchen gar nicht so unschuldig zu tun, Durmaz! Kommen Sie lieber in mein Büro. Aber fix!"

Ein kalter Schauder lief den Rücken der Kommissarin hinunter. Manchmal hatte sie das Gefühl, dass Schulze mehr sah, als man eigentlich sehen konnte. Woher hatte er das wieder gewusst? Sie warf Villeroi noch einen fragenden Blick zu, aber der Kollege war bereits in seine Suche vertieft. Hatte er das nicht mitbekommen?

Als Durmaz Schulzes Büro betrat, war dieser nicht in eine Akte vertieft, sondern sah seine Mitarbeiterin fast erwartungsvoll an. Sie blickte fragend zurück.

„Na, kommen Sie ruhig hierher, zu meinem Schreibtisch", meinte er in einem nahezu versöhnlichen Ton.

Als Durmaz näherkam, konnte sie in eine Akte schauen, die aufgeschlagen auf dem Schreibtisch des Hauptkommissars lag. Ein paar Fotos in Profil und Frontalansicht waren mit Büroklammern an der Innenseite des Frontdeckels der Aktenmappe befestigt worden. Durmaz konnte die Gesichter auf den Fotos nicht erkennen, aber auch das, was von der ersten Berichtseite zu sehen war, kam ihr nicht bekannt vor. Sie lächelte Schulze unsicher an.

„Erkennen Sie eines dieser Gesichter wieder?", fragte der Hauptkommissar selbstsicher.

Durmaz war sich sicher, dass Schulze davon ausging, dass sie jemanden von den Personen auf dem Foto bereits gesehen hatte. Doch sie selber wusste mit diesen Personen nichts anzufangen. Verstohlen warf sie einen Blick auf die Namen, die in der Akte vermerkt waren. Sie schienen vornehmlich türkischer Abstammung zu sein. Doch keiner der Namen sagte ihr etwas. Was sollte das? Was wollte Schulze von ihr? Nur, weil sie einen türkischen Hintergrund hatte …

Durmaz spürte, wie ihr Blutdruck stieg. Sie hatte das Gefühl, als wolle ihr Kopf explodieren. Er musste bereits knallrot sein. Sie schaute Schulze an, doch der lächelte noch immer.

Plötzlich gefror das Lächeln des Hauptkommissars. „Äh. Nein. Nicht das, was Sie meinen, Durmaz! Es geht nicht darum, dass Sie Türkin sind … äh … waren." Er machte eine kurze Pause. Durmaz konnte sehen, wie Schulze plötzlich klar wurde, dass die Kommissarin die deutsche Staatsangehörigkeit gewählt hatte. Er atmete tief durch. „Also. Das ist ein alter Fall von Bandenkriminalität. Schon längst abgeschlossen. Das war, bevor Sie nach Offenbach kamen." Er machte eine weitere Pause, schien nach den richtigen Worten

zu suchen. Dann fuhr er fort: „Erinnern Sie sich an Ihren ersten Abend in Offenbach. Nun, vielleicht nicht direkt Ihr erster Abend. Aber Ihr erster Abend, nachdem Sie sich hier im Polizeipräsidium vorgestellt hatten …"
„Sie meinen die Drinks im Nachtschalter."
Schulze nickte versonnen. „Ja. Den gibt es auch nicht mehr. Aber ich meine davor."
„Als ich Stefan Hirschberg den Arm ausgekugelt habe?"
„Genau. Sie sind dort mehreren Jugendlichen begegnet. Erinnern Sie sich an die?"
Durmaz nickte. „Der Anführer, ein gewisser Markowitz, ist vor Kurzem bei einem Verkehrsunfall bis zur Unkenntlichkeit verbrannt. Scheußliche Sache!"
Schulze lächelte bestätigend. „Den meine ich nicht. Da waren noch andere dabei gewesen. Erinnern Sie sich an deren Gesichter?"
Bedauernd schüttelte die Kommissarin den Kopf. „Tut mir leid, Chef. Das weiß ich ehrlich nicht mehr. War einer von denen dabei gewesen? Sie waren doch auch dort gewesen und haben denen ordentlich Angst eingejagt." Durmaz hatte bis heute keine Ahnung, wie der Hauptkommissar es angestellt hatte, plötzlich zu erscheinen. Und was er getan hatte, dass dieser Markowitz und seine Kumpane plötzlich kleinlaut geworden und abgehauen waren. Sie hatte stets angenommen, dass die Jugendlichen ihn gekannt hatten. Doch das war wohl nicht der Fall gewesen, da er so lange gebraucht hatte, ihre Bilder in den alten, abgeschlossenen Akten zu finden.
„Holen Sie sich noch einmal die alten Akten zu dem Fall heraus, Durmaz. Und versuchen Sie, sich zu erinnern! Ich denke, das ist sehr wichtig."
„Aber Chef. In Offenbach läuft ein Serienmörder herum."
„Ich weiß, Durmaz. Der Fall ist bei Villeroi in den besten Händen. Kümmern Sie sich zuerst einmal um Ihre Erinnerungen. Die werden Sie brauchen."
„Stefan soll den Serienmörder alleine dingfest machen? Er ist doch noch immer davon überzeugt, dass Florian Busche oder einer von dessen Kommilitonen dahintersteckt."

„Das ist sicherlich die falsche Spur, Durmaz. Da haben Sie recht. Aber auch Villeroi hat das mittlerweile erkannt", fügte Schulze vielsagend hinzu.

Ein langer Abend

Florian Busche versenkte den Blick erneut in seinen Lehrbüchern. Wenige Sätze, dann hob er den Kopf ein weiteres Mal und starrte an die gegenüberliegende Wand. Was war los? Brach gerade die Welt zusammen?
Zuerst war da dieser Unfall gewesen. Gut. Das war bereits einige Monate – ein Jahr? – her. Doch die Erinnerungen daran – an das viele Blut – kamen immer wieder zurück, rissen ihn aus dem Schlaf. Und in diesen Wochen kamen sie vermehrt. Es hatte nichts geholfen, mit Silvio darüber zu reden. Er hatte alles abgeblockt. Und dann war Silvio verschwunden, ermordet. Doch damit nicht genug: Die Polizei verdächtigte ausgerechnet ihn, seinen Freund umgebracht zu haben. Busche kam sich vor wie in einem schlechten Film: Nur, weil so ein Bulle die Bücher mit den Prüfungsfragen in seiner Wohnung gesehen hatte, bei denen es unter anderem auch um Verbluten ging, war man der Meinung gewesen, dass er, Florian Busche, der Mörder sei.
Na ja. Zwischenzeitlich hatte diese Oberkommissarin ihn laufen lassen – nachdem sie sein Auto kaputtgefahren hatte. Der hintere Stoßdämpfer seines alten Wagens war hin.
Busche hatte keine Ahnung, woher er das Geld für einen neuen Stoßfänger nehmen sollte. Zwar war er davon überzeugt, dass er keine Schuld an diesem Zusammenstoß trug, aber: Sein Unfallgegner war eine Polizistin! Da war es nahezu sicher, dass er auf den Kosten für die Reparatur seines Wagens sitzen bleiben würde. Ja, er konnte froh sein, wenn er nicht auch noch in seiner Haftpflicht hochgestuft werden würde, weil man ihm die Schuld gab.
Und dann? Konnte er sich sein Auto dann überhaupt noch leisten? Oder musste er einen neuen Nebenjob suchen, um die Versicherungsprämien seines Wagens zu zahlen? War es

dann vielleicht nicht sogar billiger, die Heimfahrten mit dem Zug zu machen?
Wenn er daran dachte, brach ihm der Schweiß aus: mit der S-Bahn nach Frankfurt. Umsteigen in den ICE nach Berlin. Weiter mit dem Regionalexpress, dann der Überlandbus. Und den letzten Kilometer zu Fuß. Er hatte keine Ahnung, wie lange er dafür unterwegs sein würde. Er hatte es noch nie ausprobieren müssen. Zum Glück.
Busche wollte sich gerade wieder seinem Lehrbuch widmen, als es klingelte. Seit etwa zwei Wochen war er bereits alleine in der Wohngemeinschaft. Es war niemand da, der freiwillig zur Wohnungstür gehen und nachschauen konnte.
Widerwillig erhob Busche sich und ging zur Wechselsprechanlage. Wenn er schon nicht zum Üben kam, weil seine Gedanken stetig abschweiften, dann sollte man ihn doch wenigstens in Ruhe lernen – das heißt, nicht lernen – lassen. Aber diese Störungen waren wirklich überflüssig. Wahrscheinlich wieder ein Mitbewohner einer Nachbar-WG, der seine Schlüssel vergessen hatte. Oder der Postbote, der ein Päckchen für einen der Hausbewohner abgeben wollte. Oder …
„Ja?", bellte er in die Wechselsprechanlage. Seine Stimme erschien ihm selber eine Spur zu genervt.
Eine weibliche Stimme meldete sich: „Hey. Ich bin's. Stör ich?"
Busche lag bereits ein frecher Spruch hinsichtlich des Namens „Ich" auf den Lippen, als er die Stimme erkannte.
„Klara?"
„Logo."
„Komm rauf!" Er drückte den Knopf zum Öffnen der Haustür, wartete einen Augenblick und öffnete dann die Wohnungstür.
Klara Benetti war jetzt eine willkommene Ablenkung.
Busche hatte zwar keine Ahnung, warum sie da war, und er bezweifelte, dass sie mit ihm lernen wollte, aber dazu würde er heute sowieso nicht mehr kommen.
Er trat hinaus und schaute das Treppenhaus hinunter. Eine Etage tiefer konnte er ihr Gesicht sehen.

Sie schaute zu ihm herauf. „Willst du dir nicht mal 'ne Wohnung mit Fahrstuhl besorgen?"
„Willst du, dass ich bei euch einziehe, jetzt, wo …" Er brach ein wenig schuldbewusst ab. „Komm. So schlimm ist es nicht." Busche versuchte zu lächeln. Er konnte nicht sagen, ob es ihm gelang. Eigentlich war ihm gar nicht zum Lächeln zumute.
„Ich hoffe, ich störe nicht", meinte Klara Benetti schließlich, als sie, ein wenig außer Atem, Busches Wohnung betrat.
Busche winkte ab und folgte ihr in das Zimmer, das sie als Wohnzimmer auserkoren hatten.
„Ich störe also doch", stellte sie angesichts der Mengen aufgeschlagener Bücher fest. „Bereitest du dich noch auf die Prüfung vor?"
Busche nickte erneut. „Nicht weiter tragisch. Wird schon schief gehen. Ich kann mich eh gerade nicht konzentrieren. Such dir einen Platz."
Hilflos schaute Benetti sich in dem Raum um. Alle Sitzplätze waren mit aufgeschlagenen Lehr- und Übungsbüchern belegt.
„Hast du ein System, nach dem du die verteilt hast?"
„Schon. Aber das macht nichts. Nimm einfach die, die auf einem Sessel liegen, und leg sie daneben auf den Boden. Ich komm schon klar … wenn ich wieder klar bin."
„Klar." Sie schaute erst ihn, dann die im Raum verteilten Sitzgelegenheiten an, wählte eine mit relativ wenigen Büchern und manövrierte diese auf den Boden, ehe sie selber Platz nahm.
„Möchtest du was trinken?"
„Was hast du?"
„Außer Wasser … noch Wasser … und Bier."
„Dann nehme ich … Wasser."
Busche nickte wieder, drehte sich um und verschwand in der Küche. Sie hörte ihn klappern, bevor er mit einem sauberen Glas und einer vollen Flasche wiederkam. Er reichte ihr beides.

Benetti schenkte sich ein, nahm einen kurzen Schluck und meinte: „Aber deswegen bin ich nicht gekommen. Es geht um Silvio."

„Ich habe ihn seit ein paar Tagen nicht mehr gesehen", erwiderte Busche in einem fast entschuldigenden, fast beiläufigen Tonfall.

„Ich weiß, dass die Bullen dich deswegen bereits in der Mangel haben."

Überrascht zog Busche die Augenbrauen hoch.

„So etwas spricht sich rum", meinte Benetti und zog lächelnd die Schultern hoch. „Hast du eine Ahnung, wo er ist?"

„Tot."

Benetti sah Busche entsetzt an.

„Er wurde ermordet. Sie haben noch keine Ahnung, wer es war. Aber es muss irgendetwas mit Medizin zu tun haben …"

Benetti betrachtete Busche fragend. „Mit Medizin? Wie meinst du das?"

„Nun. Jedes Mal, wenn sie mich befragt haben, kamen sie auf mein Studium zu sprechen. Sie haben mir nicht gesagt, worum es ging. Sie haben mich nur über meine Medizin-Kenntnisse ausgefragt."

„Vielleicht wollten sie etwas Medizinisches wissen …"

Benetti schaute nachdenklich auf die Bücher, die den Boden bedeckten.

Doch Busche lachte auf. „Wohl kaum. Die haben bei sich genug Mediziner, die sie befragen können. Es ging um den Mord an Silvio. Da bin ich mir sicher!"

„Waren sie bei dir?", fragte Benetti, ohne aufzuschauen.

Busche nickte. „Klar. Unmittelbar, nachdem sie seine Leiche gefunden hatten. Matthias hat ihnen meine Adresse gegeben."

„Und wie sah es damals hier aus? So, wie jetzt?"

Erneut nickte Busche. „Klar. Ich versuche ja schon seit Wochen, diesen Stoff aufzuarbeiten!"

„Haben sie sich für eines deiner Bücher besonders interessiert?"

„Jaa." Langsam stand Busche von seinem Stuhl auf, ging unschlüssig im Zimmer umher, trat dann neben Benetti, hob eines der Bücher auf und reichte es ihr.
Benetti überflog die aufgeschlagene Seite. Dann fluchte sie.
„Irgendwann einmal hat Silvio mir von einem Ereignis erzählt, in das er involviert war. Nicht so lange her. Ein Unfall oder so."
Mit einem Mal verlor Florian Busche sämtliche Farbe im Gesicht. Er schwankte, hielt sich an dem Stuhl fest, auf dem Benetti saß und begann zu hyperventilieren.
„Scheiße. Flo. Was ist mit dir?" Benetti war aufgesprungen, hatte Busche gestützt und half ihm, auf dem Stuhl Platz zu nehmen. „Was ist los?"
„Teuschner?"
„Ja. Ich glaube, so hieß das Opfer. Weißt du etwas darüber?" Busche nickte. „Fast alles. Ich war dabei, als wir sie fanden. Nachts. Irgendwo auf dem Goethering. Mein Gott." Er machte eine Pause, um zu Atem zu kommen. „Das ganze Blut. Und dann der Typ, der über ihr hing. Silvio hat ihm eine gepfeffert, dass er weggeflogen ist. Und dann haben wir erst gesehen, dass er wohl versucht hatte, die Blutung zu stoppen. Aber da war es schon zu spät gewesen. Wir sind abgehauen. Ich habe noch den Krankenwagen gerufen, aber es war schon zu spät. Ich werde den Anblick des Mädchens nie vergessen."
„Und Silvio?"
„Er hat es leichter weggesteckt, denke ich. Selbst, als wir vor Gericht waren …"
„Sie haben euch angeklagt?"
„Ja, ja. Unterlassene Hilfeleistung. Aber sie hatten ja meine Handynummer von dem Notruf. Da war ich raus. – Schon interessant, dass die die herausbekommen haben, obwohl ich die Rufnummernweitergabe immer ausgeschaltet habe …"
„Und Silvio?"
Einen Moment dachte Busche nach. „Der auch. Sie haben gesagt, er hätte die Situation in seiner Lage zwar falsch eingeschätzt, aber sie haben ihm zugutegehalten, dass er das Beste versucht habe, was seiner Meinung nach zu machen

gewesen sei. Seine Eltern hatten ihm einen guten Anwalt besorgt. Muss richtig teuer gewesen sein. Der hat ihn da rausgeboxt. Ich glaube, Silvio hat ein paar Sozialstunden bekommen. Das war alles. Glück gehabt. Wir haben danach kaum noch darüber gesprochen. Und zu den anderen, die dabei gewesen waren, haben wir nur selten noch Kontakt." Busches Stimme beruhigte sich langsam wieder. Sein Atem ging regelmäßiger, die Farbe kehrte in sein Gesicht zurück.
„Und der Typ?"
„Welcher Typ?"
„Na, der Typ, den Silvio zusammengeschlagen hat?"
„Was soll mit dem sein? Im Verfahren wurde gesagt, er habe versucht, die Blutung zu stoppen. Er sagte, sie sei seine Freundin gewesen. Und sie gaben uns die Schuld daran, dass die Frau verblutet sei."
Nachdenklich schaute Benetti wieder in das Buch, das Busche ihr gereicht hatte. „Was ist aus ihm geworden?"
„Keine Ahnung. Ich habe seit dem Verfahren nichts mehr von ihm gehört. Wieso fragst du?"
Langsam reichte Benetti ihrem Gesprächspartner das aufgeschlagene Buch und wies auf eine der Prüfungsfragen. Dann meinte sie langsam: „Hier geht es um das Verbluten. Silvio ist anscheinend verblutet. Deswegen bist du den Bullen aufgefallen. – Ich denke, dieser Typ hat ein erstklassiges Motiv. Und die Polizei weiß nichts davon."
Busche hob bedächtig den Kopf, sah Benetti an. „Du denkst …"
Die Angesprochene nickte. „Kennst du seinen Namen?"
Busche schüttelte den Kopf.
„Nun, dann sollten wir uns auf die Suche nach ihm machen."
„Aber … wie?"
„Im Internet. Das Internet hat ein seeehr langes Gedächtnis."
Busche nickte.
Die Bilder in seinem Kopf nahmen Form an. Ein Puzzlestein nach dem anderen rückte an seinen Platz.

*

„Wir haben einen langen Abend vor uns", meinte Klara Benetti und nahm vor Busches Computer Platz.

Es war dunkel und kalt. Lars Hellweg hatte keine Ahnung, wo er sich befand. Woran konnte er sich erinnern? Was war als Letztes geschehen? Spinnweben zogen sich durch seinen Kopf. Sie wehten mit dem Wind durch ihn hindurch. Fetzen von Gedanken flogen an ihm vorbei, folgten ihm, flogen voraus, wurden von den Spinnweben gefangen, festgehalten. Doch er flog weiter. Manche fanden zueinander, verbanden sich. Andere trennten sich, fielen auseinander. Das einzig Beständige war die Bewegung.

Hellweg versuchte, den Kopf zu schütteln, um einen klaren Gedanken zu finden. Doch er konnte den Kopf nicht bewegen. Ein stechender Schmerz fuhr vom Hals in die Schultermuskeln – und verschwand, ehe er seiner richtig gewahr wurde. Er versuchte, die rechte Hand zu heben und sich an den Hals zu greifen, doch er konnte sie nicht bewegen. Schwer hing sie herunter, die Finger nach unten ausgestreckt. War das wirklich unten? Oder lag seine Hand auf einer glatten Oberfläche? Auch seine linke Hand konnte er nicht anheben.

Wo war er?

Er musste etwas tun. Er versuchte, die Augen zu öffnen, bis er feststellte, dass sie offen waren. Doch die Dunkelheit, die ihn umgab, verschlang alle Formen, Farben und Konturen. Sie ließ Hellweg keinen Anhaltspunkt, um sich zu orientieren.

Keinen?

Hellweg ließ die Augen kreisen. Rechts, ziemlich nahe, aber unten, konnte er einen Schimmer erkennen. Licht schien durch einen schmalen Spalt, mehrfach reflektiert in den Raum zu gelangen, in dem er sich befand. Er suchte weiter. Auch links waren ein paar hellere Flecken zu sehen. Doch das alles war nicht genug Licht, um etwas erkennen zu können.

Plötzlich hörte er einen Motor. Ein Auto näherte sich ihm von rechts, hielt auf ihn zu, wurde langsamer, bis es nahezu

zum Stillstand gekommen war. Dann beschleunigte es wieder, fuhr an ihm vorbei und verschwand irgendwo in seinem Rücken. Er lauschte. Stille.
Langsam kamen die Erinnerungen wieder. Er hatte den Eindruck, das fremde Auto habe die Spinnweben mitgenommen. Und den Wind, der ihn beständig vorwärtsgetrieben hatte. Er versuchte, sich zu konzentrieren, kramte in seinen Erinnerungen nach Ereignissen der letzten Tage.
Abende in Kneipen. Dominik Stollwerck und Arne Meyer, mit denen er sich nicht nur eine Wohnung teilte. Sie studierten zusammen. Und gingen abends gemeinsam aus. Und da waren andere. Karin Platzinger …
Gestern Abend war er auch mit ihnen am Wilhelmsplatz unterwegs gewesen. Mit ihnen? Nein. Dominik war vor ein paar Tagen verschwunden. Und Karin auch. Sie hatten noch darüber gelacht, Arne, er, Alex und die anderen, hatten gemutmaßt, dass die beiden das Studium an den Nagel gehängt und sich von den Socken gemacht hatten. Nepal? Bhutan? Oder eine Südseeinsel?
Insgeheim hatte Lars gehofft, dass sie bald wieder auftauchen würden. Das alles passte nicht zusammen.
Ausgerechnet Dominik und Karin.
„Wo die Liebe hinfällt", hatte Anna gesagt. Und sie hatten alle schallend gelacht.
Er hatte sich die beiden als Liebespaar vorgestellt – und in das Gelächter eingestimmt. Dennoch war ihm nicht wohl bei der Sache gewesen. Daran konnte er sich erinnern. Und daran, dass er sicher war, sie bald wiederzusehen.
Und dann?
Die Erinnerungen verschwammen im Farbenrausch des Alkohols. So viel hatte er doch gar nicht getrunken. Bald würde er einen klaren Kopf bekommen. Hoffentlich kam vorher nicht der Kater.
Wie viel Uhr es wohl sein mochte …
Erneut versuchte Hellweg, sich zu bewegen, doch seine Arme hingen reglos an seinen Schultern. Mühevoll spannte er den rechten Bizeps an. Er spürte, wie der Muskel schwoll, hart wurde. Doch der Unterarm regte sich nicht. Es war, als

ob er fixiert sei, auf der gesamten Länge in einer eisernen Schelle steckte.
Er versuchte, ihn aus dem herauszuziehen, worin auch immer er stecken mochte. Ein schneidender Schmerz auf seinem Kahnbein ließ ihn innehalten. Das Kahnbein? Sein Arm musste in etwas eingeklemmt sein, so groß, dass die Kraft sich gleichmäßig auf den Knochen verteilte und ihm vorgaukelte, dass er den Arm nicht bewegen könne.
Er zog den linken Arm zurück – und spürte den gleichen Schmerz.
Er atmete tief ein. Seine Brust ließ sich leicht bewegen. Er schob sie ein wenig nach vorn, gewann Abstand im Rücken, spürte nicht mehr die Wand, gegen die er gelehnt war. Brust und Bauch waren also nicht fest. Nur der Kopf ließ sich nicht von der Wand in seinem Rücken wegbewegen. Auch er war fixiert.
Plötzlich hörte er Stimmen. Langsam kamen sie näher. Frauenstimmen. Er konnte nicht verstehen, was sie sagten. Aber das war nicht wichtig. Er musste auf sich aufmerksam machen, musste sie rufen, doch er konnte den Mund nicht öffnen. Fast war es so, als seien seine Lippen zugeklebt und nur unverständliches Gemurmel drang aus seiner Kehle, so leise, dass er es fast selber nicht hören konnte.
Er versuchte, mit den Händen gegen die Wand zu trommeln, während die Stimmen sich langsam wieder entfernten. Doch er konnte die Finger nicht weit genug heben, um ein Geräusch erzeugen zu können. Die Fingernägel klopften auf etwas Weiches, erzeugten keinen Ton. Was war das?
Auch seinen Kopf konnte er nicht bewegen, um ihn gegen die Wand zu schlagen. Und seine Beine? Sie lagen verkrümmt unter ihm. Er konnte sie nicht mehr spüren. Wie lange saß er bereits in dieser Stellung? Saß er überhaupt? Oder lag er? Bei der Dunkelheit hatte er keinen Bezugspunkt mehr, um sich zu orientieren.
Er erinnerte sich an einen Beitrag über Lawinenopfer. Wenn man verschüttet war, wusste man auch nicht mehr, wo oben und unten war. Und nur, wenn man sich nach oben durchgrub, kam man heraus, an die rettende Luft. Man musste

Speichel aus dem Mund fließen lassen und spüren, wohin er lief.
Hellwegs Mund war ausgetrocknet. Es dauerte, bis er genug Speichel gesammelt hatte. Und es dauerte noch einmal so lange, bis er mit der Zunge ein kleines Loch zwischen seinen verklebten Lippen hindurchgebohrt hatte, durch das er die Flüssigkeit pressen konnte.
Doch er spürte nichts.
Ein weiteres Auto kam langsam näher, hielt, fuhr wieder an und verschwand.
Und dann spürte Hellweg seinen Speichel, wie er die Unterlippe befeuchtete und langsam das Kinn herunterlief.
Er saß.
Diese Erkenntnis fuhr wie ein heilsamer Schock durch seinen Körper: Er hatte etwas erreicht, etwas herausgefunden. Dann würde er sich auch befreien können – irgendwie.
Er atmete tief ein: Konzentrier Dich! Was weißt Du?
Er sog die Luft tief ein. Es roch süßlich nach Schweiß, altem Öl und Eisen. Hellweg hatte keine Ahnung, was das bedeutete.
Seine Beine waren taub. Er spürte sie nicht mehr. Und so lange er sie nicht bewegen konnte, würde er es nicht schaffen, das Blut darin wieder zum Zirkulieren zu bringen. Seine Arme und Hände konnte er nicht bewegen. Seinen Kopf auch nicht. Er konnte niemanden rufen, da sein Mund zugeklebt war. Doch er hatte es bereits geschafft, ein kleines Loch in den Knebel zu bohren. Wie lange würde er brauchen, das Loch Stück für Stück zu vergrößern? Wie lange würde er hier noch sitzen können, ehe er starb? Ohne etwas zu trinken? Drei Tage. Ohne Sauerstoff? Das hing von der Größe des Raumes ab, in dem er sich befand. Und die kannte er nicht. Und es hing davon ab, ob Luft hereinkam. Die Luft war schwer und abgestanden. Aber sie füllte seine Lungen.
Der Lichtstreifen! Er wandte die Augen nach rechts. Da war er wieder, deutlicher zu erkennen als zuvor. Er schätzte, dass der Streifen zu seiner Rechten vielleicht einen Meter entfernt war. Und die Flecken zur Linken? Sie waren weiter oben. Schwierig, wenn man keinen Bezugspunkt hatte. Wenn er

annahm, dass er auf dem Boden saß, konnte der Lichtstreifen nicht tiefer sein, als sein Gesäß. Aber die Lichtflecken … Er hatte keine Ahnung, wie hoch sie an der Wand zu seiner Linken waren. Er hatte keine Chance, abzuschätzen, wie weit sie entfernt waren. 60 Zentimeter? Ein Meter? Fünf? Wie weit?
Müdigkeit machte sich wieder in seinem Kopf breit. Nur nicht einschlafen. Denk nach! Die Wand vor ihm, wie weit mochte sie entfernt sein?
Die Spinnweben in seinem Kopf dehnten sich wieder aus.
Wie weit mochte die andere Wand entfernt sein? Er konnte nichts erkennen. Wie weit? Wie … Dann driftete sein Verstand ab und die Müdigkeit übernahm die Kontrolle und schaltete das Bewusstsein aus.
Plötzlich flutete Licht durch den Raum. Hellweg öffnete die Augen, kniff sie wieder zusammen und blinzelte dann in die Helligkeit. Das Licht kam von rechts, dorther, wo der schmale Lichtstreifen gewesen war. Hellweg konnte eine doppelflügelige Tür erkennen, die geöffnet worden war. Sie war aus Metall, mit ein wenig Pappe verkleidet. Mit einem Mal wusste er, wo er sich befand: im Laderaum eines Kleintransporters.
Vor dem Lichtschein zu seiner Rechten konnte Hellweg die Silhouette eines Menschen erkennen. Ächzend kletterte der Fremde herein und schloss die Tür hinter sich, sodass es wieder finster war. Dann flammte der Lichtschein einer leuchtstarken LED auf. Der Lichtkegel wanderte über Hellwegs Gesicht, sodass dieser wieder blinzeln musste.
„Aha. Schon wach", sagte eine Stimme, die ihm nur ganz entfernt bekannt vorkam.
Hellweg wollte antworten, doch seine Lippen waren noch immer geschlossen.
„Machen Sie sich keine Mühe", meinte der Fremde, als er Hellwegs Bemühungen bemerkte. „Das Band, das ich Ihnen über den Mund geklebt habe, hat einen hervorragenden Klebstoff. Das wird noch ein paar Stunden halten."
Und dann, schoss es Hellweg durch den Kopf, dann werde ich um Hilfe rufen können.

„Und machen Sie sich keine Sorgen: Sie werden den Abend nicht überleben. Aber Sie werden keine Schmerzen spüren, hat man uns versichert. Sie werden müde werden und einschlafen, sagt man."

Hellweg schaute den Fremden entgeistert an.

„Ja, ja. Aber das wäre ja alles so sinnlos, wenn Sie nicht wüssten, was mit Ihnen geschieht, nicht wahr. Sie werden verbluten. Langsam. Der größte Teil Ihres Blutes ist bereits in den großen Beutel zu Ihrer Linken geflossen."

Der Lichtkegel wanderte über Hellwegs linke Hand zu einem roten Beutel, in dessen offenem Ende ein dünner, roter Schlauch steckte.

„Sie spüren es nicht, gell. Auch das hat man uns versichert. Wie oft man uns das versichert hat. Und deswegen bin ich ja hier: Damit Sie erfahren, was mit Ihnen geschieht. Damit Sie spüren, wie das Leben langsam aus Ihnen herausfließt. Damit Sie wissen, dass Sie sterben werden. Sicher. Und ohne die Hoffnung auf Rettung."

Der Fremde mache eine kurze Pause und Hellwegs Gedanken rasten. Was war das für ein Irrer? Und wie konnte er sich befreien? Wie kam er hier raus?

Dann fuhr der Fremde fort: „Nein. Es gibt keine Rettung. Sie werden sterben. Es wird ein langer Abend, heute, und an seinem Ende werden Sie tot sein. Wissen Sie ... wenn die Justiz versagt, müssen die Bürger selber für Gerechtigkeit sorgen. Ja. Ich sehe, langsam verstehen Sie. Langsam kommen Sie dahinter, was hier – was mit Ihnen geschieht. Wie Ihre Freunde vor Ihnen, haben Sie alle Erinnerungen verdrängt, zurückgeschoben, damit diese Ihr Leben nicht beeinflussen. Doch heute werden diese Erinnerungen Sie einholen, werden mit aller Macht zurückkommen und Sie mit sich reißen."

Er machte eine weitere Pause, ließ den Lichtkegel wieder über Hellwegs Gesicht wandern und schien sein Opfer zu beobachten.

„Sie haben es noch immer nicht verstanden, Lars Hellweg? Erinnern Sie sich überhaupt nicht mehr an Julia Teuschner,

die Sie am Straßenrand haben liegen und verrecken lassen? Erinnern Sie sich nicht mehr an mich?"
Der Fremde drehte den Lichtkegel von Hellwegs Gesicht weg und leuchtete sein eigenes an. Und mit einem Mal verstand Lars Hellweg.

*

Die Straßenlaternen hüllten den Wilhelmsplatz in ein unwirkliches, gelbes Licht. Die letzten Kneipengänger verteilten sich in den angrenzenden Nebenstraßen.
Bastian Schwarzfuß stand in der Eingangstür der Pfeffermühle und schaute hinaus. Die Luft war frisch, aber nicht kalt. Er atmete sie tief ein, spürte, wie sie seine Seele berührte und ihn ruhiger werden ließ. Wieder war ein Tag in seiner Kneipe zu Ende gegangen – ereignislos und ruhig. Der Letzte seiner Gäste hatte die Kneipe gerade verlassen. Er sah ihm nach, bis seine Silhouette hinter einer Häuserecke verschwand. Das Ende eines langen Abends.
Schwarzfuß sog die frische Abendluft ein, als bekäme er für die nächsten Minuten keine Luft mehr, spürte, wie sich der Sauerstoff in seinen Lungen ausbreitete. Dann ging er wieder langsam hinein und schloss die Eingangstür hinter sich an. Niemand, der zufällig vorbeikam und das Licht in der Schankstube saß, sollte verleitet werden, noch auf ein Bier hereinzukommen. Feierabend war Feierabend. Er begann, die Stühle auf die Tische zu stellen, damit er am nächsten Tag als Erstes den Boden wischen konnte. Dann ging er zurück hinter den Tresen, an seinen Arbeitsplatz, und spülte die letzten Gläser. Er schaltete die Zapfanlage aus und ging in sein kleines Hinterzimmer, in dem er sich sein Büro eingerichtet hatte. Auf dem Weg dorthin kam er am Sicherungskasten vorbei und schaltete im Schankraum den Strom ab. Sicher war sicher.
Er warf einen schnellen Blick in den Vorratsraum: Nein. Es waren noch genug Flaschen da. Er würde morgen früh nicht losfahren und beim Großhändler neue Getränke einkaufen müssen. Vielleicht eine Flasche Gin im Discounter. Gin ging

gerade gut. Nicht so gut wie Bier und Cola, aber immerhin. Er hatte keine Ahnung, warum das so war. Aber er hatte sich damit abgefunden, zu reagieren und nicht zu versuchen, die Trends im Vorhinein zu ergründen und sich zu wappnen. Wenn seine Vorräte eines speziellen Getränks erschöpft waren, dann gab es nichts mehr davon. Dann war das halt so. Schwarzfuß zog den Stuhl vor dem kleinen Tisch, den er als Schreibtisch nutzte, zurecht und setzte sich. Wieder war ein langer Abend zu Ende gegangen. Doch richtig müde war Schwarzfuß nicht. Er würde noch ein wenig hier bleiben. Rechnungen bezahlen? Nein. Das tat man besser, wenn man ausgeschlafen war. Dafür war morgen früh noch genug Zeit. Und die Post. Er schüttelte den Kopf. Was mochte darin anderes sein, als Werbung und weitere Rechnungen? Nahezu intuitiv öffnete er den Schrank und zog den alten Ordner mit den Erinnerungen an sein früheres Leben hervor. Er legte ihn vor sich auf den Tisch und betrachtete den Deckel. Dann atmete er tief ein und schlug ihn auf.
Augenblicklich waren die Erinnerungen wieder da: Das viele Blut, das Blaulicht, das die umliegenden Häuserfronten erhellte, die Blitzlichter aus den Handys. Jedes Mal, wenn irgendwo ein Handyblitz aufzuckte, musste er sich daran erinnern, an die Gaffer am Unfallort, dem letzten Unfall, zu dem er als Rettungssanitäter gerufen worden war. Er musste daran denken, dass er die junge Frau nicht hatte retten können, weil sie zu spät gerufen worden waren. Und überall waren diese Katastrophen-Junkies, denen es nichts ausmachte, die Rettungskräfte zu behindern, nur um das beste Foto einer verblutenden Frau machen zu können. Nachher hatte er sein Gesicht dutzendfach im Internet in sozialen Medien wiedergefunden. Einige derer, die die Bilder gepostet hatten, hatte er anzeigen können. Einige Bilder waren verschwunden. Aber von Bestrafungen hatte er nichts gehört. Pressefreiheit! Als ob einer von diesen Blutpaparazzis einen Presseausweis besessen hätte.
Dann war Schwarzfuß untergetaucht. Erst, als es zu dem Prozess wegen Unfallflucht und unterlassener Hilfeleistung gekommen war, war Schwarzfuß wieder aufgetaucht. Als

Zeuge. Doch die Unfallbeteiligten und die, die den Freund der Toten zusammengeschlagen hatten, waren alle mit einem blauen Auge davongekommen. Irgendwelche sozialen Indikatoren gab es für jeden von ihnen. Jeder dieser teuren Anwälte hatte etwas gefunden, was die Schuldfähigkeit seines Mandanten einschränkte. Und jeder Richter hatte das eingesehen. Das Opfer schien vergessen zu sein. Der Schutz der jugendlichen Straftäter war wichtiger geworden.
So war Schwarzfuß zurückgeblieben, alleine mit den Bildern von einer jungen Frau, die verblutet war, in seinem Kopf, weil niemand es für nötig gehalten hatte, schnell die Rettungskräfte zu informieren. Selbst der junge Mann, der Freund der Toten, war sehr schnell aus den Medien verschwunden. Bei seiner Vernehmung vor Gericht hatte man den Eindruck gehabt, dass die Tat einen bleibenden psychischen Schaden bei ihm hinterlassen hatte. Und dann wurde nicht mehr über ihn berichtet. Vielleicht hatten sich die Medien aus Rücksicht auf seine Erkrankung zurückgezogen. Doch Schwarzfuß konnte das nicht glauben. Viel wahrscheinlicher war gewesen, dass jemand seinen Einfluss geltend gemacht hatte.
Einige der Täter, die damals vor Gericht gestanden hatten, hatte er wiedererkannt, wenn sie in sein Lokal gekommen waren. Sie hatten getrunken, gelacht und weiterhin Unsinn gemacht. Gelernt hatten sie offensichtlich nichts. Manchmal …
Egal. Er schlug den Ordner mit den Erinnerungen zu und stellte ihn in den Schrank zurück. Irgendwann … irgendwann würde auch er es schaffen, die Bilder aus seinem Kopf zu verbannen.
Er stand auf, schaltete das Licht aus und ging durch den finsteren Gang in den dunklen Schankraum zurück. Von der Straße leuchtete ein wenig Licht durch die trüben, gelben Scheiben. Schwarzfuß umrundete die wenigen Tische zwischen der Theke und der Eingangstür und trat ins Freie. Die Luft war noch immer lau. Der Wilhelmsplatz lag menschenleer im orangegelben Licht der Straßenlaternen.

Der Blutsauger von Offenbach

„Glaubst du, dass das der richtige Eingang ist?" Klara Benetti sah Florian Busche fragend an.
Ihr Begleiter schaute resigniert zurück. „Woher soll ich das wissen? Ich war noch nie in der Klapse!"
„Psychologische Abteilung", korrigierte Klara.
„So?"
„Nun. Zumindest steht das auf dem Schild neben der Tür", meinte Klara grinsend. „Du weißt ja: Wer lesen kann, ist anderen weit voraus."
Er öffnete die Glastür, ließ allerdings seine Begleiterin als Erste eintreten. Dann folgte er ihr zur Informationstheke. Eine junge Frau in Schwesterntracht saß dort und war damit beschäftigt, Patientenakten auszufüllen. Sie sah auf und lächelte gewinnend, als die beiden Neuankömmlinge auf sie zukamen.
„Hei", meinte Klara. „Vielleicht können Sie uns weiterhelfen. Wir suchen unseren Freund Justin Schmidt. Wir wissen aber leider nicht, auf welcher Station er liegt."
Die Schwester legte den Kopf ein wenig schräg und betrachtete Klara fragend. „So, so. Sie sind Freunde von Herrn Schmidt."
Klara nickte verunsichert.
„Das ist schon seltsam", meinte die Schwester. „Da liegt der Justin schon seit Jahren hier bei uns und nichts passiert. Niemand kommt ihn besuchen – außer seinen Verwandten, natürlich. Und plötzlich kommen innerhalb weniger Tage zwei Jugendliche hier vorbei und behaupten, seine Freunde gewesen zu sein. Zumal …" Die Schwester stockte einen Moment.
„Zumal was?", hakte Busche nach.
„Zumal ihr gemeinsamer Freund, der vor Ihnen hier war, ganz plötzlich wieder verschwunden ist, ohne etwas zu sagen."
„Ach."
„Ja. Hat er Ihnen bereits davon erzählt?"

„Wer soll das gewesen sein? Wie sah er aus?" Florian schob sich ein wenig an Klara vorbei nach vorne.

„Seinen Namen hat er nicht genannt", erwiderte die Schwester ein wenig spitz. „Und wenn er ihn genannt hätte, hätte ich ihn bis jetzt sicher vergessen. Ich habe anderes zu tun, als mir die Namen aller Besucher zu merken."

Busche lächelte. „Sicherlich. Aber vielleicht können Sie mir den Besucher ja beschreiben. Wenn ich ihn kenne, werde ich ein ernstes Wort mit ihm reden, dass er noch einmal herkommt und sich bei Ihnen entschuldigt."

„Noch ein Grund, Ihnen den Typen nicht zu beschreiben", erwiderte die junge Frau. „Oder sind Sie von der Polizei, dass Sie ein Phantombild von ihm anfertigen wollen?"

„Nein, nein!" Florian winkte energisch ab. „Das sind wir nun wirklich nicht."

„Ach. Dann haben Sie Probleme mit der Polizei. Das ist ja interessant."

„So war das auch nicht gemeint", setzte Florian nach. Dann grinste er. „Obwohl … Wer hat das nicht?"

„Ich, zum Beispiel", entgegnete die Schwester spitz.

Noch bevor Florian etwas erwidern konnte, um sich noch tiefer in die Bredouille zu reiten, meinte Klara: „Was mein Freund meinte, ist …"

„Er ist Ihr Freund?"

„Natürlich. In gewisser Weise …"

„Also ist auch der unhöfliche, junge Mann von neulich Ihr Freund, der nicht wusste, wann er besser die Klinik verlassen sollte."

„Na ja", erwiderte Klara vorsichtig. „Das kann ich natürlich erst sagen, wenn ich weiß, wer es war. Dazu müssten Sie mir seinen Namen sagen oder ihn genauer beschreiben. Aber davon einmal ganz abgesehen: Vielleicht könnten Sie uns einfach sagen, wo wir Justin finden können."

„Könnte ich", meinte die Schwester weniger schnippisch als zuvor. „Aber im Moment ist es sowieso kein guter Zeitpunkt, einmal davon abgesehen, dass wir es mit dem Besuch hier eh etwas vorsichtiger handhaben."

„Kein guter Zeitpunkt?"

„Justin hat gerade Besuch. Von seinem Onkel. Der kommt als Einziger regelmäßig vorbei. Seine Eltern wohnen nicht im Rhein-Main-Gebiet." Sie legte den Kopf ein wenig schräg, um ein intensives Nachdenken vorzugeben. „Wissen Sie was? Ich werde ihn einfach fragen, ob es ihm recht ist, Sie beide zu seinem Neffen ins Zimmer zu lassen. Dann kann er entscheiden, ob ich Ihnen sagen kann, in welches Zimmer sie gehen dürfen, oder ob ich Sie aus dem Gebäude schmeißen lassen soll. Nehmen Sie doch einfach im Wartebereich Platz." Damit wies sie auf einen kleinen, abgetrennten Raum, in dem einige Stahlrohrstühle standen.
Florian wollte noch etwas erwidern, doch Klara schob ihren Kommilitonen von der Theke weg durch die offene Glastür. „Was soll ...", wollte der sich beschweren, doch Klara hielt den Zeigefinger vor die Lippen.
„Warte."
Dann stellte sie sich hinter den Türrahmen und spähte vorsichtig um die Ecke. Die Schwester war mittlerweile aufgestanden und verließ die Informationstheke. Sie verschwand in einem der Quergänge. Mit schnellen Schritten und so leise es ihr möglich war, schlich Klara hinterher, stellte sich erneut mit dem Rücken zur Wand und konnte gerade noch sehen, wie die Schwester eine der vielen Türen in dem Gang öffnete und in dem Raum dahinter verschwand. Grinsend ging Klara in den Wartebereich zurück.
„Also. Unser Justin Schmidt hat das fünfte Zimmer auf der linken Seite." Dabei wies sie auf den Gang, den sie beobachtet hatte. „Oder hast du wirklich gedacht, nach dem Aufstand, den die Zimtzicke vorhin geprobt hat, hätte sie uns auch nur ein Fünkchen verraten, nur weil du ihr eventuell schöne Augen gemacht hast."
„Ich habe ihr keine schönen Augen gemacht", wehrte Florian energisch ab.
„Stimmt", erwiderte Klara. „Und das ist dir auch sehr gut gelungen!"
Florian grinste. „Na ja. Trotzdem wissen wir jetzt, wo dieser Justin Schmidt ..."

„Psst!", zischte Klara und hielt sich den Zeigefinger vor die Lippen. Dann flüsterte sie: „Da kommt jemand."
„Und?", meinte Florian, sah allerdings auf, als er die Schritte hörte.
Ein älterer Mann kam den Gang herunter, betrat den Wartebereich und schaute kurz auf, den beiden Anwesenden zunickend. Er hatte schlohweißes Haar, lange, weiße Koteletten, einen dezenten Bart und trug einen weißen Panamahut zu einem weißen Leinenanzug. Er betrachtete die beiden kurz, drehte sich dann um, ging zum Trinkwasserspender und füllte sich einen der Einwegbecher. Beim Hinausgehen hatte er ihnen bereits den Rücken zugewandt und beachtete sie nicht, sodass Klara Benetti leise zur Eingangstür des Wartebereichs ging und dem Fremden hinterhersah. Er verschwand in dem Gang, in dem Justin Schmidts Zimmer lag. Benetti huschte hinterher und konnte gerade noch sehen, wie der seltsame Fremde in Schmidts Zimmer eintrat.
„Ich kenne den", meinte Florian Busche, als Klara wieder zurück war.
Die Angesprochene sah ihn überrascht an.
„Ich habe ihn schon einmal gesehen, weiß aber momentan nicht wo …"
Klara nickte nachdenklich. „Ja. Irgendwie kommt mir das Bild auch bekannt vor. Aber ich bekomme immer nur ein Foto von Hemingway vor mein geistiges Auge. Ich weiß, dass …"
„Hemingway? Da klingelt es bei mir … Daran habe ich auch gedacht, als ich ihn das erste Mal gesehen habe. In einer der Kneipen, in denen wir uns getroffen habe."
Plötzlich erhellte sich Klaras Blick. „Genau. Die Kneipen. Er saß im Hintergrund an einem Tisch. Hast du ihn jemals in Begleitung gesehen?"
Florian schüttelte den Kopf. „Nein. Und ich weiß nicht einmal, wie oft ich ihn dort gesehen habe."
Klara dachte nach. „Nicht wirklich …"
„Aber er war auf jeden Fall an den letzten Abenden dabei."
„Als Silvio verschwand?"
„Genau!"

„Du solltest die Bullen anrufen. Hast du noch die Nummer von dieser Kommissarin?"
Florian schüttelte den Kopf.
Dann holte Klara ihr Handy hervor und wählte 1-1-0.

*

Als Durmaz die Bürotür des Präsidiums öffnete, hatte der kleine Zeiger der alten Uhr, die bereits seit Jahrzehnten an der Wand hing, gerade die Sieben hinter sich gelassen. Natürlich war Stefan Villeroi noch nicht da. In der Regel begann sein Dienst ein bis zwei Stunden später. Er arbeitete dann allerdings auch ein bis zwei Stunden länger. Zumindest hoffte Durmaz das.
Natürlich war Kriminalhauptkommissar Schulze bereits im Büro. Wie immer. Seine Stimme schallte verhalten aus dem Nebenraum. Durmaz hatte keine Ahnung, wann Schulzes Dienst begann und wann er endete – oder ob er je zu Ende war. Sicherlich würde er allerdings auch Stefans Zeiten kontrollieren. Sicherlich?
Durmaz warf ihre Jacke über die Rücklehne ihres Schreibtischstuhls, schaltete den Computer ein, ergriff ihre Kaffeetasse und ging zuerst einmal zur Kaffeemaschine, um sich einen Muntermacher zu holen. Was stand heute auf dem Programm?
Der Fall des Blutsaugers von Offenbach. So hatte es heute Morgen in der Zeitung gestanden. Durmaz musste lachen. Der Vampir von Offenbach wäre vielleicht treffender gewesen. Ein Blutsauger konnte auch ein Steuereintreiber sein. Jedenfalls hatten sie noch keinen Anhaltspunkt bezüglich des Vampirs, während der Vampir bereits drei Opfer verzeichnen konnte. Sie brauchten unbedingt einen Anhaltspunkt, spätestens, seit die Presse bereits darüber berichtete. Vielleicht war es der Polizeipräsident, mit dem Schulze gerade telefonierte. Oder der hessische Innenminister …
Dann musste sie noch etwas bezüglich des Mannes herausfinden, den Schulze ihr am Vorabend genannt hatte. Sie

musste sich erinnern, wie dieser junge Mann ausgesehen hatte.
Und letzten Endes musste sie ihre Mutter anrufen. Irgendwo auf ihrer Schreibunterlage hatte Durmaz sich eine entsprechende Notiz gemacht. Sie stellte die Tasse mit dem dampfenden Kaffee auf den Schreibtisch, schob ihre Haare, die an diesem Morgen extrem widerspenstig waren, aus dem Gesicht und gab ihr Passwort ein. Der Computer startete das Betriebssystem …
„Durmaz!" Die Stimme aus dem Nebenraum ließ sie zusammenzucken.
„Chef?" Durmaz stand auf und ging zu der offenen Verbindungstür.
Schulze kam ihr bereits entgegen. „Los geht's."
Sie sah ihren Chef überrascht an. „Wohin?"
„Zum Krankenhaus, Durmaz. Sie fahren!"
„Sind Sie krank?"
Schulze schüttelte den Kopf. „Unsinn. Die Zentrale hat einen Anruf bekommen. Eine gewisse Klara Benetti hat sich gemeldet und unseren Mörder identifiziert."
Durmaz lachte auf. „Zeugen haben bereits den Mörder identifiziert, während wir noch keine Ahnung haben, wer es sein könnte? Wer ist diese Klara Benetti eigentlich?"
„Eine Freundin von Florian Busche."
Durmaz schluckte. „Da hatte Villeroi doch den richtigen Riecher."
Doch Schulze schüttelte nur den Kopf. „Eher nicht. Ich denke … wenn man überhaupt davon sprechen kann, dann waren Sie am nächsten dran, Durmaz."
Die Kommissarin sah ihren Chef überrascht an.
„Ei, gugge Se net so. Die Sache mit dem Unfall von Julia Teuschner war doch Ihre Idee gewesen, gell?"
Durmaz nickte. „Schon. Und?"
„Klara Benetti hat das auch herausgefunden. Und jetzt ist sie in der Psychiatrie und wartet dort auf uns – mit Busche."
„Psychiatrie?" Durmaz öffnete ihre Schreibtischschublade, ergriff einen der unzähligen neongrünen Gummis und band

sich ihr Haar zu einem Pferdeschwanz zusammen. „Was ist ihr passiert? Oder …"
Schulze nickte.
„Justin Schmidt."
„Nicht ganz." Mit diesen Worten war Schulze bereits durch die Bürotür verschwunden. Durmaz ergriff ihre Jacke und folgte ihrem Chef so schnell sie konnte.
Erst an der Eingangstür des Präsidiums holte die Kommissarin ihren Chef ein. Schnellen Schrittes ging dieser die Stufen der Freitreppe hinunter und meinte: „Gut, dass Sie da sind. Wo steht ihr Dienstwagen?"
„Der ist noch nicht repariert."
„Haben Sie den Reparaturantrag …" Schulze blickte ihr ins Gesicht. Dann winkte er ab. „Haben Sie nicht! Hier sind meine Autoschlüssel. Der Wagen steht dort drüben." Damit wies er über den Parkplatz hinweg.
Durmaz drückte auf den Knopf auf ihrem Zündschlüssel. Irgendwo auf dem Parkplatz klackte es vernehmlich und die Warnblinkanlage eines Opel Insignia leuchtete auf. Sie eilte an Schulze vorbei zu dem Wagen, öffnete die Fahrertür, sprang auf den Sitz und startete den Motor. Schulze saß bereits auf dem Beifahrersitz. Sein Gurtschloss klickte, als der Wagen aus der Parklücke fuhr.
„Die psychiatrische Abteilung?", versicherte sich die Kommissarin.
Schulze nickte. „Die Einfahrt zum Parkhaus. Da können wir den Wagen abstellen."
„Im Parkhaus?" Durmaz lenkte den Wagen nach rechts, um sich den weiten Weg um den Dreieichpark herum sparen zu können.
Im Augenwinkel konnte sie Schulze grinsen sehen. „Haben Sie die Nummer von Busche gespeichert?"
Durmaz schüttelte den Kopf.
„Ist Ihr Handy mit dem Wagen verbunden?"
Erneutes Kopfschütteln.
„Meins schon", erwiderte Schulze und begann, eine Telefonnummer einzugeben.

Durmaz lenkte den Wagen nach links in die Bismarckstraße, ordnete sich dann an der Ampel rechts ein.

Schulze drückte auf einen der Knöpfe auf dem Radiodisplay. Ein Freizeichen erklang. Kurz darauf meldete sich Klara Benetti.

„Polizeipräsidium Hessen Süd-Ost. Schulze. Sie hatten die 110 gewählt, Frau Benetti?"

„Ja", erklang es ein wenig unsicher durch die Lautsprecher des Insignias.

„Ich bin von der Kriminalpolizei. Wir bearbeiten den Fall Ihres ermordeten Kommilitonen und sind auf dem Weg zu Ihnen. Wo befinden Sie sich gerade?"

„Im Wartezimmer der Psychiatrie", kam es immer noch unsicher zurück. Im Hintergrund konnte man eine Stimme hören. Doch Benetti fügte nichts hinzu.

„Wer ist bei Ihnen, Frau Benetti?"

„Florian Busche."

„Und der Mann, den Sie für den Mörder halten? Wo befindet der sich?"

„Er ist wieder in Justins Zimmer."

„Gut. Bleiben Sie im Wartebereich. Machen Sie nichts. Verhalten Sie sich unauffällig. Meine Kollegin und ich, wir werden in wenigen Minuten bei Ihnen sein."

Für einige Sekunden blieb der Lautsprecher still, während die Kommissarin ihren Dienstwagen am Fundort der zweiten Leiche vorbeisteuerte. Erinnerungen kamen hoch. Durmaz hatte es versäumt, einmal hier vorbeizugehen. Vielleicht wäre ihr da noch eine Idee gekommen, so nahe an der Psychiatrie. Dann konnte man Benetti flüstern hören: „Ich glaube, da kommt jemand."

„Verhalten Sie sich unauffällig. Wir sind bereits auf der Sprendlinger Landstraße."

„Oh, mein Gott. Er ist es. Und er ist nicht alleine. Da ist eine Frau bei ihm."

„Schauen Sie nicht zu ihm hin. Lassen Sie ihn einfach gehen. Wir werden ihn abfangen, wenn er draußen ist." Und dann meinte er leiser: „Eine Unbeteiligte. Das wird ein Problem."

„Vielleicht ein neues Opfer?", mutmaßte Durmaz.

„Sie scheinen sich zu kennen?", flüsterte Benetti.
Durmaz schaute kurz überrascht zu Schulze. Dann lenkte sie den Wagen auf die Linksabbiegerspur und hielt vor der roten Ampel.
„Können Sie den Mann beschreiben? Wir sind gleich da", konnte sie Schulzes Stimme vernehmen.
„Er trägt einen weißen Leinenanzug, hat schlohweißes Haar und einen weißen Hut auf."
„Scheiße!", fluchte Durmaz.
Schulze sah sie überrascht an.
Dann meinte die Kommissarin: „Ist das so ein Panamahut?"
„Genau." Benetti flüsterte noch immer. „Sie verlassen gerade das Gebäude."
„Ich habe so einen Menschen bereits einmal gesehen: an einem Abend in einer Kneipe."
Obwohl die Kommissarin geflüstert hatte, schien Benetti sie zu hören. „Genau. Da haben wir ihn auch gesehen. Aber wir wussten natürlich nicht, dass er der Mörder war. Denn Silvio ist an jenem Abend erst verschwunden. Doch als wir ihn hier wiedergesehen haben …"
„Wer ist wir?"
„Florian und ich. Die beiden verlassen gerade das Gebäude."
„Sie sind denen doch nicht hinterhergelaufen?"
Benetti antwortete nicht.
Und Schulze fluchte leise. „Machen Sie sofort, dass Sie wieder in den Wartebereich kommen. Wir werden Sie dort kontaktieren. Hier draußen ist es viel zu gefährlich."
„Er ist ein alter Mann!", meinte Benetti und es hörte sich fast wie eine Entschuldigung an.
„Frau Benetti! Gehen Sie bitte sofort in den Wartebereich zurück!"
Ein Murren in der Leitung ließ Durmaz erahnen, dass Benetti der Anweisung Schulzes Folge leistete.
Endlich sprang die Ampel auf Grün und Durmaz steuerte den Wagen langsam in die Zufahrt zum Parkhaus. Weiter vorne sahen sie, wie ein älteres Pärchen die Fahrbahn überquerte und der Einfahrt des Parkhauses zustrebte. Der Mann war komplett in Weiß gekleidet.

„Das sind sie", meinte Schulze und wies durch die Windschutzscheibe nach vorne.
Durmaz nickte und beschleunigte sanft.
Plötzlich sah der Mann hoch und schien sie zu fixieren. Dann sagte er etwas zu der Frau neben sich und beschleunigte seine Schritte. Binnen weniger Sekunden hatten die beiden die Straße überquert und waren hinter der betonierten Ecksäule des Parkhauses verschwunden.
Unwesentlich später kreischten die Reifen des Insignias auf, als Durmaz das Auto nach rechts in die Zufahrt lenkte. Die beiden waren bereits nicht mehr zu sehen.
„Blockieren Sie mit dem Wagen die Zufahrt!", brüllte Schulze und riss bereits die Beifahrertür auf. „Ich laufe ihnen hinterher." Dann knallte der Gurt gegen den Türholm und die Beifahrertür. Durmaz warf einen schnellen Blick nach rechts. Die Tür war nicht zu. Weit kam sie so nicht. Sie fuhr an und stellte den Dienstwagen quer vor die Ausfahrtschranken. Eine Ausfahrt war nun nicht mehr möglich.
Durmaz sprang aus dem Wagen und eilte zurück zum Treppenturm, der die Einfahrt von der Ausfahrt trennte. Der Zugang zu den Treppen war durch massive Stahlrohre gesichert.
Aus dem Innern des Parkhauses erscholl das Kreischen von Reifen und das Aufheulen eines Motors. Durmaz warf einen Blick ins Innere. Niemand war zu sehen. Dann öffnete sie die Tür zum Treppenhaus. Auch dort war alles still.
Als sie zurückkam, sah sie einen weißen Transporter auf die Ausfahrt zuschießen. Instinktiv schritt sie zurück, brachte sich im betonierten Schacht des Treppenturms in Sicherheit. Doch der Fahrer des Transporters ließ ein weiteres Mal die Reifen aufkreischen und das Fahrzeug kam nahezu zum Stehen. Dann riss der Fahrer das Steuer nach links und der Wagen schoss die Rampe zum nächsten Parkdeck hinauf.
Durmaz atmete erleichtert auf und wollte gerade hinterherrennen, als die Reifen ein weiteres Mal quietschten. Das schnell lauter werdende Aufheulen des Motors verhieß nichts Gutes und Durmaz sprang zurück, als der Transporter

die Auffahrt herunterschoss und kreischend nach rechts, zurück in das Innere des Parkhauses fuhr.
Die Kommissarin konnte im Vorbeifahren einen Blick auf den Fahrer werfen: Es war der Mann im weißen Anzug. Sein Hut war weg, sein Haar wirr und irgendwie seltsam. Dann war das Fahrzeug bereits im Dunkel untergetaucht. Nur die Bremslichter flammten kurz auf, als der Wagen in die Rampe zur nächsttieferen Etage einbog.
Blitzschnell drehte Durmaz sich um, rannte zum Treppenturm zurück und sprang die Stufen hinunter. Als sie die Tür aufstieß, sah sie den Transporter bereits von links heranschießen. Wo war Schulze?
Sie schaute nach rechts. Die Einfahrtschranke war bei beiden Spuren unten. Hinter der vorderen stand Schulze, breitbeinig, die Pistole im Anschlag. „Durmaz! Verschwinden Sie!", hörte sie ihn brüllen und drückte sich in den Treppenturm zurück.
Dann krachte der erste Schuss, hallte ohrenbetäubend durch das Parkhaus. Unmittelbar nach dem zweiten Schuss krachte die hintere Schranke. Durmaz hörte das Bersten des Metalls. Durch die Glasscheibe des Treppenturms konnte sie sehen, wie Schulzes Waffe dem Fahrerhaus des Transporters folgte. Dann sah sie den schwarzgelben Metallbalken, der, aus seiner Verankerung gerissen, von der Front des Transporters hochgeschleudert wurde. Ihr Blick folgte dem Stück Stahl, das der Hauptkommissar noch nicht bemerkt zu haben schien. Sein Blick war auf die Beifahrerin gerichtet. Doch der Blick der Kommissarin heftete an dem Metallteil, das, einem unkontrollierten Bumerang gleich, auf sie zuflog.
Plötzlich änderte der Schlagbalken seine Richtung. Mit Entsetzen sah Durmaz, wie das eine Ende des Balkens sich auf Schulze zubewegte, während der Transporter bereits aus dem Parkhaus schoss. Dann folgte der Aufschlag. Das andere Ende krachte in die Trennscheibe, die in tausend Stücke zerbarst. Doch das Sicherheitsglas hielt, färbte sich nur eine Sekunde später rot.
Durmaz schrie auf und rannte hinaus. Der Anblick, der sich ihr hier bot, war katastrophal: Der kleine Metallkasten für die

Schranke war zerfetzt. Mehrere Neonröhren, die den Einfahrtsbereich beleuchteten, waren von der Decke gerissen worden. Die Schranke steckte im Glas des Treppenturms, das großflächig mit Blut bespritzt war. Davor lag Schulze.
Durmaz rannte zu dem reglosen Körper. Sie sah das Blut, das noch immer aus der Kopfwunde rann. Ohne ihn unnötig zu bewegen, suchten die Finger ihrer rechten Hand die Halsschlagader des Hauptkommissars, während ihre Linke das Mobiltelefon aus der Jackentasche fingerte.
Durmaz atmete auf: Ganz schwach konnte sie Schulzes Puls fühlen. Er lebte. Noch. Schnell drückte sie die Rufnummer der Zentrale. Ihre Gedanken arbeiteten fieberhaft, als sie mit dem Kollegen sprach und einen Rettungswagen für Schulze bestellte.
„Wohin soll ich den Rettungswagen schicken?", hakte dieser unschlüssig nach, nachdem sie ihm die Adresse des Unfalls erklärt hatte.
Doch Durmaz war klar, wo sie sich befand. „Ich kann Schulze hier nicht liegen lassen, um einen Arzt zu rufen!"
„Wer ist verletzt?"
„Hauptkommissar Schulze", gab Durmaz ein wenig widerwillig zurück.
„Doch nicht … Der Rettungswagen ist unterwegs, Frau Kommissarin. Bleiben Sie bei dem Verletzten. Ich schicke auch gleich eine Streife vorbei."
„Können Sie eine Suchmeldung durchgeben?" Durmaz überlegte, was sie über das flüchtige Fahrzeug wusste. „Ein weißer Transporter, Frankfurter Kennzeichen. Zwei Personen."
„Hm", meinte der andere. „Das ist wenig. Weiße Transporter mit Frankfurter Kennzeichen gibt es wie Sand am Meer."
Aus Richtung des Krankenhauses konnte Durmaz ein Martinshorn hören. Hoffentlich kamen die zu ihr!
„Am Steuer sitzt ein älterer Mann mit weißem Bart."
„Der Rettungswagen sollte bereits auf dem Weg zu Ihnen sein, Frau Kommissarin. Und mit der Suchmeldung … ich schau einmal, was sich machen lässt. Vielleicht finden die

Kollegen in Frankfurt eine Spur. Ein wenig mehr an Informationen wäre freilich hilfreich gewesen. Vielleicht die Marke oder besser das Kennzeichen."
Was wollte der Kollege eigentlich noch alles wissen? Was wusste sie? „Er fuhr zuletzt die Sprendlinger stadtauswärts", antwortete Durmaz.
„Geb ich durch."
Was hätte die Kommissarin sich noch alles merken sollen, als der Balken die Glasscheibe durchschlug? Die Kommissarin schüttelte den Kopf. Dann fühlte sie erneut nach Schulzes Puls. Er war noch da. Ganz schwach nur, aber spürbar. Sie hoffte, dass es nicht ihr eigener war. Auch das kam vor.
Der Blutfluss aus der Kopfwunde hatte aufgehört.
Wann kamen endlich die verdammten Sanitäter ...

Rache und Gerechtigkeit

Der Blitz der Kamera flammte kurz auf. Heinz Teuschner gab Gas. Seine Frau, die neben ihm auf dem Beifahrersitz saß, schwieg. Normalerweise hätte sie etwas gesagt. Wenn Teuschner auch nur wenige Kilometer pro Stunde über der zulässigen Höchstgeschwindigkeit fuhr, heischte sie ihn an. Normalerweise. Aber normalerweise war Vergangenheit. Seit Langem schon. Eigentlich seit Julias Tod. Oder seit den Tagen, als sie gemeinsam die Gerichtsverhandlungen gegen die Jugendlichen verfolgt hatten, die am Tod ihrer Tochter die Schuld trugen.
Heinz Teuschner schaute auf den Tachometer. Die Nadel pendelte zwischen 60 und 70. Die Ampel am Buchrainweg stand auf Grün. Die Kreuzung war frei. Teuschner gab Gas. Er dachte an die Verhandlungen. Sie waren dort gewesen. Beide. An jedem Verhandlungstag. Sie hatten jedes Wort der Beschuldigten mitbekommen, jedes Wort ihrer Anwälte und jedes Wort der Richter. Und dann die Urteile. Wie ein Schlag ins Gesicht der Eltern! Keine Verurteilung, kein Schuldspruch.

Das Ortsendeschild erschien am Fahrbahnrand. Hier hatte er den ersten Mörder seiner Tochter versteckt. Dominik Stollwerck. Er hatte den Unfallwagen gefahren, war ausgestiegen, wie Justin ihm erzählt hatte, hatte Julia angeschaut, wie sie, um Hilfe rufend, blutend am Straßenrand gelegen hatte, war wieder eingestiegen und weggefahren. Schock, hatte der Anwalt gesagt. Und die angeheizte Stimmung im Fahrzeug und die soziale Situation im Elternhaus und ...

Heinz Teuschner konnte sich schon nicht mehr an alle Gründe erinnern, die den Richter letztendlich zu einem milden Urteil bewegt hatten. Sozialstunden! Schließlich war er gerade erst 18 Jahre alt gewesen, als Julia starb. Sie wurde 17. Verblutete.

Der Transporter neigte sich leicht in die enge Kurve auf die Autobahn in Richtung Oberursel. Zwei Fahrspurwechsel nach links, dann befand Teuschner sich auf der A661 in Richtung Norden, trat das Gaspedal durch und achtete nicht mehr auf den weißblauen Wagen, der mit Martinshorn und Blaulicht auf der Gegenfahrbahn hochfuhr und dann die Autobahn verließ. Sie würden ihn nicht mehr bekommen.

„Es ist so weit", meinte Petra Teuschner, als der Transporter mittlerweile mit Höchstgeschwindigkeit auf der linken Spur über den Kaiserlei-Kreisel hinwegschoss. Es klang weniger wie eine Frage als wie eine Feststellung.

Heinz Teuschner nickte. „Es stehen zwar noch zwei Namen auf der Liste ..." Er ließ den Satz unbeendet.

„... aber, die Polizei ist uns zu nahe auf den Fersen", vollendete seine Frau. „Schalte das Licht ein. Wir wollen doch niemanden gefährden."

„Nachher beschuldigen sie uns noch, dass jemand wegen uns zu Tode gekommen sei." Teuschner drehte den Schalter im Armaturenbrett, bis eine Leuchtdiode zwischen den Instrumenten anzeigte, dass das Fahrlicht eingeschaltet war.

Nach einer kleinen Pause meinte Petra Teuschner: „Meinst du, sie wissen Bescheid?"

„Wenn nicht, werden sie es bald wissen." Teuschner hatte das Gaspedal bis zum Bodenblech durchgetreten. Nun wurde er ein wenig langsamer. Die Straßenführung an der

Baustelle des Autobahndreiecks Erlenbruch war eng. Insbesondere, wenn man einen nahezu leeren Transporter auf der Überholspur steuerte. Dagegen waren die Fahrten durch die Offenbacher Innenstadt einfach gewesen. Besonders nachts. Als er die Leiche Smoleks im Dreieck zwischen Buchrainweg, Sprendlinger Landstraße und Isenburgring abgelegt hatte. Smolek, der Justin zusammengeschlagen hatte, anstatt ihm zu helfen, Julias Blutungen zu stoppen. Was hatte dessen Anwalt gesagt? Unzurechnungsfähig? Falsche Einschätzung der Situation? „Man muss ihm seine Jugend zugutehalten." Seine eigene Blutung hatte Smolek auch nicht stoppen können.

Dann kam die enge Linkskurve. Teuschner spürte, wie die starre Hinterachse trampelte, wie das Fahrzeug versetzte. Er steuerte ein wenig dagegen, sodass der Transporter auf der Spur blieb. Dann gab er wieder Gas. Irgendwo hinter ihnen hörte Teuschner erneut ein Martinshorn. Ob sie bereits hinter ihnen her waren? Ob das ihnen galt? Und wenn. Was machte das schon.

Und diese Karin Platzinger? Sie hatte ebenfalls in dem Wagen Stollwercks gesessen. Sie hatte ebenfalls nichts gemacht, nachdem Julia angefahren worden war. Sie hatte nichts gemerkt, hatte ihr Anwalt gesagt. Ob sie Alkohol getrunken habe? Vielleicht. Und das wäre ja auch nicht schlimm gewesen, da sie nicht gefahren sei und auch nicht habe fahren wollen. Schuldunfähig nach Ansicht des Richters. Unterlassene Hilfeleistung nach Ansicht Teuschners. Und nun tot, abgelegt auf der Hafeninsel. Verblutet wie Julia. Wie alle anderen.

Heinz Teuschner beschleunigte den Transporter wieder. Die Bornheimer Galerie kam in Sichtweite.

Petra Teuschner sah ihren Mann an. „Sind sie hinter uns?"

Er zuckte mit den Schultern.

„Gut", erwiderte sie lakonisch und sah wieder geradeaus. Sie schaute nicht zurück.

Sie würden nicht mehr zurückschauen.

Heinz Teuschner wechselte die Fahrspur, hielt den Transporter auf den vorgeschriebenen 80 km/h und fuhr an der

Wand der Bornheimer Galerie entlang. Vor ihnen lag die Einfahrt zum Tunnel. Teuschner sah nach rechts. Dort tauchte die Sackgasse auf, die vielleicht im Dunkel in eine Autobahnabfahrt führen sollte. Früher einmal. Nur eine Leitplanke grenzte das Dreieck zur Fahrbahn ab.
Teuschner blickte ein letztes Mal zu seiner Frau hinüber. Sie sah ihn an, nickte. Dann ergriff sie seine Hand. Und Heinz Teuschner riss das Steuer nach rechts.
Die Reifen des Transporters kreischten erbost auf. Das Heck des Fahrzeugs schlingerte und der Wagen drohte zu kippen. Doch er hielt, fuhr mit knapp 80 km/h auf die Leitplanke zu. Dann krachte es.
Erneut spürte Heinz Teuschner, wie sich das Heck des Transporters anhob. Wie in Zeitlupe drehte das Fahrzeug sich weiter, hob die Hinterachse weiter an und drehte sich gleichzeitig um die Längsachse. Instinktiv erwartete Teuschner den Aufschlag, wenn die Hinterräder wieder auf die Straße fielen.
Der Aufschlag blieb aus. Und das Heck des Transporters hob sich immer weiter. Der Wagen kippte, drehte sich nach links, rollte über die Leitplanke.
Irgendwo kreischten weitere Reifen. Blech schrie protestierend auf, als es verbogen wurde. Die Welt drehte sich, hielt den Atem an und schwieg. Das Lenkrad war hinter einer weißen Wand verschwunden. Teuschner spürte, wie etwas von hinten gegen seinen Sitz schlug. Sein Kopf wurde nach vorne geschleudert, knallte auf die Wand aus Plastik, wurde zurückgeworfen, nach rechts. Er schaute zum Beifahrersitz. Seine Frau war verschwunden. Nur unten links in der Ecke der Windschutzscheibe konnte Teuschner ein Stück blauen Himmels erkennen. Unten?
Dann wurde sein Körper aus dem Sitz gehoben. Nur der Sicherheitsgurt hielt ihn unten. Oder oben?
Seine Seitenscheibe splitterte und Teuschner spürte, wie die Glasscherben über sein Gesicht flogen. Mit einem Mal wurde es kalt. Und dunkel. Nur weiter vorne, irgendwo vor dem Auto konnte er ein helles Licht sehen. Jemand rief ihn. Eine Frauenstimme.

„Petra?" Nein, es war nicht die Stimme seiner Frau. „Julia?" Es war auch nicht die Stimme seiner Tochter. Die Stimme war älter.
Und dann wusste er es. Mit einem Mal sah er es vor sich, das Gesicht, das zu der Stimme gehörte, die ihn rief. „Mutter? Was ...?"

*

„Scheiße", brüllte der Polizeibeamte in sein Sprechfunkgerät. „Der ist über die Leitplanke geflogen!"
„Der Transporter?" Der Mann in der Einsatzleitstelle zog ungläubig die Brauen zusammen.
„Ja! Verdammt. Er hat sich darüber hinweggerollt!"
„Was?"
„Scheiße. Ja! Wir müssen die Autobahn sperren, um das Fahrzeug bergen zu können. Und die Insassen. Schickt zwei Rettungswagen her. Und eine Einheit der Feuerwehr, um die Unfallstelle zu abzusperren. Wir versuchen, die Unfallstelle provisorisch zu sichern."
„Seid vorsichtig! Keine Experimente." Er drehte sich um und gab seinem Kollegen ein Zeichen. „Zwei Rettungswagen und Feuerwehr. A661 Richtung Oberursel. Unmittelbar in der Bornheimer Galerie. Massenunfall!" Er brauchte nicht nachzusehen, ob der Kollege etwas unternahm. Er wusste es.
„Verdammt! Was ist denn das? Hier ist ..."
„Was gibt es bei euch?"
„Hier ist Blut. Viel Blut. Verdammt viel Blut."
„Das ist ein Verkehrsunfall!"
„Nein. Ich meine ... Warte, hier ist der Beifahrer. Er, nein: Sie liegt neben dem Wagen. Wurde herausgeschleudert. Warte. Zu spät. Kein Puls."
„Dann such den Fahrer."
„Hab ich", erklang es aus dem Funkgerät. „Er ist ebenfalls ... Was ist das? Da ist noch einer."
„Ein drittes Opfer?"
„Positiv. Im Laderaum eingekeilt. Scheint auch tot zu sein. Aber hier ... Scheiße ... hier ist alles voller Blut. Das müssen

mindestens … zwanzig Liter sein. Zwanzig Liter Blut! Verdammt! Wo kommt das ganze Blut her?"
„Bei drei Menschen? Das kann nicht sein!"
„Doch das ist alles …" Dann hörte der Mann in der Leitstelle, wie sein Kollege sich am Unfallort erbrach.

*

Kriminaloberkommissarin Saliha Durmaz hob den Kopf und sah zum Himmel. Durch die grünen Blätter der Kastanien flimmerte das Licht der Herbstsonne. Bald würde sie hinter den Dächern Offenbachs untergehen.
Durmaz atmete tief die laue Luft ein, noch warm von der Nachmittagssonne, doch bereits im Abkühlen begriffen. Der Tag neigte sich seinem Ende entgegen und Durmaz war auf dem Weg zum Krankenhaus, um den Arbeitstag mit einem Besuch bei ihrem Chef zu beenden.
Höflichkeitsbesuch? Durmaz musste lächeln und wandte sich nach rechts, am ärztlichen Notdienst vorbei auf das Gelände des Krankenhauses. Nein. Ein einfacher Höflichkeitsbesuch war das sicherlich nicht. Und sie war auch nicht hier, nur um herauszufinden, wie es Schulze ging. Vielmehr hatte Durmaz das Gefühl, dass sie ihren Chef darüber informieren sollte, wie der Fall des Vampirs von Offenbach ausgegangen war. Und dann würden auch die letzten Puzzlesteine an ihren Platz fallen.
Durmaz kannte den Weg zu den Krankenzimmern, in denen Schulze normalerweise untergebracht war. Sie hatte ihn bereits zu oft hier besucht.
Erst auf der Station zögerte die Kommissarin, ging auf den Tresen vor dem Schwesternzimmer zu und fragte, in welchem Raum Schulze untergebracht war. Dann folgte sie den Anweisungen der Schwester und betrat das Krankenzimmer. Hauptkommissar Schulze lag still in seinem Bett, die Augen geschlossen. Sein Kopf war schwer bandagiert. Durmaz schaute sich um: Es schien ein Einzelzimmer zu sein. Zumindest war kein anderer Patient anwesend. Sie lächelte.

Es gab wohl niemanden, der es lange genug mit Schulze aushielt.

„Horsche Se mal. Werde Se mir net fresch, Frolleinsche", flüsterte Schulze und schlug die Augen auf. „Gude."

„Es hat Sie offensichtlich doch nicht so hart getroffen", erwiderte die Kommissarin lächelnd.

„Es geht." Schulze grinste schelmisch. „Es tut nur noch weh, wenn ich brülle."

„Dann schweigen Sie besser." Durmaz ergriff sich einen der Besucherstühle, schob ihn nahe an Schulzes Bett und setzte sich. „Knochenbrüche?"

„Naa. Die haben mich komplett durchgeröntgt. Sie sagten, ich sei eine wissenschaftliche Sensation."

„Wieso? Wegen der fehlenden Knochenbrüche?"

„Nein", meinte Schulze grinsend. „Weil sie ein Gehirn gefunden haben."

Durmaz lachte ein wenig gequält. „Und was haben die Ärzte sonst so festgestellt?"

„Nicht viel." Schulze sprach noch immer recht leise, doch seine Stimme schien nicht mehr ganz so kraftlos wie zu Beginn. „Zuerst haben sie gesagt, dass ich großes Glück gehabt hätte, weil die Verletzungen wesentlich schwerwiegender hätten sein können. Und dann waren sie überrascht, dass die Heilung relativ schnell vonstattenging."

„Schnell? Sie liegen bereits seit ein paar Tagen hier!"

„Nun. Schnell, das war die Aussage des Oberarztes, nicht meine." Schulze machte eine kleine Pause. Er schien sich sammeln zu wollen, aber Durmaz hatte nicht das Gefühl, dass er Kraft für seine nächsten Worte brauchte. Dann fuhr er fort: „Irgendein Idiot hat denen dann meine Krankengeschichte gegeben."

Überrascht zog Durmaz die Augenbrauen hoch. „Ich dachte, das sei normal."

„Waren Sie das, Durmaz?"

Abwehrend hob die Kommissarin die Hände. „Bewahre! Woher sollte ich die haben? Und warum sollte ich die weitergeben?"

Der Hauptkommissar betrachtete Durmaz prüfend. Dann stellte er fest: „Ich glaube Ihnen, Durmaz. Sie waren es wahrscheinlich tatsächlich nicht."

„Nett, dass Sie mir glauben. Netter wäre es allerdings gewesen, wenn Sie mich gar nicht erst in Betracht gezogen hätten."

Schuldbewusst schlug Schulze die Augen nieder.

Als er die Kollegin nach einer Weile wieder ansah, meinte Durmaz: „Und wieso ist das ein Problem?"

„Was?"

„Dass die Ärzte Ihre Krankengeschichte kennen."

„Nun. Die haben mir vorgerechnet, wie oft ich in den letzten Jahren dem Tod von der Schippe gesprungen bin. Nicht, dass ich das nicht selbst gewusst hätte. Aber es ist noch einmal frustrierender, wenn man das von jemand Fremdem vorgehalten bekommt."

Durmaz nickte bedächtig. „Und ... und wie oft war das?"

„Sechs Mal." Durmaz hatte das Gefühl, als schaue der Hauptkommissar an ihr vorbei aus dem Fenster.

Für einen Moment schloss Durmaz die Augen und zählte nach. Da war die Schranke vor wenigen Tagen, der Verkehrsunfall am Kaiserlei, das Messer der verrückten Schülerin, der Messerstecher im Leonard-Eißner-Park, der Autounfall auf dem Mainuferparkplatz und der Sturz vom Dach im Starkenburgring. „Sechs Mal."

Schulze nickte langsam. „Und eine Katze hat nur sieben Leben."

Durmaz lachte gequält. „Das hat doch nichts miteinander zu tun, Chef."

„Wenn Sie das sagen, Durmaz ..."

Die Kommissarin winkte energisch ab. „Quatsch, Chef. Das hat nichts zu sagen. Das ist nur eine Zahl. Weiter nichts. Sie hatten Glück!"

„Und selbst die beste Glückssträhne ist irgendwann einmal zu Ende, Durmaz!"

„Unsinn!", erwiderte die Kommissarin bestimmt. „Sie müssen auf andere Gedanken kommen, sonst werden Sie mir hier noch depressiv."

Schnell wechselte Schulze das Thema. „Ihr habt den Vampir von Offenbach?"

Ungewollt musste Durmaz erneut lachen. Ihre Anspannung löste sich ein wenig. „Vampir von Offenbach? Haben Sie die Tageszeitung gelesen?"

„Keineswegs. Das waren doch Villerois und Ihre Vermutungen gewesen, oder?"

Durmaz schüttelte den Kopf. „Zwar haben mich die Klischee-Vampire die letzten Tage unaufhörlich verfolgt, aber der Ausdruck stammt eher aus der Presse. Und in Wirklichkeit war alles ganz anders."

Nun war es an Schulze zu nicken. „Wie meistens. Was war es denn?"

„Rache", meinte Durmaz. „Oder Gerechtigkeit? Schwierig zu sagen. Rache oder Gerechtigkeit …"

Erneut nickte der Hauptkommissar. Sein Blick war wieder nach innen gekehrt – oder auf einen weit entfernten Punkt, von dessen Existenz nur er wusste. „Rache oder Gerechtigkeit. Sie liegen so nahe beieinander …"

„Wie sollen wir sie trennen?"

„Gar nicht, Durmaz. Für uns müssen beide gleich sein. Das ist eine der Härten unseres Jobs. Sie zu trennen ist Aufgabe der Gerichte."

„Und genau die haben in unserem Fall offensichtlich versagt." Durmaz stand auf und begann, im Zimmer auf und ab zu gehen.

„Teuschner?", griff Schulze den Faden wieder auf.

„Sie wussten davon? Sie wussten es die ganze Zeit?"

„Nein", antwortete Schulze langsam. Ein wenig zu langsam, zu nachdenklich, fand Durmaz. Dann fügte der Hauptkommissar hinzu: „Es war nicht mehr als eine Ahnung. Und eine Erinnerung, die irgendwo in den verstecktesten Winkeln meines Gedächtnisses verborgen war. Manchmal kommen Dinge zusammen, von denen man zu Beginn nicht glaubt, dass sie zusammengehören. Doch wenn man den Gedanken dann ihren Lauf lässt …"

Durmaz nickte.

„War Teuschner das in dem Transporter gewesen?"

„Ja. Mittlerweile wissen wir es."
„Haben Sie ihn?"
Durmaz nickte schweigend. Dann fügte sie hinzu: „Er ist tot. Er und seine Frau. Sie hatten einen Unfall. Auf der A661."
„Dann sind sie nicht besonders weit gekommen."
Erneut nickte Durmaz.
„Gab es weitere Unfallbeteiligte?", hakte Schulze nach.
„Es gab noch einen Toten. Ein gewisser Lars Hellweg. Sie erinnern sich vielleicht: Er war einer der Mitbewohner von Dominik Stollwerck. Er war genauso blutleer wie die anderen Leichen. Wahrscheinlich hätten wir ihn am nächsten Morgen an irgendeiner abgelegenen Stelle in Offenbach gefunden. Weggeworfen wie die anderen."
Schulze schwieg einen Moment, ehe er meinte: „Er war der Beifahrer von Stollwerck gewesen."
„Nein", entgegnete Durmaz in Gedanken versunken. „Er lag hinten in Teuschners Transporter. Da haben wir übrigens auch das Blut der anderen gefunden. Er hatte es über eine Braunüle in der Halsschlagader abgenommen und in Kanister gefüllt. Irgendwie krank, das alles."
„So krank nun auch wieder nicht", meinte der Hauptkommissar nach einer weiteren Pause.
Durmaz sah ihren Chef überrascht an.
„Nun. Es kommt alles auf den Standpunkt an."
„Und was wäre dann Ihrer Meinung nach Teuschners Standpunkt gewesen, dass er eine solche Tat rechtfertigt?"
„Rechtfertigt." Schulze legte eine kurze Pause ein. Durmaz sah, wie seine Gedanken abschweiften. War es dem Unfall geschuldet, dass er so langsam reagierte. Normalerweise, so kannte sie ihn, hätte er sie bereits in der Luft zerrissen. Doch dieses Mal kam seine Antwort spät und ein wenig zögerlich.
„Rechtfertigen kann man eine Tötung meines Erachtens nicht. Ich weiß, dass es darüber unterschiedliche Ansichten gibt – selbst in der Literatur. Aber meiner Meinung nach gibt es nichts, was Mord rechtfertigt.
Doch darum geht es nicht. Ich will den Mord an den vier jungen Erwachsenen nicht rechtfertigen. Aber wir sollten

ihn verstehen. Und dafür müssen wir uns in die Gedankenwelt von Heinz Teuschner und seiner Frau versetzen."
„Wie ein Profiler."
Schulze nickte. „So arbeiten amerikanische Profiler. Zumindest sollten sie so arbeiten. Für Teuschner hat wahrscheinlich alles mit dem Unfalltod seiner Tochter angefangen. Die Vorgeschichte, ob Teuschner Krach mit seiner Tochter hatte – eventuell wegen des Diskobesuchs – ob er sie eventuell abholen sollte, es aber aus irgendeinem Grund nicht getan hat oder nicht tun konnte, das alles können wir vernachlässigen. Es erhöht zwar den psychologischen Druck auf ihn, ist aber nicht die Ursache."
Durmaz ließ den Blick achtlos durch das Zimmer schweifen. Irgendwie schien es ihr, als sei das Leben in den Körper ihres Chefs zurückgekehrt. Mit einem Mal wirkte er nicht mehr so blass, krank und hilflos, als er fortfuhr:
„Nach dem Tod seiner Tochter wurde Teuschner mit Sicherheit mit den vielen Gerichtsverfahren beruhigt, die denjenigen bevorstanden, die an Julia Teuschners Tod beteiligt waren. Das ist immer so, denn der erste Gedanken der meisten Eltern, nachdem sie den Tod des Kindes akzeptiert haben, gilt der Suche nach den und Verurteilung der Schuldigen. Durch den Unfallhergang gab es in diesem Fall eine Menge von Menschen, die Schuld trugen. Das ist ein Vorteil und ein Nachteil."
Durmaz sah ihren Chef überrascht an, doch der lächelte. Zumindest glaubte sie, in seinem verbundenen Gesicht ein Lächeln erkennen zu können.
„Nun, ein Vorteil ist es, weil dadurch mehr potenziell Schuldige zur Verfügung stehen, auf die die Eltern der Getöteten ihre Wut und ihren Wunsch nach Vergeltung richten können. Der Nachteil ist, dass es das den Juristen schwieriger macht, den wahren Schuldigen zu finden. Und wenn dann ein paar findige Verteidiger engagiert werden, wird die ganze Geschichte schnell zum Possenspiel und am Ende kommen alle Angeklagten mit einem blauen Auge davon."
„Wie in diesem Fall", ergänzte Durmaz.

„Wie in diesem Fall", bestätigte Schulze. „Wir haben hier mit Dominik Stollwerck als dem Fahrer und Karin Platzinger und Lars Hellweg drei von den fünf Insassen des Unfallwagens und mit Silvio Smolek einen von vier Passanten, die Justin Schmidts Rettungsversuch boykottiert haben."
„Woher wissen Sie, wer wer war?"
Schulze lächelte. „Ich hatte in den letzten Tagen viel Zeit, mich noch einmal in den Fall Julia Teuschner einzuarbeiten. Das Internet ist schon Fluch und Segen zugleich. Ein bisschen recherchieren und Sie wissen bald mehr, als je in den Polizeiakten stand."
„Ja, wenn man weiß, wo man suchen muss ..."
Schulze lächelte. „Genau das ist der Vorteil und der Nachteil des Internets: Die Informationen sind da. Man muss nur wissen, wonach man sucht."
„Dann kann es ja nicht mehr lange dauern, bis es intelligente Suchmaschinen gibt, die das finden, was wir suchen, bevor wir es selber wissen."
Schulze lachte. „Ich glaube, Google und Amazon sind bereits auf dem besten Weg dahin.
Doch kommen wir einmal zu unserem Fall zurück. Teuschner sieht, wie alle potenziell Schuldigen nahezu straffrei ausgehen. Nahezu straffrei, weil eine Geldstrafe natürlich keine Bestrafung für ein Menschenleben sein kann. In seinen Augen wurde hier nicht Recht gesprochen. In seinen Augen ist das keine Gerechtigkeit. Also muss er selber etwas unternehmen."
„Aber das ist Selbstjustiz und widerspricht der Notwendigkeit des Gewaltmonopols des Staates", warf Durmaz ein.
„Ja, das ist Selbstjustiz. Widerspricht es deswegen dem Gewaltmonopol des Staates? Das ist eine schwierige staatspolitische Frage. Das Gewaltmonopol des Staates ist zwar eine Notwendigkeit, es ist aber deswegen nicht vom Himmel gefallen. Es beruht auf dem Ständeprinzip des Mittelalters und besagt eigentlich nur, dass der Bürger sein Recht auf Verteidigung seines Lebens an den Landesherrn im Austausch für den Schutz durch diesen gibt."
„Na also", lachte Durmaz.

„Nicht so schnell. Versetzen wir uns wieder in die Lage Teuschners. Aus seiner Sicht hat der Staat mit seinem Schutzversprechen versagt, weil er seine Gerichtsbarkeit nicht nutzte, um den Schuldigen zu suchen und zu bestrafen, sondern um die Opfer zu schützen."
„Und weil der Staat seiner Aufgabe nicht nachkam, brach er den mittelalterlichen Pakt und gab somit Teuschner das Recht zur Selbstjustiz. Ich verstehe. Und dennoch würde der Staat – also die Justiz – Teuschner schwerer bestrafen, als sie es mit einem Schuldigen am Unfall je gemacht hätte. Das kann aus seiner Sicht auch nicht gerecht sein."
„Ist es auch nicht. Aber es ist aus Sicht des Staates notwendig, um das Gewaltmonopol für alle sichtbar wieder in die Hand zu bekommen. Immerhin hat in diesem Fall die Justiz einen Fehler gemacht. Das heißt allerdings – objektiv betrachtet – nicht, dass der Staat den Schutz der Bürger infrage stellt. Das wäre nur dann der Fall, wenn beispielsweise ein Innenminister, der unter anderem für die innere Sicherheit zuständig ist, offiziell sagen würde, dass er den Schutz der Bürger nicht gewährleisten könnte. Damit würde er offiziell den jahrhundertealten Vertrag aufheben und die Selbstjustiz legitimieren. Ich hoffe, dass, wenn so etwas geschieht, niemand wirklich versteht, was solch eine Aussage bedeutet", fügte Schulze leise hinzu.
Durmaz zog die Stirn kraus. „Hatten wir das nicht bereits?"
„Schon. Zum Glück ist das nicht weiter aufgefallen."
„Letzten Endes hatten wir also Glück, dass wir Teuschner so schnell auf die Spur gekommen sind. Ansonsten hätte er noch fünf weitere Menschen getötet."
Schulze nickte. „Das steht zu befürchten. Und dass die Richter und Verteidiger hätten ermordet werden können, halte ich in diesem Fall für sehr unwahrscheinlich, aber prinzipiell für möglich. Das Verbluten lassen war doch sehr direkt mit dem Tod seiner Tochter verbunden. Daran trugen Richter und Anwälte keine Schuld, auch wenn sie die wahren Schuldigen straffrei davonkommen ließen."
„Und warum hat er das ganze Blut gesammelt?"

„Ich denke, das hatte einen pragmatischen Grund", meinte Schulze emotionslos. „Wo sollte er das ganze Blut hinleiten? Trinken?" Er lachte hell auf. Doch durch seine Verletzungen und seinen Verband klang es in den Ohren der Kommissarin gequält und heiser. „Nein. Teuschner ist … war kein Vampir. Das Blut hätte ihn immer sehr schnell verraten. Das Problem wurde ihm wahrscheinlich auch erst bewusst, als Dominik Stollwerck starb. So hat er es in Kanistern gesammelt, um es beizeiten entsorgen zu können. Oder gar nicht. Das hing wahrscheinlich von seinem Plan ab, dessen Ende wir wohl nie erfahren werden. Pech für den Polizisten, der als Erster an der Unfallstelle war."

Durmaz nickte. „Und Justin Schmidt? Meinen Sie, Teuschner hat ihm verraten, was er vorhatte?"

„Möglich", erwiderte Schulze gedankenversunken. „Nach dem Tod seiner Freundin ist Schmidt, soweit ich das erfahren habe, in eine Psychose gestürzt. Er muss sich wohl die Schuld an Julia Teuschners Tod gegeben haben. Ob Teuschner ihn in seinen Plan eingeweiht hat, um ihm als seinem Schicksalsgenossen aus der Krise zu helfen … wer kann das schon sagen."

Durmaz nickte erneut. Wer konnte das schon sagen? Nun, da beide Teuschners tot waren. Für den Bruchteil einer Sekunde regte sich Widerstand in Durmaz, doch die Vernunft behielt die Oberhand. Die Teuschners waren die Mörder der vier jungen Erwachsenen in Offenbach gewesen. Daran gab es keinen Zweifel. Und sie hatten sich selbst gerichtet. Auch eine Art der Selbstjustiz.

Zurück blieben einige trauernde Angehörige, fünf Menschen, die knapp dem Tode entronnen waren, und ein psychisch schwer gestörter Justin Schmidt, von dem nicht klar war, ob er jemals gesund werden würde.

Der Fall war gelöst.

„Nun denn, Chef. Ich mach mich dann mal wieder auf den Weg."

Doch Schulze schüttelte den Kopf. „Da ist noch etwas zu klären."

Durmaz hielt mitten in ihrer Bewegung inne und sah Schulze überrascht an. Was sollte das sein?

„Das eine Gesicht", meinte Schulze schließlich lächelnd. „Können Sie sich an den Jugendlichen erinnern, der dabeigestanden hatte, als Stefan Hirschberg und dieser Mark Sie angegriffen haben."

Durmaz lächelte ein wenig versonnen. „Ich hatte gehofft, Sie hätten es vergessen."

„Bestimmt nicht."

„Das hatte ich befürchtet. Aber ja. Ich kann mich wieder erinnern. Langsam sind die Bilder zurückgekommen. Ich glaube, ich würde die Gesichter wiedererkennen, auch wenn es bereits ein paar Jahre her ist."

Schulze lächelte bestimmt.

„Wieso fragen Sie eigentlich? Was interessiert Sie diese alte Geschichte?"

„Haben Sie sich nie gefragt, warum nach dem Angriff nichts weiter gekommen ist?" Der Hauptkommissar sah Durmaz prüfend an.

Nachdenklich schüttelte die Kommissarin den Kopf. Selbstverständlich hatte sie immer wieder darüber nachgedacht, insbesondere, wenn der Kontakt zu Trill kurzzeitig etwas enger geworden war.

Schulze sah sie ein wenig herausfordernd an. „Machen Sie weiter, dort, wo ich aufgehört habe, Durmaz. Durchsuchen Sie die alten und auch die neueren Akten nach diesem Gesicht. Sie werden einiges Interessantes feststellen."

„Ich glaube, das hat Zeit, bis Sie wieder im Büro sind."

„Wissen Sie, Durmaz. Vorhin, als Sie hereinkamen, habe ich es bereits angedeutet: Ich werde nicht mehr ins Büro zurückkehren. Jedes Mal, wenn ich nach einem Fall aus dem Krankenhaus kam, haben mir die Ärzte einen Reha-Aufenthalt nahegelegt. Dieses Mal werde ich das annehmen. Und danach werde ich meinen Dienst quittieren und in Pension gehen."

„Wieso? Wieso jetzt?"

„Ei, horsche Se maa. Des hab ich Ihnen doch gesagt: Eine Katze hat nur sieben Leben!"

„Jetzt kommen Sie mir wieder damit", empörte sich Durmaz. „Erstens ist das nur ein Sprichwort. Manche sagen, es seien neun Leben. Und zweitens sind Sie keine Katze!"
Schulze lächelte. „Sieben. Neun. Würden Sie es darauf ankommen lassen, Durmaz, wenn es um Ihr Leben ging?"
„Das ist Aberglaube!" Und etwas leiser fügte sie hinzu: „Ich hätte nicht gedacht, dass ausgerechnet ich Ihnen das erklären muss ..."
„Ausgerechnet Sie? Warum ausgerechnet Sie, Durmaz? Meinen Sie, weil Sie einem anderen Glauben angehören?"
Durmaz nickte.
„Sie wissen sicherlich, dass das nie ein Thema zwischen uns war", meinte Schulze. Seine Stimme war leiser und ein wenig hart geworden. „Verfallen Sie jetzt nicht in eine jener selbstbemitleidenden Stimmungen, die heute so modern sind."
„Sie haben doch damit angefangen", erheischte Durmaz sich.
Doch Schulze schüttelte den Kopf.
„Meinen Sie nicht auch, dass sechs Krankenhausaufenthalte reichen sollten, etwas kürzer zu treten? Ich denke schon. Ich gebe zwar zu, dass mir diese Entscheidung nicht leicht gefallen ist und dass ich nicht wirklich weiß, was danach kommen soll. Aber, wie gesagt, die Entscheidung ist gefallen."
Durmaz atmete tief durch. Der Hauptkommissar hatte natürlich recht: Sechs Unfälle waren bereits sechs zu viel. Eigentlich hätte Schulze schon längst aufhören sollen, um seine Gesundheit nicht zu gefährden. Aber ... „Sie sind ein Glückskind, Chef", meinte die Kommissarin schließlich. „Sie werden immer wieder aufstehen. Davon bin ich überzeugt. Lassen Sie sich Ihre Entscheidung noch einmal durch den Kopf gehen."
Schulze lächelte. Und es lag eine Mischung aus gutmütigem Verstehen und der Gewissheit einer finalen Entscheidung in seinen Zügen, als er meinte: „Reden Sie vorerst mit niemandem darüber. Ich möchte nicht, dass die Kollegen hier Schlange stehen. Ich werde das selber machen, wenn der

Zeitpunkt gekommen ist. – Aber nun sollte ich ein wenig schlafen …" Er drehte sich zur Seite und bald schon verrieten seine regelmäßigen Atemzüge Durmaz, dass der Hauptkommissar eingeschlafen war.

*

Als Kriminaloberkommissarin Saliha Durmaz ein wenig später das Krankenhaus durch den Haupteingang verließ, hatte die Abenddämmerung bereits eingesetzt. Die Luft war angenehm abgekühlt. Sie ging in Richtung des Parkhauses. Die breite Zufahrtsstraße war nahezu leer. Ein Taxi stand mit laufendem Motor im Wendehammer und wartete darauf, dass sein Fahrgast bezahlte. Einige Besucher gingen am Rand der breiten Straße vom Parkhaus in Richtung des Eingangs oder zurück.

Es dauerte ein paar Minuten, bis Durmaz die Einfahrt des Parkhauses erreicht hatte, an der Schulze verletzt worden war. Die Schranke war noch nicht ersetzt worden. Pylonen und ein Flatterband versperrten diese Einfahrt. Die Ampel am Ende der Zufahrtstraße leuchtete rot. Ob Teuschner auch bei Rot hinübergefahren war, schoss es ihr durch den Kopf. Zumindest hatte er es sich nicht leisten können, anzuhalten.

Aber es hatte ihm nicht viel gebracht: Nur wenige Kilometer weiter auf der A661 hatten Teuschners ihrem Leben ein Ende gesetzt. Warum dort? Darauf gab es wohl keine vernünftige Antwort, nun, da beide tot waren.

Oder war dieser Tod auch nur ein Teil eines ausgeklügelten Plans. Immerhin starben Vampire nicht durch einen normalen Verkehrsunfall. Nur geweihtes Silber konnte Vampire töten. Das weiß man ja schließlich. Ein Vampir …

Durmaz musste plötzlich lauthals lachen.

Es war ein befreiendes Lachen.

Epilog

Kriminaloberkommissarin Saliha Durmaz sah auf die alte Uhr an der Wand: 7:32 Uhr. Noch war sie alleine in dem großen Büro. Es war ein seltsames Gefühl, zu wissen, dass Hauptkommissar Schulze nicht bereits hinter seinem Schreibtisch saß, wenn sie morgens das Büro betrat. Und dass er nicht noch da war, wenn sie es abends verließ. Doch seltsamer war es zu wissen, dass er vielleicht nie wieder zurückkommen würde. Durmaz hatte keinen Zweifel daran, dass Schulze das umsetzen würde, was er sich einmal in den Kopf gesetzt hatte. Wer würde nun in aller Frühe bereits die Kaffeemaschine anwerfen, damit es stets Nachschub gab, schoss es ihr durch den Kopf. Wer würde nun teilweise absurde Einwürfe zu aktuellen Fällen machen, die die Ermittler letztendlich zu ihrem Ziel führten. Wer würde nun die Aktenstapel durcharbeiten …

Die Aktenstapel. Sie hatte Schulze versprochen, diese zu durchforsten. Zwar nur nach einem Gesicht, aber das würde sie tun. Sie schaute auf ihren Schreibtisch. Im Vergleich zu Schulzes war ihrer leer. Nur ein Blatt lag noch dort. Sie zog es heran. Es war der Reparaturauftrag für ihren Dienstwagen. Nach dem Zusammenstoß mit dem Kleinwagen von Florian Busche war der vordere Stoßfänger noch immer beschädigt. Nachdenklich begann Durmaz, das Formular auszufüllen. Als sie es unterschrieb, stellte sie fest, dass die Unterschrift des Vorgesetzten bereits vorhanden war. Wann hatte Schulze das Blatt unterschrieben? Es war sinnlos, darüber nachzudenken. Wahrscheinlich würde der Hauptkommissar ihr immer einen Schritt voraus sein.

Als Stefan Villeroi das Büro betrat, war Durmaz bereits tief in den alten Akten versunken, die sie von Schulzes Schreibtisch geholt hatte. Er lachte. „Hast du jetzt Schulzes Job übernommen?"

„Er hat mich darum gebeten", erwiderte Durmaz, ohne großartig nachzudenken.

„Sucht Schulze noch einen Vampir?"

„Einen Vampir?" Durmaz blickte überrascht auf. „Das war doch kein Blutsauger. Es ging doch ..." Plötzlich hielt Durmaz inne. Das schelmische Leuchten in Villerois Augen sah sie gar nicht mehr. Sie fluchte kurz, ergriff ihr Handy und murmelte „Bevor ich es wieder vergesse", als sie den Kurzwahlspeicher nach ihrer Mutter durchsuchte. Als sich am anderen Ende eine Frauenstimme meldete, meinte sie: „Anne? İşte Saliha. Ich wollte mich mal wieder melden ..."

*

„Herr Teuschner?"
Die Krankenschwester zuckte zusammen. Die Stimme des jungen Manns war zwar kratzig und heiser von der langen Zeit, in der sie nicht benutzt worden war, aber sie konnte die Worte deutlich verstehen.
„Herr Teuschner?" Justin Schmidt hatte sogar ein wenig den Kopf gehoben und versuchte, sich in seinem Krankenzimmer umzuschauen.
„Justin!" Sie eilte herbei, den Kranken zu stützen. „Streng dich nicht an. Es wird alles gut."
„Herr Teuschner", wiederholte der Angesprochene. „Er war doch hier. Ich habe ihn deutlich gehört."
„Es ist niemand hier." Die Krankenschwester versuchte, beruhigend auf ihren Patienten einzureden. „Dein Onkel war hier. Aber das ist ein paar Tage her. Danach ist niemand mehr zu Besuch gekommen." Sachte drückte sie den Oberkörper des Patienten in die Kissen zurück.
Dieser schaute sie fragend an. „Mein Onkel? Onkel Klaus?"
Die Krankenschwester hatte keine Ahnung, von wem der junge Mann sprach. Deshalb nickte sie.
„Onkel Klaus ist 2009 gestorben", erwiderte Justin und ließ sich resigniert zurückfallen. „Was mache ich hier?"
Überrascht sah die Krankenschwester auf. „Daran kannst du dich erinnern?"
„Natürlich kann ich mich daran erinnern", entgegnete der Justin. „So lange ist das nun auch nicht her."

Die Krankenschwester lächelte. „Nun ja. Bis gestern konntest du dich an nichts erinnern, was vor dem …" Sie stockte. Ein Ausdruck des Erschreckens huschte über ihr Gesicht, der jedoch schnell wieder verschwand. Besser, sie erwähnte das traumatische Ereignis nicht. Dann wechselte sie schnell das Thema: „Was hat dein … was hat dieser Herr Teuschner denn gesagt?"

„Er sagte, es sei bald alles vorbei", meinte Justin Schmidt leise. Seine Stimme war mittlerweile sehr matt geworden. „Er sagte, mich träfe keine Schuld und ich könne zurückkommen. Die Schlimmsten hätten ihre Strafe bekommen. Wissen Sie, was er damit gemeint hat?"

Die Krankenschwester spürte mit einem Mal Schmidts forschende Augen auf sich ruhen. Sie hoffte, dass sie nicht rot anlief, als sie antwortete: „Nein, Justin. Ich habe keine Ahnung. Vielleicht solltest du darüber mit dem Chefarzt sprechen …"

Weitere Bücher von Dieter Stiewi

Saliha Durmaz – **Schygullas Geist** von Dieter Stiewi	Saliha Durmaz – **Entführt!** von Dieter Stiewi
NOEL-Verlag, Oberhausen/Obb. 2009 ISBN 978-3-940209-30-6	NOEL-Verlag, Oberhausen/Obb. 2011 ISBN 978-3-942802-11-6
Cover: Gabriele Benz Taschenbuch 178 Seiten 12,90 €	Cover: Gabriele Benz Taschenbuch 230 Seiten 12,90 €

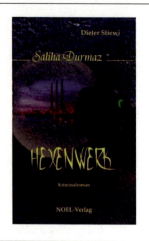	
Saliha Durmaz – **Hexenwerk** von Dieter Stiewi NOEL-Verlag, Oberhausen/Obb. 2014 ISBN 978-3-940209-30-6 Cover: Gabriele Benz Taschenbuch 250 Seiten 12,90 €	Saliha Durmaz – **Spur des Engels** von Dieter Stiewi NOEL-Verlag, Oberhausen/Obb. 2015 ISBN 978-3-942802-11-6 Cover: Gabriele Benz Taschenbuch 270 Seiten 12,90 €

Autoren-Portrait

Dieter Stiewi

1964 in Aachen geboren, verbrachte seine ersten Lebensjahre in Würselen. Hier machte er 1983 sein Abitur und studierte danach erfolgreich Maschinenbau und Wirtschaftswissenschaften an der RWTH Aachen.
1995 zog er ins Rhein-Main-Gebiet, wo er bis heute als Maschinenbau-Ingenieur tätig ist.
Stiewi ist glücklich verheiratet und hat zwei Kinder.

2006 begann Stiewi seine Veröffentlichungen mit einer Sammlung von Phantastik-Kurzgeschichten.
Neben weiteren Veröffentlichungen von Kurzgeschichten dieses und anderer Genres stellte Stiewi 2007 seine erste Erzählung der Öffentlichkeit vor. In ‚Rufe aus dem Verborgenen' brachte er Elemente eines Krimis in eine fantastische Geschichte ein.

2019 schrieb er die Siegergeschichte ‚e-frankfurt' und erzielte damit den 1. Platz beim ‚Weltentor-Kurzgeschichten-Wettbewerb 2020' des NOEL-Verlags.

Der vorliegende Roman stellt einen Krimi dar, der um wenige Stilelemente aus der Phantastik bereichert wurde. Es handelt sich um den sechsten Fall der Offenbacher Kommissarin Saliha Durmaz.

Saliha Durmaz –
Rückkehr der Dämonen
von Dieter Stiewi

NOEL-Verlag, Oberhausen/Obb.
2018
ISBN 978-3-95493-356-3

Cover: NOEL-Verlag
Taschenbuch
229 Seiten
12,90 €

Die Bücher sind erhältlich:
+ PORTOFREI im Noel-Shop, per Mail/Telefon/Bestellkarte
+ Amazon
+ Buchhandel / LIBRI

www.noel-verlag.de
www.Stiewi.eu